风定鄱阳湖

符利群 著

宁波出版社

图书在版编目（CIP）数据

风定鄱阳湖/符利群著.-- 宁波：宁波出版社，2022.8

ISBN 978-7-5526-4620-7

Ⅰ.①风… Ⅱ.①符… Ⅲ.①长篇历史小说—中国—当代 Ⅳ.① I247.5

中国版本图书馆 CIP 数据核字（2022）第 109710 号

风定鄱阳湖
FENGDING POYANGHU

符利群　著

责任编辑	陈凌欧
责任校对	余怡荻
装帧设计	金字斋
出版发行	宁波出版社
地　　址	宁波市甬江大道 1 号宁波书城 8 号楼 6 ~ 7 楼
邮　　编	315040
联系电话	0574-87341015（编辑部）　87286804（发行部）
网　　址	http://www.nbcbs.com
印　　刷	宁波白云印刷有限公司
开　　本	710mm×1000mm　1/16
印　　张	20.25
字　　数	230 千
版　　次	2022 年 8 月第 1 版
印　　次	2022 年 8 月第 1 次印刷
标准书号	ISBN 978-7-5526-4620-7
定　　价	68.00 元

本书若有倒装缺页影响阅读，请与承印厂联系调换，联系电话：0574-87682300

目录

1. 风起青蘋末 001
2. 水观音亭 014
3. 枣梨姜芥 026
4. 刺客秘史 041
5. 风水说 057
6. 宁王的飨宴 073
7. 京师密行 089
8. 重臣的忧思 106
9. 唐伯虎的逃离 119
10. 宁王府的褫夺 128
11. 从丰城到吉安 149
12. 兵者诡道 169
13. 从吉安到南昌 189
14. 治国若烹鲜 203
15. 风起鄱阳湖 216
16. 风定鄱阳湖 226
17. 押俘杭州行 241
18. 账册的险情 259
19. 箭在弦上 271
20. 山静日长 280

番外一：四明山，瑞云楼，中天阁 303

番外二：鄱阳湖，桃花坞，南镇 310

跋 317

1

风起青蘋末

一大群飞鸟从晨雾弥漫的渺远天边飞来,远远望去,犹如一阵风沙来袭。

丘十八从蓁莽葳蕤的草浪间吃力地抬头,望着飞鸟像利箭一样朝他射来。他怔怔地想,它们会不会刺穿自己的身体?那么,他将再也不能回到鄱阳湖边的老家了。他多么想念湖上捕鱼的那些日子。

我是谁?我为什么会在这里?我为什么会从一个渔夫成为一个土匪?

正德十四年暮春的清晨,落败的土匪丘十八这样问自己。

从昨日到此刻,这个看起来像寂寞了五百年的古战场,有过一场血腥厮杀。这是一场势不均力不敌的战事。此前,土匪们在这片低矮的山岗被围困了两个月,饿成了一群眼睛闪烁绿光的狼,凶相虽在,实则溃不成军。

官兵们在他们的长官指挥下,像熟练的农夫收割成熟的庄稼,将

土匪们轻轻松松斩于马下，几乎没有遇到什么有力的抵抗。

飞鸟掠过这片偃旗息鼓、肝髓流野的古战场，遗落了几根雪白的羽毛。有一根羽毛飘飘曳曳，如天空飘落的云朵，在血腥的古战场上空飘荡许久，终于屈尊纡贵地落下，落在丘十八的眼前。

丘十八咧开皲裂的嘴唇笑了，很多年了，他没有领略过赏心悦目的事物。他缓慢地伸手捡羽毛，羽毛雪白雪白，与这片血腥的古战场颇不相称。

一双靴子从他眼前傲然迈过，毫不犹豫地踩上羽毛，雪白的羽毛立刻泯灭于血腥与泥淖。这个清理战场的兵士拿长矛戳地上的一具具身体，以防他们没死透。他也用长矛戳了丘十八的屁股，并且恶狠狠地咒骂。他是胜者，丘十八是败者，胜者怎么对付败者都不为过，何况是一个"死去"的败寇。兵士继续检查尸体，挨个儿戳去，确保不留一个活口。

他戳得正欢，另一名兵士跑来说："王都堂命令住手。"

那兵士提着长矛的手僵在半空，只得悻悻收起，不情不愿地跨过丘十八的身体。

丘十八身上有十来处伤口，身体像一口漏水囊，缓慢地淌血。这一狠戳，令丘十八险些喊出来。他把脸扑向泥地，迅速埋住了即将吼出的叫声。等那名兵士走远，他慢慢抬起满是污泥的脸，眼中充斥着要将对方生吞活剥的愤怒。

随即，丘十八发现距他三步之遥的草浪中，安静地躺着一把弓，一支箭。

三步之遥，对他来说犹如三百里。此前他有过一日行军三百里的纪录，现在他皮开肉绽，肋骨似乎也断了，屁股又添新伤，每蠕动一下，全身拆骨剔肉一般剧痛。可他必须拿到弓箭，这是他最后的武器。

丘十八艰难地一点一点向前蠕动，比蚂蚁爬得还慢。

他的眼角瞥到，有一匹马朝他这边慢吞吞地过来。马背上是一个脸色蜡黄、消瘦清癯的中年人，揪着马缰轻声咳嗽，身子晃晃悠悠，似乎要被暮春的风吹倒。

中年人是这场战事胜方的指挥官。丘十八不知道他叫什么，只知道他把他们围困在南赣山区两个多月，让他们吃足了苦头。很显然，此人是他最大的仇人，一个要置他于死地的人不是仇人还能是什么？

丘十八朝前蠕动，他必须赶在马背上的人来到之前拿到弓箭。虽然他不知道以残破之躯拿到弓箭还能抵挡什么，但有片甲在手，总好过手无寸铁。

距离丘十八五丈开外的灌木丛中，李八斤在惬意地喝酒吃肉。

酒是从酒馆打来的米酒，肉是黄记卤肉铺的卤猪蹄，店主偷偷卖给他的。可他既不在酒馆喝酒，也不在肉铺吃肉，他雇了辆驴车，从二十里外的小镇，特意跑到这个刚歇战的满是死人的古战场。

李八斤的古怪举动吓坏了车夫，出发前他出足了银两，车夫还是战战兢兢捧出银两坚持要还他，对这一趟出行表现出极度后悔。李八斤好说歹说让他收下，有礼地笑了笑说"辛苦了"。车夫扔下银两，疾奔向马车，只想尽快驾车逃离，途中还摔了两跤。

李八斤看着车夫的背影笑得直不起腰。他钻进灌木丛，喝着小酒啃着猪蹄，耐心地等待他等待了很多年的人。至少半个时辰后，他终于等到念念不忘的那个人。他坐在马背上，脸色蜡黄，瘦得像柴棍，还用袖子掩嘴咳嗽，一声比一声剧烈，简直像痨瘵鬼。李八斤简直怀

疑自己的眼,用力揉了揉,再眨了眨眼。

没错,就是他,是李八斤找了十二年的那个人,跟画像中一模一样。他好像从没年轻过,也没老过,似乎生下来就是这样子。十二年了,李八斤从十二岁的孩童长成二十四岁的青年,对方还是这等模样。老天算公平还是不公平?

李八斤继续啃着猪蹄,等那人离自己更近一些。

丘十八终于抓住了那把弓箭。他曾经是个老练的渔夫,后来成了老练的弓箭手。他对自己的职业一直很认真,哪怕做土匪,也要做一名敬业的土匪。

丘十八忍着剧痛一点点仰身搭箭,右手持弓,左手拉弦,指向马背上那名令他们全军覆没的官员。他当然知道败局已定,就算射死对方也得不到任何赏赐,可他还是一点一点拉满弓。

箭在弦上。

李八斤打了个充满酒肉味的饱嗝,他已吃下三只拳头大的猪蹄。活着,唯有好酒和卤猪蹄不可辜负。他扒开灌木丛又一次朝外窥探,忽觉隐隐不对劲。再细看,古战场还是那个古战场,死人还是那些个死人,野花野草还是那些野花野草……他的目光落在一个点,那个点在他眼中放大、放大、放大……

一支箭,指向马背上的那个人。李八斤抓紧手里最后一个猪蹄,眼不错珠盯着那支即将离弦的箭。

箭在弦上,一触即发。

奉命巡抚南赣汀漳等处的大明都察院左佥都御史王阳明又咳嗽了两声,举起袖子一看,青灰色的衣袖染了几缕血渍。他想,又得炖梨膏糖吃了。

王阳明想念家乡余姚了。家乡的梨汁多又甜，炖梨膏糖是最好了。坐在马背上的他，不禁恍恍惚惚想起家乡的龙泉山、中天阁、龙泉井，他出生的瑞云楼，瑞云楼外狭长清寂的青石板小巷，那一片"山如碧浪翻江去、水似青天照眼明"的四明山水、姚江南北……

因为此前一年平定广东三浰有功，正月的时候，朝廷封荫王阳明的儿子为锦衣卫，世袭副千户。他很不安，上疏恳请辞去这一浩荡皇恩，并恳求尽快致仕归田，因为他的身体太糟糕了，"瘴毒侵陵，呕吐潮热，肌骨羸削。或时昏眩，偃几仆地，竟日不惺，手足麻痹，已成废人"，又因祖母卧病，思亲心切，"悲苦积郁，神志耗眊，视听恍惚"。

对于此前平定江西横水、桶冈，广东浰头等贼患战功，王阳明在《乞放归田里疏》中，认为是"苟免颠覆，实皆出于意料之外。然此侥幸之事，岂可恃以为常者哉？""驾破败之舟以涉险，偶遇顺风安流，幸而获济。"说到最后，他近乎哀求，"放臣暂归田里，就医调治。倘存余喘，尚有报国之日。臣不胜感恩待罪，恳切哀望之至"。

可是，朝廷没答应，或者说，无动于衷。

正德皇帝朱厚照长驻西华门的"豹房"和宣府的"镇国府"，几近废朝。乾清宫被焰火烧了，他笑称"好一棚大烟火"。王阳明的恳求在豹房阵阵嬉笑声浪的掩盖下，只是如石子投湖，掀不起一丝波澜。

纵然思亲日苦，王阳明还是忠诚地履行职责，平肃了在这一带流窜作恶多年的一帮匪寇。这只是此前诸多大战役后的一场小役。

哨长曹二跑来，喘着粗气奏报："王都堂，战场肃清，兵械已缴，匪寇已俘。"

王阳明微微颔首，抖了下马缰，马听话地往回走。曹二忠诚地牵住马缰。

王阳明再回头看了看。晨雾笼罩古战场,草浪起伏,行露未晞。

"将略平生非所长,也提戎马入汀漳。数峰斜日旌旗远,一道春风鼓角扬。莫倚貳师能出塞,极知充国善平羌。疮痍到处曾无补,翻忆钟山旧草堂。"他低吟着,这是正德十二年正月,他赴赣南征漳寇进兵长汀道途中作的诗。

他希望晨雾再浓一些,那么就能掩盖世间的杀戮。是的,这些像枯草一样僵卧战场的土匪,是他下令杀的。他们杀人越货,为祸一方,死到临头依然负隅顽抗,他只能把他们剿了。"疮痍到处曾无补,翻忆钟山旧草堂",他从来都不愿世间有杀戮,可这些人依然死在他传令的刀光剑影之下。他的心隐隐作痛。

寒冷的雾气悠悠吹来,王阳明再次剧烈咳嗽。曹二回头讨好地说:"都堂,我找好郎中给你看看——"这一回头,曹二看到一支箭朝王阳明飞射而来,他大吼一声,牵着马朝相反方向使劲拽去,同时高喊"都堂小心"。

王阳明疲倦的眼睛,同样发现了一支飞箭射来。

这个晨雾弥漫的古战场,兵士们呆若木鸡地看到了这样一幅场景:一支暗箭破空呼啸而来,直射马背上的王阳明。与此同时,有一样东西从另一个方向破空而出,与那支箭迎头而撞,双双坠地。王阳明的坐骑被曹二猛拉了一把,他摔下马背。

曹二忙扶起王阳明,连声问都堂有没有事。兵士们迅速散开搜寻刺客。

刚扔下弓箭的丘十八很快被抓住,人证俱获,无论如何也抵赖不得。

王阳明的官服沾了泥浆,他看向被兵士摁跪在地的丘十八。丘十八凶恶的目光狠狠杀向王阳明。王阳明见过太多凶残暴虐的匪寇，可这名匪寇眼中除了凶与恶，还有一样——悲苦，悲苦之色压过了凶残。

曹二吩咐兵士们搜寻击落箭头的那个东西，又轻声问王阳明，是用乱箭还是砍刀杀死这名不要命的刺客。王阳明揉了揉酸胀的太阳穴，他已咳得头疼欲裂了，再看了眼丘十八，说带回赣南巡抚府。

曹二有些吃惊，俘获的敌军，宁死不从者杀，服从者一般收归阵营，交由曹二他们管束，都堂为什么偏要把这名匪寇带回府中？但这名哨长一向忠心耿耿，便忍耐下来说"是"。丘十八忍着剧痛，被兵士们推着踉踉跄跄地朝前走。

一名兵士把扎进骨头的箭头举到王阳明面前，说这就是击落箭的东西。这是一块猪蹄骨。众人脸色煞白。

本朝正德皇帝明武宗朱厚照姓朱不必说，还属猪，本人很喜欢吃香喷喷的红烧肉，可子民大啖猪肉让他很不舒服。朝廷此时虽没有明令禁止吃猪肉，可民间吃猪肉热情已不似前朝了。偏偏这时候，一根猪骨头赫然出现在他们面前。

王阳明仔细察看。箭头深深扎进骨头，骨头就像一副铁齿铜牙，紧紧咬住这支险些射中自己的利箭。在飞箭射来的一瞬，难道还有另外一个人窥视这一场惊险？还有，天底下有谁会如此无聊，闲得发慌跑到尸横遍野的战场来啃一块猪蹄？他当这是说书场或是戏场吗？

他闻了闻，猪骨上还残留半绺肉和鲜香的卤味。这是一名好吃的侠客或刺客。

他扫视四周，依然晨雾弥漫，草浪起伏，行露未晞，静寂得连鸟羽落下的声音都能听清楚。"风起于青蘋之末，浪成于微澜之间。"他盯

着微微起伏的草浪，心头油然升起这句话。

这个暮春的清晨，暗箭与骨头意外遭遇，刺客与侠客狭路相逢，而他是二者的共同目标。

兵士们跑来，说没有找到那个用猪蹄骨拦截暗箭的人。

王阳明沉思了一下说回府。曹二扶王阳明上马，一圈兵士警惕地护卫左右。王阳明没有一句重话，愈发使他们因护卫不力而愧疚。

马蹄踩过泥泞的古战场，迈向更缅邈的远方。

李八斤像一只机灵的獾，时奔时伏，始终与这支队伍保持不远不近的距离。此时他有点心疼，掷出去的猪蹄还没啃完呢，他特别喜欢筋肉相间的那一口，鲜香有嚼劲。他咽了咽口水，心想这块没啃完的猪蹄，算是王阳明欠下他了。

"我不能让别人杀了你，任何人都不可以……"他喃喃道。

队伍中间夹着数百名土匪俘虏，他们像一串被捕获的螃蟹，双手反绑串在一起，拖拖拉拉，行动缓慢。

丘十八在队伍的最前头。他最为罪大恶极，必将受到最严厉的惩罚。可他一点也没有败寇应有的样子，没有垂头丧气，没有恐惧畏缩。他全身血痕累累，像一株被削掉枝叶却依然挺立的行走的树木，让他弯一弯都不可能。

曹二上前巡视。他继承了战死沙场的父亲的军籍，从普通兵士到小甲、到总甲、再到哨长，用了十年，一路很不容易。他按了按腰刀，这把泛桃红色血光的雁翎刀跟随了他十多年，是通向营官的最佳冷兵器。

曹二瞥了眼挺腰走路的丘十八，很讨厌他狂妄嚣张的样子，这不是败寇应有的卑微姿态，这使他胜者的感觉大打折扣。曹二命令丘十八快走,他像鸭子一样傲慢而迟缓的步伐拖慢了队伍。事实上丘十八走得比其他俘虏更快一些。

丘十八随随便便看了他一眼,连认真看一眼也没有,更像用眼白不屑地瞟视。曹二很愤怒,这个死到临头的败寇真该一刀劈了,为什么都堂还要把他带回府?他狠狠抽了丘十八一鞭。丘十八没吭声,连躲闪也没有,这太不像一名合格的败寇了,相反他还带着胜者才有的骄傲。曹二愈发暴怒,接二连三地猛抽。

整支俘虏队伍鸦雀无声。作为败寇,任人宰割是他们该有的姿态与命运。

"住手!"低沉的声音在半空响起。

曹二的鞭子举在半空,僵愣稍许才放下。王阳明又说了句"住手",曹二收起鞭子,指着丘十八说这家伙太可恶了。

王阳明淡淡地说:"他已是败寇了,殴打一名败寇算什么?"

丘十八看王阳明的目光还是闪着凶光,没有因此而多一分感激。一个即将被杀的人,是不在乎多挨一顿打的。

王阳明用靴子触了触马肚,马朝前走。曹二再看丘十八,这名匪寇的眼神中竟然多了嘲弄之意。这比刚才的狂妄之态更让他恼火,曹二举鞭朝丘十八威吓地挥了挥。这回他只是威吓,并不敢违逆王都堂的命令。

"好,揍他,狠狠揍,揍个半死!"一个欢快的声音从路边树丛中蹦出。

曹二闪电般朝声音扑去。李八斤欲逃窜,可纵然身手快捷,也还是被比他更敏捷的曹二按住了。

李八斤一直跟随队伍。他看到了丘十八的狂妄挑衅,看到了曹

二的趾高气扬,也看到王阳明老僧入定一般让人吃不透的沉静淡定。

他喊出声,倒不是站曹二这一方,而是喜欢这种剑拔弩张的对峙。他是那种唯恐天下不乱的角色。乱世出枭雄,他当然知道自己不会是枭雄,也不想成为枭雄,可他喜欢看这个乱世之中,到底谁最后会成为真正的枭雄。

他本想悄悄接近王阳明,可这一声情不自禁的喊叫,把自己推了出去。

曹二说:"又抓到一名刺客!"李八斤想说自己是用猪蹄骨拦截暗箭救了王阳明的侠客,又想这尖嘴猴腮的哨长看着就不像好人,说了也白说,遂不吭声。

李八斤与丘十八对看了一眼。李八斤发现丘十八满脸是拼死一搏的狂怒凶猛,丘十八看到的是一张油滑浮浪小子的面相,这是他最看不上眼的。

王阳明打量李八斤,他的模样不似土匪,不似商贾,更不似农民,而像一名官家小随从。李八斤看王阳明与画像中到底有几分差别。之前远观,现在近看,除了看清他脸上几条沟壑般的皱纹,脸色更显出病态的蜡黄,还是没多少变化。

曹二说:"都堂,此人行踪诡异,定然不是好人。都堂没必要为这种小人分心,交给在下处置就是了。"

李八斤想这家伙要是随随便便把自己杀了,那可就麻烦了,他的要紧事还没办完呢,于是赶紧跪地:"都堂救命,误会,天大的误会,咱们是自家人,自家人啊。"

王阳明看看四周,这里前不着村后不落店,西边是远去的古战场,东首是苍茫的烟尘古道,这是打哪儿来认亲的自家人?曹二上前欲踢,一听这话愣住了,抬起的靴定在李八斤眼鼻子前。

李八斤推开曹二的脚,嘟囔声"好臭",从怀里摸出一封信交给王阳明。

信封上是这几个字:伯安吾弟鉴安。兄湛若水字。

信中说,持信人李八斤是他随身护卫,祖籍通州,因过不惯岭南生活,想回乡谋差。湛若水便让他去找刚上任的江西赣南巡抚王阳明,一则谋差,再则护好友王阳明的周全。

湛若水,号甘泉,王阳明生平挚友。二人一见如故,二见恨晚。比如王阳明评价湛若水:"我遍求朋友于天下,三十年来,从未见到这样出色的人。"湛若水则这样赞誉王阳明:"泛观于四方,未见此人。""某平生与阳明公同志,他年当与同作一传矣。"王阳明被贬谪贵州龙场驿时,湛若水临别赠诗:"自我初识君,道义日与寻。一身当三益,誓死以同襟。"

很多年后,湛若水寄语王阳明,"初溺于任侠之习,再溺于骑射之习,三溺于辞章之习,四溺于神仙之习,五溺于佛氏之习"。又很多年后,比王阳明长六岁的湛若水,为这位"一见定交,共以倡明圣学为事"的密友仁弟,含泪写下《阳明先生墓志铭》《祭王阳明先生文》,此属后话。

湛若水的字迹就是烧成灰,王阳明也能从草蛇灰线中嗅出他的气味,信确定无疑是甘泉先生写的,那么持信人也确定无疑了。

李八斤恳求道:"都堂,您收下我吧,我虽不算武功盖世,但凡有一口气,一定会保全都堂,九死无悔。"

"我行旅颠沛,你不如回乡安分过日子为好。"王阳明吩咐曹二拿来盘缠。

　　曹二慢吞吞从马背上取行囊,心里把李八斤杀了十几遍。

　　李八斤不肯收钱:"在下能跟着都堂有一口饭吃就行了。"

　　王阳明定定地看他,这年轻人看起来也就二十多岁,便叹了口气:"你知道信中写了什么吗?"

　　"湛……湛先生不是举荐在下谋差吗?"李八斤有点口吃。

　　王阳明淡淡地说:"信中说,你做护卫多年,身手不怎么样,饭量却又很大。湛先生白白供你好多年饭,觉得没什么用,让我把你杀掉算了。"

　　李八斤惊倒在地——信里的事都是客栈里那人告诉他的,那人说湛若水跟王阳明那可是过命的好交情啊。

　　曹二停下准备递过去的盘缠,心中暗喜。他怎么看这家伙怎么不顺眼,就跟那匪寇一样。他跟他们没过节,就是不顺眼,想把这两人除之而后快。

　　"都堂,您没看错字吧?"李八斤有点绝望。

　　王阳明看着他不动声色。李八斤想,他杀了那么多匪寇,还在乎多杀一个人嘛?到底是自己太大意了。他快速寻思怎么脱身。

　　"湛先生没跟你说我喜欢跟人开玩笑吗?"王阳明一提马缰,朝前疾驶。

　　曹二悻悻地把盘缠袋扔在他脚下,横了眼这个不顺眼的家伙。他吩咐兵士们牢牢护住都堂,今天的离奇事够多了,别再出岔子。

　　李八斤看着队伍渐渐远离,捡起盘缠袋掂了掂,至少二十文钱。大明宝钞越来越不值钱了,铜钱可货真价实啊。不管怎么样,这王阳明还算够意思的。

　　他忽然觉得还有什么事情没跟王阳明说清楚,可到底是什么事呢？越急偏越想不起，脑中如一团乱麻。

他忽然记起，一边跑，一边把双手拢在嘴边，冲着消失成一团黑影的队伍喊："王都堂，等等！是我用猪蹄骨打掉射你的箭，我是你的救命恩人！你要不信，我再试一把给你看看 —— 真的，是我救的你，人不能忘恩负义呀！都堂，王都堂，等等我啊 ——"

回答他的，是从他身后席卷而来的暮春呼啸的凉风。寂寞的古战场上，沾血的草浪从他脚下开始起伏，先是微澜，继而荡漾，终如潮涌，翻卷起一阵比一阵猛的波澜。

2

水观音亭

水观音亭三面环水,曲桥通幽,白墙黛瓦,挑檐翘角,漏窗花墙,极为精巧。

连日细密的雨,把墙角的芭蕉洗得碧绿清透。湘妃竹被去冬的积雪压断了几枝。风雨剥蚀的太湖石岌岌将塌。落叶积多了,满园散发经久不散的霉腐气息。

这座始建于唐时的园林,最初为祭拜观音菩萨而建,故名水观音亭。宁王妃娄素珍喜欢此园,时常来此烧香拜佛,临水梳妆,吟诗作画。宁王朱宸濠下令将此亭改称"梳妆台",又称"粉台",毫不掩饰他对娄素珍的偏爱。

娄素珍在八角亭石桌徐徐铺开宣纸,她打算画一幅《蕉石图》。

她病了几日,功课都落下了,自觉有负唐先生的殷殷期许。唐先生赞誉她的画作有"管道昇之风",她听了只是笑笑,她哪敢比拟管道昇。再则,管道昇与赵孟頫情投意合,她的赵孟頫在哪儿呢 —— 她没有这个福分。

她自小聪颖好学，多才多艺，琴棋书画无不精通。她的祖父，本朝著名理学家娄谅对这个孙女喜爱有加，亲授诗文书画。她熟诵《论语》，知《诗经》《尚书》《礼记》，甚有大义，十六岁时被宁王选入府为妃。娄素珍初进王府时，一相士惊为天人，对宁王说："王爷，此女子所谓日角偃月，相法上应当极贵。我相人甚多，也未见有这般贵相呢。"宁王深信以为然。这明着是赞叹王妃，实则道出了王爷的王者气象。

她清晰地记得，多年前，年轻的宁王常带她春游，两人牵着马缰骑马并行，款款行走于十里春风，着实是良辰美景，赏心乐事。她为之欣然赋诗，"春时并辔出芳郊，带得诗来马上敲。着意寻芳春不见，东风吹上海棠梢"……那个时候，南昌城外田野上劳作的农夫们，能看到宁王和宁王妃双双骑马并辔的浪漫画面，以至于忘了耕田锄地，呆呆地看着他们的身影远去。

后来宁王忙起来了，行踪诡谲不定，连见他一面都难。"春时并辔出芳郊"已为明日黄花，她也只能在字里行间回忆旧时良辰。

娄素珍开始研磨，蘸笔，捋袖，悬腕，落墨。

唐伯虎沿着花园小径俯首碎步而来。

二十年前的弘治十二年，他卷入"考场舞弊案"，一度下狱，后被罢黜为小吏。如今，羞辱难堪业已渐渐远去、消泯，他长年的瘦骨嶙峋面黄肌瘦，如今也有了丰润的模样。

这年秋季，宁王朱宸濠把沉醉于花街柳巷、自命为"江南第一风流才子"的他请到府中，诚聘他为爱妃娄素珍的书画教师，奉为上宾，好吃好喝供着，甚至不忌男女有别，让他客居王府"梳妆台"，若不是

对他极度信任和尊重,岂能如此重托?这让在漫长年月里遭受老婆恶言、乡邻白眼、仆童训斥以及看家狗吠的唐伯虎,开始感受到温暖和爱。

朱宸濠与他就大明王朝以及南赣的前途命运,有过数次深入浅出的探讨。唐伯虎不是没有听闻坊间对朱宸濠的种种流言蜚语,比如他指点江山,妄议朝纲,越俎代庖,指手画脚,说三道四……他越来越像一位试图另立朝廷的王,而不仅仅是偏居一隅的藩王……当然,一个男人倘若只管沉沦于方寸天地百尺罗裙而不是千里江山,能有多大出息?

算了,都是老朱家的事,不是他这个混口饭吃的门客需要操心的。能将王妃这个女弟子教好,自己不至于饿死街头,已是后半生的一等福分了。此外就算倾覆了江山又如何?唐伯虎自嘲地笑了笑。

娄素珍在全心作画,宣纸上蕉叶疏阔清朗,怪石嶙峋。

唐伯虎站在她身后看了片刻,说:"此画有技艺、有色彩,但气象、章法、意境就疏散了,王妃因何如此画兴阑珊?"

娄素珍放下笔对先生行礼问好。

"字画不可缺气象意境。技艺大于气象意境,不免生搬硬套、浮光掠影,就像一个人光有好看皮囊,而无骨骼支撑,日子一久,不免骄矜而不敢进。"

娄素珍低眉垂首:"先生说得是,弟子领教了。"

唐伯虎见她脸色苍白,眉梢凝结,似乎比前几日更瘦削,便问:"王妃是否凤体欠安?若这样,便休养几日吧。笔墨提起来轻盈,落下去千钧,笔笔皆是心血,不比荷锄的农家来得更轻便。"

娄素珍缄默片刻道:"先生,弟子有一事欲请您释疑解惑。"

"王妃请讲。"

"世间凡事皆可更改。技艺意境,加以刻苦,自然有一日会精进。可人性中的愚顽痴迷,如何点化?"

"这个——"唐伯虎迟疑着。

"'春时并辔出芳郊,带得诗来马上敲。着意寻芳春不见,东风吹上海棠梢。'我自以为可结庐人间……"娄素珍想起多年前的旖旎春游,目光又转向院里萧索的花木,"可人间的另一面,满目山河空念远,落花风雨更伤春。"

"春荣秋枯乃是万物规律,人间草木皆如此。秦宫汉阙,都做了衰草牛羊野,不怎么渔樵没话说——"他忽地噤声,这算什么话?

唐伯虎蓦觉后背凉飕飕。当着宁王妃的面,他竟说出如此大逆不道的话。王妃可说可感叹,他又岂能借驴下坡说下去?看来半生颠沛流离并非没有道理。

他惶然道:"王妃,在下口不择言——"

娄素珍把画笔奉上:"先生指点指点,为拙作添一点骨相意气。"

唐伯虎内心感激涕零。授业不长,他已知娄素珍心性。如果宁王府是百花园,娄素珍则是园中奇葩,奇在根本不该落地生根于此。可奇葩已种下,只能眼睁睁看着这朵花渐次生长,至于他日会盛放还是枯萎,只能看造化了。

唐伯虎拿笔蘸了蘸墨,在蕉石图上落笔。中锋运笔,线条爽利,轮廓清透;侧锋运笔,笔线毛辣,山石皴擦;藏锋运笔,沉着含蓄,挺秀劲健;逆锋运笔,笔锋开散,飞白苍劲……

娄素珍定定地看着,暗生赞叹,先生到底是先生,这一比,自己画的简直是童子涂鸦,不知要用多少功力才能学得先生笔墨皮毛之

万一。

"先生的诗书画,不说前无古人后无来者,当今只怕是无人可及了。"娄素珍由衷赞道,这是真心称颂,亦是感喟。

唐伯虎又蘸了蘸墨,听着这样的话,一阵莫名黯然,悬腕时手头抖了抖,一滴墨水滴在娄素珍织金缠枝莲妆花纱绣裙的边角,很快濡化成一摊醒目的黑渍。

两人呆住,唐伯虎不知所措。娄素珍忙说小事不足挂齿,回去洗洗就是了。

一阵"嘎嘎"声传来,像一只鸭子在水面拍着翅膀发出的欢叫。

宁王朱宸濠从走廊那头跌跌撞撞过来,笑得前俯后仰手舞足蹈。举人刘养正与致仕右都御史李士实这两个对朱宸濠忠心耿耿的幕官一左一右扶着他。

刘养正系吉安府安福县举人出身,熟读兵法,年轻时颇有凌云之志,写得一手好书法。他称朱宸濠为"拨乱真人",大获其欢心,为宁王的大业出足了力;李士实为丰城人,工诗善画,擅权术,向来以姜子牙、诸葛孔明自许。

宁王奋力甩开他们,两人只得诚惶诚恐、亦步亦趋在左右护着。

宁王朱宸濠今年四十三岁,长相颇英俊,加上长年练武,身段亦不错,算得上是个俊朗男子。只是近年来心事重重,面相愈来愈趋向阴郁凶顽。

他母亲冯娘娘本是一个青楼女子,被其父宁康王看中,纳入宫中。后有孕,临盆前,他祖父宁靖王梦见一条蟒蛇蹿入宫中,吞噬宫人,又欲吞噬自己。宁靖王惊呼醒来,宫女此时来报冯娘娘生下世子。不祥之梦令宁靖王和宁康王大为惊怒,遂令宫中不得留此子。冯娘娘悄悄将他藏于民宅，长大后才带回宫中。宁康王始终不喜他，去世前连看也不愿看一眼。这个应不祥梦而生的世子朱宸濠，自小聪慧，通诗史，善做歌词，然而生性轻佻无威仪，又喜争强好胜，追逐名利，袭宁王位后愈发骄横。自从刘养正称他有天子骨相后，他心中渐渐长出异志——觉得自己不应该仅仅只是一个藩王，尤其是与正统朱明王朝有长达百年仇怨的宁王。

朱宸濠走近八角亭，举步上台阶，抬了几次脚都往后仰去。刘养正、李士实欲扶他上前，他左右一推，两人狼狈摔倒。他抱住亭柱终于迈上台阶。

朱宸濠扑向娄素珍喊："爱妃！"

娄素珍扶他坐下，让奴仆去拿醒酒茶。

"喜事喜事，大喜事！爱妃，真是喜从天降也。"朱宸濠拊掌大乐。

"王爷喜从何来？"娄素珍谨慎地问。

刘养正向娄素珍拱手说："四年前，皇上以异色龙笺加金报赐，宣诏大哥赴京师太庙司香。今日大哥正式奉旨司香，实为大喜事。恭喜王爷，恭喜王妃。"

刘养正说的"大哥"，是朱宸濠和娄素珍的长子。他们四个儿子的小名分别是大哥、二哥、三哥和四哥，没有大名。这是宁王府秘而不宣的规矩，为日后赐得太子之名立嗣立国计，所以王府上上下下皆以小名呼之。

朱宸濠认为，皇帝热衷于游冶玩乐，迷恋野草闲花，不理睬百媚千娇的后宫妃子，以至于尚未有子嗣。既然皇位后继无人，宁王一脉为何上不得？如果有合法继位的资格，谁愿意大费周章担着杀头罪愆沦为叛逆者呢？说到底，都是朱明子孙，风水轮流转，宁王名正言

顺坐拥江山有何不可？

娄素珍心惊，太庙司香不是一般人能做得，宁王早有谋略，已为这事遍赂朝贵弥久，如今终于得偿所愿了。望着欣喜若狂的宁王，忧悸再一次弥散在她心头，她淡淡地说："王爷你喝多了。"

朱宸濠瞪大眼："谁，谁说我喝多了？我最讨厌别人说这话——喔，只有爱妃能说，别人说不得。"

唐伯虎对朱宸濠作揖，问王爷好。

朱宸濠很高兴："太好了，唐先生也在，我正想找你呢。"

娄素珍说："王爷答应过臣妾，以后不再醉酒。"

"我没醉，我只是喝多了点。刘养正、李士实这俩老家伙，掷骰子竟敢赢我，让我喝这么多酒。我非杀掉他们不可。"

刘养正、李士实慌忙跪倒。之前宁王拉他们喝酒掷骰子，他们一让再让，宁王说他们必须赢，要不然杀了他们，他们只得战战兢兢地赢。看来输赢都是死啊。娄素珍让他们退下，两个幕官退到边上，也不敢走远。

"王爷，能不能不总说'杀'字？口德也是德。"娄素珍幽幽地说。

朱宸濠死死盯着娄素珍。唐伯虎觉得他的目光像一口深不可测的冷潭，随时随地会将她吞噬。此时他很希望朱宸濠让他滚蛋。

朱宸濠笑了，温柔地抚摸娄素珍的胳膊："爱妃说得是，本王以后不说'杀'字。嗯，以后直接杀了。咱得留口德不是？"

唐伯虎觉得冷，冷得毛骨悚然，冷到骨髓深处。看来南昌要比苏州冷多了。他很担心这个迟迟未能暖和起来的暮春将如何度过。

奴仆送来醒酒茶。朱宸濠喝了口漱嘴，朝旁一喷，喷在娄素珍的裙子上。她被墨水沾染的裙边又沾上茶水，半边裙摆污浊不堪。

唐伯虎的心头抽搐。娄素珍抖了抖裙裾,仿佛那只是一些能抖落的尘埃。

朱宸濠睁眼看唐伯虎,好像刚发现,惊喜道:"唐先生什么时候来的?太巧了太巧了,我正要找你。"

唐伯虎只好再次作揖。

"唐先生,你是江南第一风流才子,爱妃在你教导下,诗书画日益长进,江南文人学士都以雅聚粉台为荣,这个园林成了南昌文风兴盛之地,不亚于当年王羲之兰亭雅聚啊,这里有你的功劳,大功劳啊!"

唐伯虎惶然:"是王爷的功勋英名,唐寅不敢当,实在不敢当。"

"唐先生的功劳。"

"王爷的功劳。"

"唐先生的功劳。"

"王爷——"

朱宸濠骤然变脸:"闭嘴,本王说是你的,就是你的,本王说不是你的,就不是你的!"

唐伯虎闭嘴。娄素珍脸色平静,波澜不惊,她见过太多这样的场景。

朱宸濠又笑嘻嘻道:"唐先生,你可知,我宁王一脉可是书香文风传世。"

唐伯虎暗叫苦。来到宁王府以来,他的耳朵快起茧了。

娄素珍不动声色,朱宸濠开始如数家珍。

"先王祖宁献王乃道教学者,修养极高。戏曲、游娱、著述、释道,无一不精。道家第四十三代天师张宇初,那可是先王祖的师父,也就是说,本王也是道家传人。先王祖写了天皇、天皇,道,天皇道……"

朱宸濠打着酒嗝,怎么也说不清。他不喝酒的时候也没说清过。

刘养正接上说:"宁献王撰述道教专著《天皇至道太清玉册》八卷,成书于正统九年,收入《续道藏》。宁献王多才多艺,自经子、九流、星历、医卜、黄老诸术皆具,著述颇丰,有《汉唐秘史》《大罗天》《私奔相如》……"

"对对对,说得对!说下去,说下去。"朱宸濠鼓掌大乐。

李士实也不甘落后,跟着说:"宁献王善古琴,编有古琴曲集《神奇秘谱》《太和正音谱》,还会制琴,所制中和琴被称为'飞瀑连珠琴',堪称旷世宝琴,时称大明第一琴。宁献王悉心茶道,著有《茶谱》……"

说出这些闪闪发光的宁王家世,是宁王府幕官必备的生存技能。

"说下去,说下去。"朱宸濠笑得眼缝都快看不见了。

"宁献王祖富藏书,有藏书楼'云斋',凡群书秘本,浩如烟海……"刘养正继续说。

娄素珍的心悠悠一颤。她十六岁被选配为宁王之妃,一则王权难违,朱宸濠久仰广信府理学家娄谅的孙女才貌双全,亲赴广信府下聘将其娶进门;二则她对彼时懂诗画、敬文人、颇有英气的朱宸濠有几分好感;再者,她久慕宁王府藏书楼"云斋"已久,想着日后长年能与诗书翰墨丹青为伍,那必是人生乐事。而今纵然汗牛充栋,于不明情理的子孙后代又有何用?先王祖在天有灵,也只能徒增叹息而已。

朱宸濠一拍桌子,桌上的茶杯骨碌碌落地,落在地上碎裂。刘养正舌头打结,李士实噤若寒蝉,他们不明白哪一句说错了。

"说得好,说得好!哈哈哈……"朱宸濠放声大笑。

唐伯虎喏喏称是,娄素珍神情淡然。

奴仆又送上一杯茶,蹲下身小心地捡碎瓷片。瓷片把他指头戳出血,他不敢声张,忍着痛捡起。

"唐先生,我宁王一脉以书香文风传世,我幼时极爱画画,我画的老鹰能抓小鸡,你信不信?"朱宸濠啧啧地咂着牙缝里的一根肉丝。

"信信信。"唐伯虎忙道。

朱宸濠勃然大怒:"不信?来人,拿刀。"

两名佩刀侍卫从走廊另一头飞奔而至,递上锃亮的大刀。

唐伯虎惊得忘了害怕,张大嘴,好像朱宸濠要赏他一个鸡蛋。

娄素珍神色平和,好像侍卫递上的只是一支画笔。

刘养正、李士实悄悄往后挪步,生怕宁王一时兴起把他们也捎带进去了。

朱宸濠愤怒地把刀扫落在地上:"混蛋,我说拿笔!"

奴仆慌忙递过石桌上的画笔,两名侍卫退到一边。

朱宸濠举着画笔,盯着蕉石图,皱眉端详:"这又是秃树又是怪石,爱妃,你就不能给树添几片绿叶,把石头画得圆润些?枯山瘦水的什么玩意儿?来,本王给爱妃的画作锦上添添花。"

朱宸濠卷起袖子,动作甚是麻利,唰唰几下,给枯树添上阔大的树叶,把瘦削的石头描得圆滚丰硕。画面顿时显得十分滑稽。

唐伯虎的目光艰难地转向娄素珍。娄素珍低眉看地面,地上的青石板缝隙,长出了一丛茂密野草。她觉得这一丛野草也比自己活得有生气。

朱宸濠拍了拍脑袋,又在枝叶上画了一只像鸟又像鸡的玩意儿。

他得意地问:"爱妃,本王画得如何?"

"王爷喜欢就好。"娄素珍淡然道。

朱宸濠又转向唐伯虎:"唐先生,本王画得如何?"

侍卫递刀时，唐伯虎的背脊渗出了细密冷汗，现在他的背脊渗出的是热汗，因羞愧而燥热，好像这阔叶、圆石、小怪物是自己画的。此时的他如同得了疟疾，身上忽冷忽热。

"好好，锦上添花，妙笔生辉。"他讷讷地说。

刘养正、李士实迫不及待拊掌叫好。

"王爷寥寥几笔，平添生趣，甚有宋徽宗《芙蓉锦鸡图》之风也。"刘养正赞叹。

"王爷画作，兼具五代黄筌《写生珍禽图》的意趣，实在不可多得啊。"李士实不甘心让刘养正说尽好话。

唐伯虎强忍着一阵阵反胃。

朱宸濠大笑三声，把画笔扔向草丛，仰天喊道："风流才子唐伯虎，书画冠天下，宁王一脉，书香文风传世，宸濠青出于蓝，青出于蓝——呃——"他打出一个响亮的长长的酒嗝，倒下去，两名侍卫迅速扶住。

空气中充斥浓重的馊酒味。年轻时的朱宸濠也是富有文采的，如果不是被祖先的光荣与耻辱所挟裹，如果不是被勃勃雄心所驱使，他可能会是另一种面貌。

娄素珍朝唐伯虎行了个礼，什么也没说，她觉得说什么都是多余的，就像朱宸濠涂抹在画作上的那几笔。刘养正、李士实乐颠颠地跟上。

偌大的园林只剩下唐伯虎和两名奴仆，他们照料他的饮食起居。

唐伯虎看着娄素珍的背影，袅袅婀娜，纤弱飘忽，像水流中的一株水草，看起来似乎要被激流折断。她走过花园圆拱门时停下脚步，似乎要转过身。但也只是稍做停顿，便消失在圆拱门后。

唐伯虎心头狂书四个凌乱的草书，是张旭怀素的那种颠张醉素，只有这种癫狂、凌乱和激愤，才能写出他的所念所想。

"暴殄天物，暴殄天物，暴殄天物啊——"他想着这四个字，不觉念出声。

他蓦然闭嘴，打量四周的亭台楼阁、水池花墙，隐隐感觉有很多眼睛，钉子一样钉住后背。他落荒而逃，边回头张望，不小心撞到圆拱门，发出"咚"一声。

他仓皇跑进栖身的厢房，随即关门，后背贴着门户，身子缓缓滑下，在冰冷的地面坐了很久……

3

枣梨姜芥

哨长曹二端着菜盘,走向赣南巡抚府刑房。盘子里有一壶滚烫的绍兴黄酒,一盘香糟猪耳朵,一碟茴香豆。

他闻着黄酒和香糟猪耳朵散发的醇香,不禁咽了几回口水。香糟猪耳朵是王阳明亲手做的,此外他还擅长做霉干菜蒸肉、糟鸡、油焖笋等菜肴,这是王阳明老家绍兴府余姚县那一带的特色菜。不过王阳明轻易不会出手。

曹二走进刑房,把菜盘恭敬地放在王阳明面前的长案上。就算大白天,刑房也很暗。王阳明坐在长案后的椅子上,油灯的光打在他那张不悲不喜、神秘莫测的脸上,他牢牢盯住对面戴着枷具的土匪们。

丘十八等五名土匪双手被反绑在身后,呈一字形跪立。他们身后站着五名刀斧手,暗淡的灯光也挡不住大刀的凛凛寒光。

丘十八低着头,仍感觉王阳明的目光像针一样戳向他,而他是一块水泼不进、针扎不进的石头，冷硬地梗着脑袋，保持一名末路败寇最后的尊严。从被捕到现在半个月了，一直没人理他。在他觉得自己像块破抹布一样被人遗忘时，突然被提审。

王阳明喝了一口黄酒，温润醇厚的滋味儿自唇齿之间散发开来。这味道，让他一下子想到余姚故里。他小时候，爷爷总喜欢在竹林里喝上两盅，一直喝到苍老的两鬓透红，然后祖孙俩在萧萧竹林中读书吟诗。

王阳明又喝了口酒，吃了块香糟猪耳朵，剥了两颗茴香豆，身体温热起来，连手指头也开始发暖，他觉得可以开始做事了。

丘十八在曹二端着酒菜过来时，就闻到了香味。他还是鄱阳湖的渔夫时，就会鱼的七种做法。他嗅着又香又咸又鲜的气味，暗想若是再添一点蜜水，菜的口感会更好一些。他悄悄地咽口水，觉得很羞耻。一个将死的土匪，对食物产生欲望是很滑稽的。就算饿死，他也不想吃相难看。于是他漠然看向王阳明。吃过酒肉的王阳明面色红润，精神振奋，不再那么病恹恹，他瞬间感觉大难临头。

一个吃饱喝足的官员，怎么可能体恤一个垂死者的苦难呢？

果然，王阳明朝他点点头——不，朝他们身后的刀斧手点点头。

刀斧手举起了大刀。

不！按大明律，哪有这样随随便便砍死在刑房的？不——

丘十八不止一次与死亡擦肩而过，他的肩头、脖子、肋骨都受过伤，还有一回利箭正中他胸口，事后医士拔箭疗伤，说箭头差点射中心口了。所以丘十八对临死是有经验的。他闭上眼，默念十八年后又是一条好汉，十八年后又是一条好汉，十八年后……

旁边四名土匪发出了惨烈的哀号，像一群待宰的猪，简直要把刑

房屋顶掀翻。那个叫曹二的哨长得意扬扬地冷笑。

丘十八暗想,死,也得有模有样有骨气。他挺直腰背梗直脖子,想看到自己的头颅从脖颈脱落,是不是像熟透爆裂的西瓜,血色炽艳。他准备趁着嘴巴还能说话时大吼一声"好汉,壮士,英雄——"

在他崩溃而迷糊的目光中,王阳明微笑着又喝下一杯热乎乎的黄酒。

漫长无边的眩晕过后,丘十八没有看到头颅躺在地上,也没有看到血色喷溅,更感觉不到疼痛——这是一种什么样的新死法?他摸摸脖子,脖颈和脑袋依然结实地长在一起。他举起手,手腕有紫红色的绳索勒痕。手原本是反绑身后的,现在却能灵活地举到眼前,那么,被砍的是——手上的绳索。

丘十八没有庆幸自己还活着,反而更愤怒——他被戏弄了,被一次逼真的"死"戏弄了。如果刚才他像同伙们那样哀号,该多丢脸啊,还不如被砍掉脑袋。

走进赣南巡抚府刑房时,丘十八已经知晓了降服他们的对手是现任都察院高级长官左佥都御史、赣南巡抚王阳明,一个黄皮寡瘦的官员。自古民不与官斗,没有天生的土匪,但有天生的官,天生的民。在成为土匪之前,他是勤劳能干想把一家人养活的民。是谁让他们成为十恶不赦的土匪?是这些官,官逼民反才有盗,民不聊生才有匪。

丘十八把刚获自由的手掌紧紧捏成拳头。如果不是因为不想再次被绑上,他真想一拳砸向这名官员。连死都不让人痛痛快快地死,非得羞辱一番再把人弄死吗?好在他没像同伙们那样发出哀号。这一想,他颇为自己感到骄傲。

从走进刑房到此刻,王阳明眼中的丘十八,脸色由灰转青,由青转白,由白转红,由红转紫,眼神愤怒狂乱绝望崩溃,变了又变。他内心一叹,这个败寇的内心不知上演了多少好戏。

王阳明对曹二低声说了句话。曹二惊奇地瞪大眼,但还是按王阳明的吩咐,将摆着酒菜的长案,搬到土匪们面前。曹二说王都堂请他们喝酒吃肉。他倒了杯酒,不情不愿顿在丘十八面前,用眼神剜他。另外四名土匪大眼瞪小眼。

丘十八举着酒杯,盯着黄澄清亮的酒,第一个念头是:毒酒。

他很平静,毒死就毒死吧,总比砍死要死得好看些。他仰脖一饮而尽。其他四名土匪见他第一个吃了,索性也不要命地喝酒吃肉。丘十八没跟着吃菜,他在等被毒死的感觉,会是七窍流血还是腹如刀绞呢?可他连嘴唇发麻的感觉也没有,眼前的食物越来越少了,四个土匪往嘴里疯狂地塞。

王阳明看到丘十八的手臂像离弦利箭,迅速射中最后一块香糟猪耳朵,塞进嘴大吃。王阳明微微一笑,这确实是一名出色的弓箭手。

丘十八嚼着香糟猪耳朵。虽然酒糟放多了,可还是有滋有味。酒糟与猪耳朵经过时间的酝酿,变成了食用时会发出嘎吱声响的美食。在颠沛流离的军营生活中,居然还有人用心做出这等食物。

王阳明走到嘴里发出嘎吱声响的丘十八面前。丘十八嚼得更响了,用挑衅的目光直直对上对方的眼神,意思是"看吧,我有种吃给你看"。

"猪耳朵好吃吗?"王阳明亲切地问。

丘十八噎住了。自从太祖改猪为"豕",默许民间养猪吃猪肉后,

猪成了只可意会不便言传的存在。也就是说,大家虽养猪吃猪肉,但不会公开说"猪"这字眼。现在都堂却跟一个落败的土匪如此大声说"猪耳朵"。

王阳明倒了杯酒给他。丘十八喝下,喉头通畅了些。这个官员为什么不像别的官员那样仗势欺人?有点奇怪。

"为什么要做土匪?"王阳明问。

丘十八内心一阵翻江倒海,想跳起来,想骂,想咆哮……最后他平静地说:"王都堂,你有本事,就去对付江西最大的土匪,对付我们这样的小喽啰,算什么本事?"

曹二勃然大怒,抽出刀,他忍耐这个该死的土匪很久了。管辖一哨二百人的堂堂哨长,非但弄不死一名败寇,还得按都堂的吩咐给他倒酒。王阳明摇头,曹二憋屈地退到一边,随时等着给那该死的土匪一刀。

"我知道江西有最鲜美的鄱阳湖银鱼,最香醇的李渡酒,但不知道还出产土匪。"王阳明饶有兴趣地说。

丘十八冷哼,四个土匪小声笑起来。曹二让刀把与刀鞘碰撞了下,发出威严的警告。

王阳明认真地说:"谁是江西最大的土匪?你告诉我。"

丘十八这回被涌出喉头的一堆话噎住了,仔细打量这名官员,他的眼神是认真探询的,看起来确实不明白为什么经常有一堆土匪出没在赣南。

"王都堂,你是真不懂还是装不懂?"丘十八冷冷地说。

王阳明打量这名伤痕累累、满脸胡茬的土匪,找不到他脸上撒谎或故弄玄虚的神色。从索居贵州龙场的山洞开始,他学着读一草一木、一兽一虫的语言,读一座山川、一条河流、一片林木的哲理,读一个人的眉眼,从眉眼读到心,从心读到心外之物,读懂了很多。他认为,一个狡诈坑蒙者哪怕是眼睫毛,也会流露出虚伪的内心。但丘十八的脸上只有冷冷的坦诚,没有一击即破的玄虚。

王阳明让曹二把他们带走,不必上枷具,让大夫给他们好好疗伤。

丘十八走到门口,扭过头,想问自己到底什么时候才能死。曹二粗暴地推了他一把,使他打了个大趔趄。幽暗的走廊上,曹二狠踢丘十八以泄愤恨。王都堂居然给他们喝酒吃肉,且酒肉还是他端上来的。

丘十八轻蔑地说:"有本事跟我在战场决一死战,乘人之危算什么本事?"

曹二给了他更重的一脚,暴喝:"该死的土匪,还想上战场?能不能活到明天还不知道呢。"

丘十八没有感受到疼痛,脑海反复浮现那句话:"谁是江西最大的土匪?你告诉我。谁是江西最大的土匪?你告诉我。谁是江西最大的土匪?……"

无非就是一名装腔作势的官吏。在江西这方土地,还有谁敢对付那个最大的土匪?没有。无非就是拿他们这些蝼蚁开刀罢了。

丘十八再次冷哼,换来了曹二更凶狠的拳打脚踢。

都察院之职是纠劾百官,辨明冤情,提督各道,为皇帝耳目风纪之司。左右佥都御史为正四品。王阳明以此职巡抚赣南,到任即赴乡村察看民情,慰问疾苦,处置里坊商户纠纷,制定地方律法,稍有空闲,开门讲学,每至深夜才歇息。

这天午后,他回到巡抚府内署,夫人诸氏款款端上一碗银耳梨羹。他喝了两口说准备去一趟南昌。

"夫君,你劳累多时,明日一早再去不迟。"诸氏温柔地说。

王阳明简单说了必须尽快赶去南昌的理由。诸氏默默点头,说准备几件换洗衣裳。王阳明看着夫人纤弱的背影,心中浮起几许歉疚。

诸氏与王阳明是表兄妹,其父诸让是成化十一年进士,余姚名儒,与王阳明父亲王华是亲戚兼好友。诸让时任江西布政司参议,常为赣匪烦忧,每逢进京即与王华商议,彼此认为民不聊生是成匪之由。诸让两次进京都带着女儿,诸氏聪慧清秀有灵气,与王阳明可算青梅竹马,少年时两家即定下亲事。

弘治元年,十七岁的王阳明赴南昌迎娶诸氏。新婚当日,众人忙得不可开交,他游游荡荡,不觉来到附近铁柱宫,与道士说法论道,闭目对坐竟夜,竟忘了新婚大事。好在岳父诸让宽宏大量,诸氏温柔娴雅,知道他是奇人,此后对他的异端异行也见怪不怪。夫妻俩按风俗在岳父家住了一年,新婚宴尔,他读书习墨,诸氏红袖添香,他的书法大有长进,自称"吾始学书,对模古帖,止得字形。后举笔不轻落纸,凝思静虑,拟形于心,久之始通其法"。那是神仙眷侣的好时光。

一年后,王阳明携诸氏回余姚故里,一路赏山河壮美,访高士名贤。途经江西上饶,他拜访了久仰大名的理学家娄谅,始得"圣人可学而致之"的格物致知之学。此后的生涯起起伏伏,两次落榜、得罪刘瑾入诏狱、赴谪贵州……正德四年闰九月,他获升江西吉安府庐陵县知县,此后身陷更为烦冗的庶务,乃至文臣剿匪,时有身家性命之忧。诸氏皆无怨无悔追随,悉心照顾陪伴。

诸氏无所出，两人仍伉俪情深。正德十年，王阳明堂弟王守信之子王正宪过继为他们的嗣子。他想早日致仕，携夫人回故里尽享天伦之乐，方是对她最好的慰藉吧。

诸氏拿出装了换洗衣裳和两罐梨膏糖的包袱，眼神眷恋，欲言又止。

王阳明宽慰道："南昌不远，有德成兄在，我去几日就回，你宽心就是了。"

"家中事务我会管好，夫君无须牵挂。"诸氏莞尔一笑。

夫妇俩又说了些体己话，王阳明走出内署。诸氏望着他的背影直至消失。

李八斤蹲在马厩的围墙角落，嘴里嘎吱嘎吱作响。他从厨房找到半块猪耳朵，更准确地说，他是被香味吸引到厨房的。这不怪他，要怪就怪那香味儿太诱人。

李八斤嘴大吃四方，多年来走南闯北，吃来吃去认为最好吃的还是民间菜。半块香糟猪耳朵让他惊叹不已，想必赣南巡抚府有一名手艺了得的厨子。

他忽地停止咀嚼，悄无声息朝更角落处躲闪。有人朝马厩走来。

王阳明轻裘缓带走向马厩。李八斤一惊，难道他要出远门？

王阳明拍了拍一匹白马，白马温顺地走出马厩。他翻身上马，没有急着走，而是朝身后扫视一圈。李八斤自忖隐蔽得够好，还是禁不住缩了缩身子。

王阳明提起马缰拍打马背，温顺的白马瞬时矫健、敏捷地朝前奔跃。

赣州通往南昌的官道黄尘漫卷，一人策马驰骋。王阳明身后三四十丈，紧跟着骑黑马的李八斤，他咂着嘴，抱怨王阳明出行太匆促，害他来不及在赣南巡抚府找些别的吃食。

檀香在书桌一角袅袅飘逸，在大明朝都察院右副都御史、江西巡抚孙燧的头顶，形成了一圈蒙蒙眬眬的淡青色云烟，这让他有了一些道骨仙风。

孙燧的目光落在书桌角的碟子，碟子里有四样食物：一颗枣，一个梨，一块姜，几粒芥子。这四样东西在书房待了四年多。瘪了烂了，重新换掉，再摆上。孙燧每天进书房先向它们招呼，表示自己还活着。

有客人到他的书房，总会好奇地问这些物品的来由。作为食物，它们不算可口；作为果品，又太简陋。可它们为什么会长久地存在呢？孙燧什么也不说。这些果品是给自己看的，用不着解释给人听。

孙燧听见有人走进书房，知道是熟人，一般人进不了他的书房。

"德成兄，现在不是嗅香的时候啦。"身后有人朗声说。

"那何时才是嗅香的时候？"孙燧转身，王阳明风尘仆仆，胡须和官服沾满了灰尘，眼神依然清亮。

孙燧问他怎么连濯洗一番也等不及，就来找他，是不是有什么急事。

王阳明把从古战场带回来的断箭放在他面前，断箭在油灯下闪出青寒的光。

孙燧拿起断箭把玩了下，笑着说："竹箭，做工不错，结实锐利。"

"你没看出名堂吗？这箭出自官府。"

"二尺六寸五分，标准的官制箭，我要看不出，四年江西巡抚也白当了。"

"告诉我,这是为什么?"王阳明举起断箭看着他。

书房的屋顶上,悄无声息地伏着一条黑影,从瓦缝间窥探书房。

此时的李八斤正朝江西巡抚府过来。他本来早该到巡抚府,只因南昌街头的酒馆像藤蔓一样缠住了他的手脚。他本打算只喝两盅,可添了一盘酱牛肉后胃口大开,在酒馆多耽搁了一刻,等他意犹未尽地抹嘴离开时,手上多了一坛酒。

书房里的王阳明说:"这些土匪为害多年,都是乌合之众,根本不经打。江西官府这么多年为什么剿不灭他们?从来只听说剿匪,没听说过养匪。"

王阳明这等话,等于一进门就给了这位江西巡抚兼余姚同乡好友一巴掌,换了一般人早就拍案而起了,孙燧却没有。因为这是事实,是孙燧任江西巡抚之前的既定事实,是描不白抹不煞的事实。

孙燧笑了笑:"我连妻儿都养不起,留在余姚老家,还能养匪?"

王阳明也跟着笑:"你不养,自然有人养。"

两人发现彼此流露的都是苦笑。

他们你一句我一句说得投契,屋顶的那条黑影气得要摔瓦了,俩老家伙叽呱半天不晓得叽呱啥。他的手掌落到瓦上,突然清醒,这不是随便发泄的地方,便及时刹住,可掌风带起了屋瓦,发出轻微的咔嚓声。

王阳明和孙燧朝屋顶望去,亮处看暗处自然是灯下瞎,他们什么也看不到。屋顶上的黑影冷笑,留神让自己不再发出声响。孙燧说可能是野猫,它们常蹿房越脊,让人不得安生。

李八斤此时也出现在屋顶,距离黑影十丈之远。

与其说李八斤孜孜不倦地跟踪王阳明，不如说是赣南巡抚府的半块猪耳朵指引他到这里。他府上尚有如此美味，江西巡抚府更不用说了。说不定王阳明就是偷偷跑来吃好吃的。而眼下，有人早他一步窥视其囊中物，凭什么？赣南巡抚府的猪耳朵是李八斤的，江西巡抚府的也是李八斤的，他决不能容忍另一道目光的觊觎。

屋顶下的王阳明与孙燧离得很近，近得能听见彼此的呼吸，能数清对方头上有几根白头发。良久，他们从对方的眼神里读出了自己想要的答案。

王阳明的目光落在书桌上的果品："这么说，传言都是真的？"

孙燧默默点头。

这是江湖上流传很久却没有确凿证据的一个传言——宁王朱宸濠外结群盗，内通权佞，挟持群吏，谋逆反叛，几任江西巡抚均遭暗算。

历代宁王与江西地方官员之间种种难以言喻的积怨，到了朱宸濠这一代至极点。江西巡抚差不多成了被架空的角色。江湖传说宁王朱宸濠"爱民如子，爱官如父"，动不动就把江西巡抚送回老家养老，前几任不是走在回老家的路上，就是死在回老家的路上。江西巡抚成了正德朝最具风险的高危差使。

孙燧，字德成，号一川，浙江余姚人，弘治六年进士。历仕刑部主事、福建参政、河南布政使。正德十年十月，刚做河南布政使没多久的孙燧，就被擢升为都察院右副都御史兼江西巡抚。赴任前，他把自己关在屋里追念历代先祖。始祖五代后唐三司使孙岳，强干有才用；九世叔祖南宋理学家孙应时八岁能文，师事陆九渊，为官有德政；曾祖孙锐博学有才；祖父孙溥传道授业；父孙新曾任郑州递运所大使，为官清廉。为国尽忠，是深入孙氏家族骨髓的精神血脉。

孙燧把夫人和三个儿子送回余姚老家，叮嘱孩子们孝敬母亲，自己只怕会死在江西这块被施了诅咒的死地。夫人哭着问他能不能辞官不做，他快六十岁了，回烟火万人家的余姚安生过完下半辈子就是了。

"朝廷派我巡抚江西，是死是活我都必须挺身而出，决不可推辞。"这是他留给夫人和三个儿子最后的话。

孙燧到任江西拜会宁王，先以效忠朝廷诚恳进言，被朱宸濠傲慢地拒绝。他与按察副使许逵商量，称为了防范盗匪，加固南昌城池，重兵把守九江，设通判驻弋阳，同时加强周边五县的防卫。为防止朱宸濠抢劫兵器，他们还把兵械武器转移他处。他有意做得大张旗鼓，旨在逼朱宸濠自行跳出来。

朱宸濠虽然远不及他的高祖——第一代宁王朱权那么慧心聪悟，但也不算太傻，他一方面贿赂朝中权臣想法调走孙燧，一方面在幕官刘养正、李士实的撺掇下，派人送去枣、梨、姜、芥四样食物给孙燧。朱宸濠起先也不明白为什么要送这四样奇怪的食物，两名幕官就解释给他听，他大笑不已，觉得这些玩意儿太有意思了。

孙燧坦然收下这份奇怪的礼物，没心没肺且有滋有味地吃掉了，连感谢宁王也没说一句。送礼物的人悻悻离开，回去禀报说此人是历任江西巡抚中脑子最不开窍的一个。

孙燧心里太清楚了，枣、梨、姜、芥是在告诉他：早、离、疆、界。

事后他按时点卯，按时放衙，日出而作，日落而息，恪守一名巡抚的应尽职责。四样食物霉烂了，他就重新备上搁在书桌角，时时提醒自己。

去年,孙燧抓捕了几个盗匪头子,从他们的狂妄言行中,他弄清了匪首背后是什么人在撑腰,特意把他们关在南康府城监狱。可当他试图进一步撬开他们的嘴想得到更有用的东西时,南康突遭数百兵马的袭击。他率兵迎战,回来发现监狱里那几个匪首已逃之夭夭。接着,江西发大水,一伙盗匪流窜至鄱阳湖杀人越货。孙燧和许逵精心布防,从江外围捕他们,当盗匪快被抓住时,他们逃窜进宁王的祖陵,孙燧无法带刀进入,只能眼睁睁任由盗匪逃遁。

孙燧先后向朝廷上了七道密疏,其中一道说朱宸濠"不愿做藩王,甘去做盗魁,想是做藩王的趣味,不如盗贼为佳",带着强烈的嘲讽意味。这七道密疏无一例外被耳目遍布的朱宸濠拦截了。

朱宸濠曾设毒宴要弄死孙燧,没成功。所以作为孙燧的同乡兼好友的王阳明没挑好时辰来江西,自然不会有什么好果子吃。

王阳明听完孙燧的话,心头一沉,不知为什么骤然想到土匪丘十八。

"王都堂,你有本事,就去对付江西最大的土匪,对付我们这样的小喽啰,算什么本事?"

"谁是江西最大的土匪?你告诉我。"

"王都堂,你是真不懂还是装不懂?"

他与丘十八的对话在他耳边嗡嗡回响。

屋顶的李八斤快接近那条黑影时,黑影骤然察觉,踩着屋脊飞快地跃开。李八斤一时陷入追逐黑影为好,还是继续趴伏屋顶偷窥王阳明行踪为好的两难境地。他想了想,觉得一个偷鸡摸狗之徒不值得为之费力,还是看看王阳明在搞什么更有意思,于是放弃追赶,也趴在屋顶偷听。

听了好一会儿,那个比王阳明更老的江西巡抚,唠唠叨叨诉说他到江西吃了什么苦遭了什么罪,还有一个什么藩王夹在中间,鬼知道他们在说些什么。

"我老家瑞云楼南首正对龙泉山。两三岁时,这座山对我来说犹如三山五岳,高不可攀。再后来,我登龙泉山,入居庸关,攀武夷山,居贵州龙场龙冈山,登九华山。巡抚南赣汀漳等处,周旋于江西、湖广、福建和广东四省交界的群山峻岭之间,大帽山、大庾岭、九连山、八面山……"王阳明细数他登过的一座座山川,"登过的山越多,对山的畏惧就越少。"

"灵峭九万丈,参差生晓寒。仙人招我去,挥手青云端。""一百六峰开碧汉,八十四梯踏紫霞。""独挥谈尘拂烟雾,一笑天地真无涯。"弘治十三年,王阳明授刑部云南清吏司主事,次年秋奉命审决淮安、凤阳等府的重囚案,平反多件冤案,甚得民望。事毕后顺道游览九华山,为这座仙气缥缈的山作了诸多诗篇。

孙燧凝神倾听,默默颔首。这位同乡兼好友讲述着之前的经历,语气听起来云淡风轻,似乎只是一次次饶有趣味的山水游历,可他心知肚明——那是一场场凤凰涅槃式的苦难历练。

"德成兄,我们面对的是一座没有登过的山,一场没有遇过的险境,它定然有险阻艰难,披苫盖,蒙荆棘。但只要我们去做,终会成事。"王阳明慨然道。

"伯安,你说出了我的心思。你没来之前,我可谓一手独拍,虽疾无声。好在你来了。"孙燧热切地说,"你说,下一步我们如何做?"

王阳明不说话了,因为他不知道下一步怎么做。

孙燧也沉默了,因为他知道下一步没法做。

他们心里再清楚不过,虽然二人位居京官兼地方巡抚之位,可他们没有调兵遣将的实力。大明朝绝不允许地方拥有武装,征战须有旗牌,战事结束立即上缴。所以就算有千军万马,没有旗牌也调不动,更何况根本就没有拿得出手的兵马。

两人隔着一盏摇曳的油灯互望。熏香的烟雾在他们四周萦绕,遮蔽了他们悲喜不辨、阴晴不定的神色。

李八斤看得火大。闹半天他们又扯到登山了,这有啥好说的?要说翻山越岭,他小小年纪漂泊江湖,所至之处加起来不比他们的少。他有种跳下屋顶冲进屋跟他们说道一番的冲动。

后来孙燧跟王阳明低语了几句,两人离开书房,穿过衙署,来到大门口。孙燧轻轻启开一条门缝。两人望向静夜的街面,只见五六个贩夫走卒在巡抚府外忙碌着,目光不时瞟向巡抚府。巡抚府门口无论如何也不该像街市。

有人在监视江西巡抚府的动静。

王阳明哑然,事情比他们料想的更险恶莫测。

"做巡抚做到我这个分上,也够丢脸了。"孙燧苦笑。

"德成兄,有这么多人护卫,还不要薪俸,整个南昌城都找不出第二处。"王阳明笑得很坦然。

孙燧安排王阳明在衙署东厢房歇息,两名护卫守在门外。

李八斤跟着奔波了一程,又趴在屋顶偷窥多时,已筋疲力尽,只得悻悻然离开。

4

刺客秋史

翌日，王阳明没有离开东厢房，孙燧来到他房间，两人又商议了一整天。

李八斤蹲在后窗听了一整天，又纳闷又窝火，有啥事值得他们说个没完没了。后来他实在不耐烦了，就溜到街上。一上街就管不住腿和嘴，吃香喝辣，直呼南昌到底是南昌，比那破赣州繁华多了。

他只要往那些油头粉面的公子哥儿们身边一转，他们身上值钱的东西就转到他手上，能吃喝好几天。他专挑有钱人下手，不碰穷人，有时还会往街边乞丐的碗里扔几文钱。后来他在一家酒馆醉倒，醒来已是日暮时分，身上盖着一条薄毯。他掀开毯子就往外跑，店主拉住说还没付酒钱，他扔下五文钱，抱起一坛酒就跑。店主笑得嘴都歪了。

李八斤跑到江西巡抚府一看，王阳明还在东厢房，油灯把他的影子照在格子窗，他在写毛笔字呢。他松了口气，耐心地蹲在后窗。

约莫戌时,王阳明走出房间,两名护卫跟上,他摆摆手示意不必,说在屋里待了一整天,想出门散散心。

王阳明策马疾行于街上。月亮从枝间漏下雪亮的光,街衢,屋檐,河埠,酒旗,泊船,树影……皆沉沉睡去,天地安寂。

两名护卫奉孙燧之命,不远不近地跟在后面。

"于今犹是天涯梦,怅望青霄月色同。"王阳明想起他任南京鸿胪寺卿时写的《寄冯雪湖二首》。

他的同乡、江西提学副使冯兰致仕归故里余姚临山,将常年垂钓的湖改名雪湖,改千金湖东面的桃花庄为雪湖山庄,自号雪湖居士。同朝大学士谢迁归田园居后建银杏山庄,与雪湖山庄毗邻。两位老先生孤云野鹤,吟诗赋词,雪湖山庄一时成为当地文人骚客雅聚之地。这让颠沛在外的王阳明萌生隐逸之心,他无暇赶赴故里与他们相聚,只得寄诗两首,既有向往,亦有感叹,还有想做一番大事但不知如何拨云见日的惆怅。

与孙燧的长谈,令王阳明顿觉面临岌岌险境。他奉命巡抚南赣汀漳等处,南昌本非管辖之境,若不知情倒也罢了,如今既然洞悉,便不可能置身事外。

悟道很累,征战很苦,更累更苦的,是人心的狡狯险恶。算了,回府好好睡一觉吧,一觉醒来,或许一切就迎刃而解了。

王阳明加了一鞭,白马跑得飞快。静寂的街头,响起鼓点般的马蹄声。

一条黑影此时从沿街的屋顶飘然而下,稳稳停在街头,像有人不经意扔到街面的一颗石子。王阳明猝不及防,勒紧马缰,以防撞上对方。黑影还是倒在马蹄下。王阳明下马,不假思索去扶倒地的人。

那人一跃而起，蒙着脸，手上多了把短砍刀，刀光月光齐齐砍向王阳明。

一轮硕大的圆月高高悬挂在蓝黑的夜空，清澈透亮，照见世间的无明。

"山近月远觉月小，便道此山大于月。若人有眼大如天，还见山小月更阔。"倒在地上的王阳明，骤然想起成化十八年的某一天，十岁的他随祖父去北京的父亲身边，途经镇江金山寺，祖父与老友吟诗赋词，他先声夺人吟了两首诗，一时博得众人喝彩，大家暗暗惊奇这名童子的博大胸怀与气势。

现在，天地很小，月亮很圆。王阳明想，也许这是此生看到的最后一轮月了。

刀尖离王阳明方寸之距时，一个圆滚滚的东西霍霍飞来，闪着诡异的古铜色光泽。这东西与刀一撞，刀头偏向，深深砍入王阳明身后的一株树。这株上了年纪的老槐发出无声的惨叫，树叶纷纷落地。

李八斤眼看心爱的酒坛在刀下碎成渣，顺手抓起路边一把秃扫帚，冲着蒙面刺客乱打："赔我的酒坛子，我花一两银子买的黍米酒。心疼死我了，让你打碎我的酒坛子！撮鸟，杂种，赔我酒来！"

王阳明一身酒水淋漓，从地上站起来，抖索衣衫，望着从平地冒出来的两人，一时弄不清这场夜斗因何而起。不过他很快弄清了，一个是来行刺的，另一个是护他的。他与二人素不相识，一个为什么要行刺，另一个为什么要护他？

李八斤拿着秃扫帚对刺客横扫竖劈，这动作更像是街头武夫的争强斗狠。刺客几次要拔刀，刀尖深深嵌入树身，拔都拔不出，反而挨了李八斤几扫帚，胳膊像折断的树枝软软垂挂下去。他后来趁隙

拔出刀，提着胳膊忍痛蹿上屋顶，朝李八斤和王阳明狠狠瞪一眼，在夜色中蹿房越脊而去。

李八斤已看清刺客的背影，就是之前在江西巡抚府屋顶偷窥的那人。他行刺王阳明是何意图？难道——

这番打斗已惊得几户街坊打开窗子惊惶探望，江西巡抚府护卫急急奔来。

李八斤只得扔掉秃扫帚，扶王阳明上马："王都堂，我送您回府吧。"

王阳明打了个响亮的喷嚏，咳喘不止，衣衫浸透酒水，风一吹就着凉了。

李八斤转了转眼珠，脱下外衣递上去："王都堂衣衫都湿了，我送您回去。"

"谢谢，不必了。好汉有点眼熟。"

李八斤腼腆地笑："在下就是前次在古战场，湛先生举荐的李八斤，想跟王都堂谋个差。您看刚才多险——"

王阳明很是吃惊："你从赣州跟到南昌，就为了谋个差？天下这么多生计，什么不可以做？"

"我是北方人，在江西人生地不熟，就认得都堂，我不找您找谁啊？"李八斤挺委屈的，声音都哽咽了。

"你跟着我，早晚性命难保。我老了，跟着我没好吃好喝的。"

李八斤叹气："既然王都堂嫌弃，我走就是了。"他转过身，步履沉重，摇摇晃晃，边走边嘟哝："爹死了，娘没了，无兄无弟无姐妹，可怜我吃了上顿没下顿，过了今夜不知天明——"

王阳明喊"等等"。

李八斤敏捷地蹿回来:"王都堂,你肯收下我了?"

"你在南昌等我三天,三天后我再决定。"王阳明其实很无奈,此人是好友湛若水举荐的,可看着不像干正经事的,但又不像恶人,况且救过自己,身手敏捷,头脑亦聪颖……

"行行行,等三十天我也等。王都堂,在下随时恭候您的差遣。"李八斤喜不自胜。

王阳明一拉马缰朝前奔去。

李八斤看着他背影直笑,终于接近目标了,以后的事慢慢来好了——不对,刚才半道杀出的是何方妖孽?看样子不像个好人。他发足朝前奔去。

刺客与刺客之间有一种与生俱来的只有彼此才能嗅出的奇诡气息。

但李八斤从来都认为自己是侠客,而不是刺客。两种身份,一字之差,刺客走在暗地,侠客行在明里,境界立分高下。作为侠客的他,非常鄙视偷鸡摸狗的下三烂刺客。

侠客李八斤很快拦住蒙面刺客。刺客露出了一双铜铃般的眼睛,憎恨地瞪着这个阻挡他刺杀王阳明的家伙。要不是他,父仇早报了。

这场未完待续的交战转到荒坟野地,卷起了此地很久没有过的草灰尘烟。清亮的月光蒙上灰霾,栖息的夜鸟惊飞而去,枝叶纷落如雨,李八斤的雁翎刀与刺客的短砍刀交错,当当作响,腾腾杀气在夜色中汹涌、呼啸……月光移过三根枝丫后,这场交战才停下。

刺客倒地,握刀的手被李八斤的脚死死踏牢,短砍刀甩出一拳开外,李八斤的刀尖牢牢抵在他胸口。刺客只得认输。不管侠客还是

刺客,他们还是能掂量出彼此的分量。愿赌服输,这是江湖规矩。

李八斤用刀尖挑开刺客的蒙面。扫帚眉,铜铃眼,大鼻,阔嘴,一看就是莽汉。这人也来江湖亮相?他心头发笑。

他收回轻易不动用的雁翎刀。他一般用称手的鸡骨头猪骨头扫帚木棍等充当兵器。父亲奋斗了一辈子,梦想有一天穿上飞鱼服,佩上绣春刀,可到死连飞鱼服的襟边也没摸到,绣春刀也就佩了一个月。后来李八斤偷偷打制了一把仿绣春刀的雁翎刀,过过瘾。父亲说过,刀用一回短一寸,他得惜着用。

刺客牢牢盯着他的刀,好像更在意的是刀而不是拿刀的人。李八斤说:"看啥看?"拿刀逼到他眼鼻子前威吓。

刺客紧缩脖子,唯恐不慎被削到脑袋,小声嘟囔:"这刀,有点眼熟。"

李八斤赶紧把刀塞回刀鞘,这种制式的刀一般人认不出,认出就麻烦了。

"放屁,胡说八道。说!什么名字,哪里人,为什么半夜三更跑出来行刺……"李八斤掏出从酒馆顺手牵羊拿来的茴香豆,一边嚼一边盘问。

刺客叫汪大用,徽州人,与王阳明有杀父之仇。他一脸憎恨,拳头紧捏,愤怒从他身上的每一个毛孔喷出来,好像要把王阳明捏碎。李八斤笑得豆沫连唾沫星子喷他一脸。汪大用抹脸,又恼火又不敢发作。

李八斤一是笑他的名字。大用?连小用也没有,分明是没用,还加了个汪姓,真是枉为大用。再是笑他的狂妄,杀父之仇?哪壶不开提哪壶,他才跟王阳明有杀父之仇,这个没用的汪大用也配有?

他怀疑此人是多喝了几盅的杀猪匠,酒疯发作,提一把刀满大街转。他打了个哈欠,把手里最后一颗茴香豆扔给对方。汪大用接过豆子,一脸懵懂。李八斤让他尝,汪大用塞进嘴干巴巴地嚼。

"好吃吗?"李八斤问。

"好吃。"汪大用答。

"吃过吗?"

"没有。"

"知道为什么要给你吃豆子吗?"

"不知道。"

"知道为什么不让你杀王阳明吗?"

"更不知道,请好汉告知。"

李八斤叹气:"不知道就对了。世上有些事,知道太多没什么用处。走吧。"

汪大用不明白这个护着他仇家的家伙,不动一寸皮肉就放他走,到底意欲何为。他试着走了几步,李八斤就蹿过来,他想,果然世上没有免费的茴香豆。

"记着,不许再伤王阳明一根毫毛。"李八斤走了几步回过头,"因为他对我有用。"走了几步又回头:"还有,你把我酒坛打碎了,你欠我的。"

李八斤拍了拍刀鞘转身离开,觉得自己太像一名侠客了。走了很长一段路,他仍能感觉到一道疑惑、憎恨、害怕的目光留在后背,他非常窝心。

他回到寄宿的土地庙,掏出茴香豆,拿出黍米酒,躺在稻草铺子,盯着黑黝黝的土地庙屋顶神游太虚。

他阻止汪大用杀王阳明，不是要保护后者，他用猪蹄骨击落射向王阳明的箭，也不是要救他。他十二年来拜师苦练武艺，上天入地寻找王阳明的下落，终于等到对方从鸟不生蛋的贵州来到江西，不是因为人生何处不相逢，而是因为，他要杀王阳明。

李八斤在成为李八斤之前，有个同样不起眼的名字——王小七。王小七的父亲，锦衣卫从七品小旗王二郎，经过二十年埋头苦干，终于在四十五岁时成为身着青绿锦绣服的锦衣卫正七品总旗。

正德二年初夏的一天，司礼监派人找到王二郎，给了他一把绣春刀，说刘公公让他干件事，事成后他就能穿上大红飞鱼服。王二郎大喜，一个不想穿飞鱼服、佩绣春刀的锦衣卫不是大明的好鹰犬。刘公公要提拔一个人，连工匠杂役都能一夜授官。只是北镇抚司这么多锦衣卫，差事怎么就落到他头上？王二郎思来想去，认为是自己武功高强，声名远播，连刘公公也听闻了。

权倾朝野的司礼监掌印太监刘瑾让锦衣卫正七品总旗王二郎干的差事是，追杀王阳明。

在此之前，一大批官员屡屡上书谏言，要诛杀或协助诛杀刘瑾，比如内阁大学士刘健、谢迁、李东阳，给事中吕翀、刘郃和南京给事中戴铣，御史薄彦徽等。这些人跟刘瑾既没有杀父之仇，也没有夺妻之恨，可一个个恨不得把他剁成肉酱。原因是他们认为刘公公把好好一个皇帝教坏了，带着手下七个太监，天天陪着皇帝玩耍，放鹰逐兔，斗鸡走马，逗虎玩豹，踢球角斗，莺歌燕舞，甚至溜出皇宫游走于市井坊间，出入烟花青楼。长年不理朝政，大明江山眼看快塌了。

刘公公深感委屈，带着伙伴连夜向明武宗朱厚照哭诉，惹得皇帝也泪水涟涟，由此因祸得福，执掌司礼监。这司礼监不是一般二般的机构，而是可以代皇帝批阅奏章，权倾天下，威震四海。掌印太监更是一人之下万人之上。蒙主隆恩的刘公公，对这帮在他头上动土的人毫不迟疑地下手，杀戮、下狱、革职、贬谪、杖刑、削俸禄、遣戍边……

其中还有一个不识时务的家伙，兵部武选司小主事王阳明。

在朝野风声鹤唳人人噤若寒蝉时，他居然顶风犯上，上奏疏要救戴铣等人。愤怒的刘公公将其廷杖四十，投入锦衣卫诏狱。翌年，又将其贬至千里外瘴疠之地贵州修文县做龙场驿站驿丞。

将一干眼中钉悉数拔除后的刘瑾坐在司礼监喝茶，想到那帮跟他作对的鸟人，越喝越生气，连小小的主事都敢跟他对着干，这样下去还了得？刘公公懊恼自己太心慈手软，当时就该把那小主事弄死。于是他派人去北镇抚司找了两名锦衣卫，令追杀王阳明。北镇抚使心想，虽然眼下刘公公愈发位高权重，可什么时候一夜崩塌也说不准。就随便点了两个人交差，其中之一就是王二郎。

王二郎与另一名同僚星夜南下。他们谈论着事成能穿上大红飞鱼服，佩上御赐绣春刀，薪俸能从每年约莫二十两银子的七石多米粮，增加到上百两银子的米粮，此外还能获得更多隐秘的好处。王二郎也有过隐隐不安，刘公公为什么不肯放过一个下过诏狱、贬谪千里之外的小主事，非得赶尽杀绝？但他很快摆脱不安，身为锦衣卫，他们的职责是忠心奉上行事，任何菩萨心肠都是多余的。他的同僚更想早日回京交差，早点获得渴盼已久的权势和财富。

两名中年锦衣卫心意相通，一路疾行，直指共同的目标。

正德二年初夏，两名锦衣卫南下到杭州。根据可靠消息，伤体未愈的王阳明在杭州圣果寺养病。"趁人病要人命"，现在正是再好不

过的时机。那天,他们窥到王阳明在寺院廊下午寐,便翻墙进入寺院,一左一右架起他就跑。寺院见血毕竟不宜。瘦弱的王阳明连呼救也来不及,只能任由他们挟向荒郊野外。

两名锦衣卫正准备对王阳明下手,忽地跳出两个武夫拼死相救。锦衣卫身手不俗,那两个武夫更强。一番打斗,武夫护王阳明而去。原来这是住在圣果寺旁的两位侠义之士。

锦衣卫继续追杀,见王阳明逃到钱塘江边,对着滔滔江水吟唱一番,仰天长叹后,纵身跳入滚滚钱塘江,江面溅起白花花的浪涛。追到滩下,只见泥泞的滩上留有鞋袜纱巾,还压着一张纸,上书两首《绝命诗》。

两人等了很久也不见王阳明浮出水面,活不见人死不见尸,恼火不已,无奈只得提鞋袜纱巾回京复命。两个武夫又跳出来,先是一番怒斥,接着说人反正死了,让他们留下鞋,路过的人就知道王阳明投江死了,这样一传十十传百传到京城,也可以作为口实证据。两人觉得有理,就拿了袜子纱巾,留下鞋子。

浙江布政司和按察司闻讯,带着一班人跑到钱塘江边,对着滔滔江水哭祭王阳明。这下好了,天下人都知道王阳明死了。两名锦衣卫心满意足地离开杭州回京,一路憧憬飞鱼服即将加身的荣耀。

王二郎回京到家,十二岁的王小七见父亲佩的绣春刀欢喜不已,缠着要玩。

王小七舞动绣春刀,记牢了刀的模样。他只玩了半个时辰,王二郎就收回了刀,回北镇抚司复命缴刀。只有正二品都指挥使或都督佥事兼锦衣卫指挥使,方能穿大红蟒衣飞鱼服,佩绣春刀。总旗锦衣卫除了出差使,没有资格佩刀。王二郎告诉儿子,只要像父亲这样精进有为、敢杀敢拼,长大后世袭锦衣卫,终有一天能飞鱼服上身,绣春刀在手。

王二郎后来把王阳明的一首诗背给儿子王小七听:"自信孤忠悬日月,岂论遗骨葬江鱼。百年臣子悲何极?日夜潮声泣子胥。"王二郎愤愤地说:"他王阳明自比忠臣伍子胥,可我们也是为朝廷忠心做事啊。朝廷指东我们哪敢往西?他是忠臣,难道我们不是吗?"

他不明白的是自己奉朝廷之命办事,肯定是忠臣,那么王阳明必定是逆臣。他是忠,王阳明是逆;他为良,王阳明则为恶。可这个朝廷的乱臣贼子,怎么还能理直气壮地称"自信孤忠悬日月"呢?如果王阳明是忠臣,那么他们追杀王阳明就是助纣为虐。这岂不是显得他王二郎太不道义了吗?

王小七当时不明白父亲说些什么,他满脑子都是绣春刀闪烁的凛凛寒光,令他害怕而欢喜。

王二郎耐心而焦虑地等待来自刘公公的赏赐加封,可那边没有动静。他不敢询问北镇抚司,更不敢找刘公公,只能耐着性子继续等待。不久,刘公公派人找到他和那名同僚,把王阳明还活着的密信扔在他们面前。

刘公公恩准他们看信。他们轮流看,几乎要把每个字抠出来看个仔细。信里说,王阳明没有淹死在钱塘江,他逃脱并已抵达贵州,到了那个鸟不生蛋的龙场。当然那个蛮荒之地,比死也好不了多少,再派人追杀已没什么必要。

王二郎抬头时,陡然感觉全身发冷 —— 他看到的是刘公公比绣春刀还冷酷的眼神。不知为什么,他突然觉得当初刘公公命令将王阳明拖下去廷杖四十时,也一定是用这种眼神杀向后者。此时他的

同僚快吓昏过去了。

败事有余的两名锦衣卫受到了严厉惩处,他们曾挥向别人的杖棍,这回挨到了自己身上:各杖打五十入狱。同僚们一点也没有顾念旧日情分,"同类相妒,同业相仇",说得一点也没错,为了表达忠诚,下手更为快准狠。时值盛夏,杖伤溃烂,快死了他们才被抬回各自家中。

王二郎挨了三天,那名同僚熬了五天,双双一命呜呼。

王二郎临死前告诉妻儿,他因追杀王阳明未遂而被刘瑾处死。他用沙哑的嗓子又念了遍王阳明的那首绝命诗,给儿子王小七听,还喘息着说:"小七,刀从来都是用一回短一寸,从来没有一把刀会长个头——"他的意思是儿子以后别再碰刀,刀会害人,可他没说完就死了。

王小七跟着寡母长大,牢牢记住父亲是因王阳明而被刘瑾杀死的。王阳明和刘瑾都是杀父仇人,一个也不能放过。因为没有父亲,他受尽村坊顽儿欺凌;因为没有父亲,家中饥寒交至一贫如洗;因为没有父亲,十五岁时,母亲把他送到一名武林高手那儿学艺,便改嫁他乡杳无音信,他成了无父无母的孤儿。

只是王小七没想到,指使他父亲追杀王阳明的刘公公,很快在朝廷朋党倾轧中倒下,皇帝将其凌迟处死。他无所适从,好像用足力道拉满弓却不知射向何方。仇人少了一个,仇恨并没有消失。他把恨意转到王阳明身上,若不是他,父亲何以会惨死?所以王阳明更该死。

杀掉王阳明,生祭父亲,成了王小七矢志不渝的目标。

生祭,他认为是对冤死的父亲最好的告慰。杀人很简单,一刀下去就是，但不够痛快。他要押着王阳明到父亲坟前，把十二年来的冤屈苦难说给父亲，也说给王阳明听，如此，死的没有白死，杀的没有白杀。他王小七行得正站得直，杀人杀得坦坦荡荡。

两年前，王小七带上那把酷似绣春刀的雁翎刀南下，从江西到福建到湖广到广东，到处打听王阳明的消息。王阳明带着官兵四处剿匪。这个瘦弱的家伙一上战场就好像换了个人，战术诡异，每每凯旋。功夫再好也难以寡敌众，王小七不敢挨战场太近，找不到下手机会，只能远远窥探着。

后来王阳明平定匪患回到南赣，一边处理公务一边讲学，身边又总是围着一堆好学上进的弟子，半夜三更都有敲门求学问的。王小七就像饿狼瞪着一块提得高高的肥肉，急得眼珠发红喉咙发干就是没法下嘴。

来到赣州，有一天，王小七投宿小客栈，同住的年轻人叫李八斤。两人都是通州人，年龄相仿，他乡相逢颇亲热。说得兴起，李八斤掏出随身携带的举荐信，说自己是王阳明好友湛若水的随身护卫，因湛若水返回广东过耕读生涯，他是北方人，过不惯岭南生活，湛若水宅心仁厚，举荐他去赣南巡抚府找王阳明谋差事。王小七听到这些，心头咯噔一下，差点缓不过气来。说来也巧，当晚那人突发热病，全身抽搐，满嘴胡言。王小七倒也热心，跑前跑后替他倒水、找郎中，只可惜回天无力。这个李八斤刚到南赣，连王阳明的面都没见着就蹬腿儿了。

王小七用那人留下的钱帮着下葬，一时不知如何是好。他本来还想着怎么蹭上李八斤溜进赣南巡抚府，可现在，他总不能拿着信去找王阳明，说有个叫李八斤的本来想跟您谋个差，可他运气不好死掉

了,这活儿能不能让我王小七干——他眼前蓦地一亮,为什么我不能是李八斤呢?为什么不能呢?为什么不呢……

王小七就这样轻而易举地成了李八斤。

只要接近王阳明,后面的事就好办了。只要王阳明对他没有了防备,他的机会就来了。

李八斤吃饱喝足,困意袭来,沉沉入睡,酒壶歪到一边,酒水从壶口淌出,弄湿了稻草铺。约莫一刻钟后,汪大用闪进土地庙,窥测片刻,见他睡得像死猪,便趴在地上,一点一点爬过去。

汪大用的目标是他的雁翎刀。这刀眼熟,很像父亲提起过的绣春刀。

十二年前,汪大用的父亲汪卫接到追杀被贬谪贵州修文县龙场驿的王阳明的差事,这名从七品小旗狂喜。多年来,他用微薄的薪俸时不时给北镇抚使送礼,渴望能获得为朝廷建功立业的机会,可机会迟迟没有看到他。在他熬得头发花白时,机会终于垂青于他了。"这是司礼监掌印太监刘公公的密差,其他人还轮不到呢!"当时北镇抚使这样意味深长地告诉他。

他回到家兴奋地告诉儿子汪大用,这一趟差使回来后必定得到丰厚封赏,至少会获得正七品总旗,那么以后儿子接替父亲的职位,至少也是小旗起步。

没错,汪卫就是王小七的父亲王二郎搭档的那名同僚。

十八岁的汪大用那时是街上卖猪肉的,有空就练武。汪卫一直想找机会让儿子入卫,可汪大用的功夫不到家,个子又偏矮瘦,不够入选锦衣卫五尺三寸的标准身高,除非汪卫立下大功,父死子替补。

可汪卫还没给儿子攒够功劳本钱,一时半会儿还舍不得死。

再后来,王阳明诈死的消息传到京城,汪卫和王二郎被投入诏狱,受到敬业的同僚们的严酷杖打。王二郎被抬回家后,熬了三天蹬了腿,他多熬了两天也丢了命。

汪卫也留遗言给儿子:"切记,爹不是被刘公公打死的,而是死于王阳明之手。刘公公是想让为父立功封赏啊,无奈爹不争气……儿啊,记住,一则找到王阳明,完成爹没完成的差事。再则,杀掉王阳明,为父报仇。三则将来做锦衣卫,光宗耀祖……"

汪大用跪在父亲坟前,咬破食指,用鲜血在白布上写下歪歪扭扭的"杀王阳明"四字,揣进怀里,从此离家寻仇。他没像李八斤那样精心筹划拜师学武,只是凭着小时候父亲教的几招把式和一身蛮力,又跟江湖练武卖艺的学上几招,没头苍蝇一样天南地北到处乱窜乱撞。后来挨了很多江湖毒打,才稍微聪明了些。他费尽周折打听到王阳明在南赣,准备劫杀时,半道有人阻止了他。

让他纳闷的是,那人拿的雁翎刀,很像父亲提到过的绣春刀。可惜父亲追杀王阳明时连拿绣春刀的资格也没有,只拿了一把小砍刀。如果当时拿的是绣春刀,说不准就能杀掉王阳明,得以加官晋爵,享受荣华富贵……只是,此人若是锦衣卫,为什么会护着王阳明?若不是,为什么会有这种刀?这是汪大用与李八斤交手后盘旋在脑中的疑惑。于是他偷偷尾随李八斤,来到土地庙。

汪大用爬向李八斤压在胳膊下的刀,小心翼翼地一手托起他的胳膊,一手抽出刀想看个仔细。突地手腕一酸,刀落地。李八斤把他摁倒在地,问他是不是活得不耐烦了。

"大哥,我没有!我不敢,我不是——我只想看看,你这把刀。"

汪大用求饶。

"有啥好看的？你也是个把式，没见过刀吗？"李八斤警觉，把刀藏身后，愈发觉得来者不善。

"这刀，有点像绣春刀——"汪大用迟疑着，终于还是说出来。

"闭嘴！"李八斤暴吼。

两人眼神惊恐，屏息不出声，汪大用说出的似乎是一则足以致命的绝密消息。一只耗子从他们面前惊惶掠过，回头窥测着两个怒目而视的人。

"你到底是什么人？为什么要杀王阳明？"李八斤对这个技不如己又不知死活的莽汉有点好奇。

汪大用从衣襟里摸出泛黄的白布给李八斤看，上书"杀王阳明"。他看看四个字，再看看汪大用，让出一角稻草铺让他坐下。汪大用迟疑，怕再被摁倒在地。

"说，你跟王阳明到底有什么仇怨？说清楚，带你喝酒吃肉，说不清楚，扒你的皮吃你的肉。"李八斤把雁翎刀朝上一抛，刀呼呼作响，闪着寒光飞上空，旋即落下，深深扎进汪大用眼前的地面，刀柄打了个颤，挺挺地立住。

汪大用矮瘦的身躯又短了一截，他用干燥的喉头咽了口唾沫，开始说："十二年前，我父亲从北镇抚司放衙回家，他说要南下出一趟差事，追杀一个人……"

5

风水说

一把冰冷的刀抵在裁缝的后背。锐利的刀刃划破了他单薄破旧的衣衫,划出了一道细长而浅的血痕。裁缝跪倒在地,瑟瑟发抖,绝望地闭上眼。

"连一颗纽扣都做不好,你算什么好缝工?"宁王朱宸濠的声音飘过来。

朱宸濠就在旁边,可他的声音仿佛从古墓里飘出来,遥远、阴郁、冰冷。

"王爷,饶饶饶……"他的牙齿咯咯打架,一句完整的话也说不出。

"没用的人留在世上,费粮又费力,何苦呢?"朱宸濠惋惜地叹气。

侍卫的刀朝前一推,戳进了裁缝的后背。

裁缝很心疼,心疼唯一的青布衣衫被刀戳破了。很多年了,他一直想替自己做一件面料上好、做工精细、款式新颖的衣衫,可到死也

没能如愿。裁缝像一块布料软软落地,血水从后背涌出。

朱宸濠精美的长靴跨过他的身体,吩咐侍卫把他套麻袋扔进花园的水道,顺水漂出府外河道。一个卑贱的缝工而已,府上的狗猫鸡鸭和人死了,也是这么做的。侍卫立刻奉命而行。

朱宸濠走向水观音亭。这事让他很不快,他需要看一些赏心悦目的事物。

刘养正跌跌撞撞跑来,朱宸濠问他:"后头是不是有狗追着?"

刘养正说:"没有。"

朱宸濠说:"那你跑什么跑?"

刘养正抹汗:"听说缝工偷懒,不好好做事,惹怒王爷了。"

朱宸濠赶苍蝇似的挥手:"以后少给我找这种没用的缝工,连纽扣都做不好,坏了我的冕服。"

"是是是,我一定给王爷找个好缝工。"

"孙燧那边盯着的人,发现了什么?"

"王爷果然神机妙算,王阳明来到南昌了,与孙燧结党营私。他们是同乡,沆瀣一气、狼狈为奸、里应外合……"

"别给我掉书袋,说,拿什么治治王阳明?"

"王爷也得给他准备四样食物了,他要是识趣就好办,要是不识趣,就别怪我们不客气。"

朱宸濠想了想说:"发帖子,明天请二人来喝酒。"他深叹一口气:"王阳明用兵奇巧,能为我所用就好了。"他又问派去的刺客怎么样。

刘养正笑:"王爷放心,这个汪大用,跟王阳明有不共戴天之仇。这个人我们是用对了。"

朱宸濠要谋反,是南昌人人皆知而个个不敢说的司马昭式坊议。

汪大用当然也听闻了。于是他来到宁王府门口，直愣愣地说："我要见宁王，我能帮他杀人。"

饶是朱宸濠也不会这样口无遮拦。守卫当他是疯子，把他赶走。第二次他又来，被打了一顿。第三次他碰到了刘养正。刘养正听他说了要杀死王阳明的充足理由，眉头一挑：此人正是他们想用刀时送上门的一把刀。他们太需要各种人手，江湖的、庙堂的，明刀明枪的、旁门左道的，刺客死士强盗土匪流民……三教九流，无所不用，只要他们愿意为宁王卖命，他都不嫌弃。

刘养正看出这个莽夫没读过多少书，给了他一小笔赏银，称事成后还会给他大笔赏银，还将赐给连他父亲都没有的绣春刀飞鱼服。汪大用的复仇行动，从此有了明确的方向。他一次次幻想杀掉王阳明后如何告慰父亲的在天之灵，还将获得继承父亲衣钵的可能，这是一桩多么合算的买卖啊。

刘养正让他先盯着王阳明的动静，不能操之过急，因为王爷还想利用王阳明。那晚，汪大用沉不住气对王阳明动了手，刘养正对他一通暴喝，悄悄瞒下此事，不敢对朱宸濠透露。因为他很清楚，汪大用若成事，是朱宸濠用人得当，汪大用若不能成事或败事，他刘养正则罪不可逭。

"让他记住，杀不杀王阳明，现在不是他一个人的私仇，而是本王的事。该杀时不杀，不该杀时动了手，会掉脑袋的。"朱宸濠说。

"是，王爷有远见。杀一个王阳明容易，要是又来了张阳明、李阳明、赵阳明，就麻烦了。所以眼下我们要找准时机，用好王阳明，如此，后来者见到前车之鉴，便能轻易为我们所拿捏。"

"刘养正，你越来越懂本王的心思了。哈哈哈。"

朱宸濠让他赶紧写帖子喊王阳明和孙燧来喝酒。酒是好东西，它可以让文人吟诗赋词，比如王羲之兰亭雅集；可以让将帅放下刀剑，比如赵匡胤杯酒释兵权。现在他要让酒派上用场，对付赣南巡抚王阳明。

娄素珍来送午后茶点了，刘养正恭敬地对王妃拱手作揖，匆匆离去。

朱宸濠一手接过银耳莲子羹，一手揽着娄素珍的腰，走向石桌。

"爱妃大可以让奴仆做事，用不着如此辛苦。"

"王爷喜欢喝臣妾炖的银耳莲子羹。"

朱宸濠喝了口羹汤，甜润的滋味荡漾喉头。

很多年前，他见到理学家娄谅才貌双全的孙女娄素珍时，就一眼认定她是自己非娶不可的王妃。那时他很年轻，年轻得可以忘掉与生俱来注定背负的复仇使命。

娄素珍坐在嫁往宁王府的凤辇里，不是没有担心过，她的族中姐妹、闺中好友很少有嫁得称心如意的，她能幸运吗？

令她意外的是，朱宸濠似乎不那么无知或无趣。他会欣赏她喜欢的事。比如她喜爱诗文字画，他深为娶了才貌双全的爱妃而自得，以至于礼聘大才子唐伯虎为她的书画师。

朱宸濠继续喝羹汤。汤是好汤，女人也是好女人，但汤和女人，终非他的凤愿。他要的比这些握在手的庞大威赫得多。喝过热汤的他精神焕发，轻抚娄素珍的手。她还是那么美，只是笑意越来越少，脸色越来越苍白，他不记得她上一次笑是什么时候。

幽深的宁王府里，还有一位酷爱绿色衣饰的翠妃，亦能吟诗作画，甚得宁王宠爱，一首咏梅诗尤得赏识。"绣针刺破纸糊窗，引透寒梅一线香。蝼蚁也知春色好,倒拖花片上东墙。"还有紫氏、素氏,饶是这些才色双绝的妃子,在娄素珍到来之后皆黯然失色了。朱宸濠把最多的宠幸给了她,对她的宠爱远甚于其他妃子,他不知她到底还有什么不开心的。

"你该多笑笑,你不知道你的笑有多好看吗?"朱宸濠轻抚她光滑的脸。

"王爷,还记得第一回喝臣妾做的银耳莲子羹吗?"娄素珍转移话题。

朱宸濠皱眉,他有那么多大事要事要做,妃子怎么老提不起眼的小事?但还是忍着不快说:"不记得了。"

"王爷曾说过,我做的羹汤是天下第一美味,喝过后天下什么事都不想了,只想与我双宿双飞,比肩并起。"

这话,他似乎说过,在很久以前,他初见娄素珍一见倾心时。那时,她就算给他一碗清汤寡水,他也能品出琼浆玉液的味道。可小妇人只盘营于一汤一水,再有才情也不过是诗文字画,哪懂他胸中沉甸甸的万里山川千里长河?

"我都忘了。爱妃,本王大功告成后,哪怕龙肝凤髓也能尝到,何需拘泥于一汤一水,哈哈哈。"朱宸濠倒是没动气,做大事的男人岂能与小妇人一般见识呢,何况是心爱的爱妃。

娄素珍等他笑完说:"臣妾有一样礼物送给王爷。"

朱宸濠让她拿来看看,娄素珍说:"礼物不止贵还很重,还请王爷移步欣赏。"

两人走过长廊,转过花径,来到修竹假山掩映的亭前,娄素珍指着前方说:"王爷请看。"

朱宸濠见近围墙处竖着两方质地清透的大碑石,高度丈余,每一方又由两块长条大青石拼成,碑石分别镌刻"屏""翰"二字。

朱宸濠端详片刻,点点头:"是爱妃的手迹,笔力遒劲,亦秀亦豪。爱妃书法愈见长进,好字,好字啊。"

"是唐先生教导有方。王爷,这两个字,是我用头发蘸墨书写,请最好的工匠镌刻于青石,想必王爷会喜欢。"

"爱妃说说,这两个字什么意思?"

"屏翰二字,语出《诗经·大雅》,'大邦维屏,大宗维翰',意指忠心辅佐卫国的肱股重臣。《新唐书·赵德諲传》也有'吾为国屏翰,渠敢有他志'。王爷坐镇南昌,夙夜在公,王务弥繁,辅佐皇上,所以臣妾以为,这两个大字配得上王爷。"娄素珍言语温婉恳切,一点也没有恭维奉承的意思。

朱宸濠背着手绕碑石走了一圈。他读书没有娄素珍多,其他才艺更望尘莫及,但也懂得这两个字的意思。他让娄素珍解释,也是想听听她的真实想法。现在看来还是妇人之见啊。这样也好,既然爱妃以为他夙夜在公,那不如顺水推舟认了,省得她再絮絮叨叨平添烦恼。

"爱妃说得极是。来人,把碑石送去水观音亭,砌围墙,盖重檐,不得损坏。"朱宸濠笑吟吟地搂住娄素珍,又说鄱阳湖鲜美银鱼刚送到,晚间与爱妃用膳小酌,不啻人间胜事。

娄素珍的目光投向那两个大字,凝望良久。看来,这两个字只在宁王眼里,不在宁王心中。

唐伯虎在水观音亭的花园石桌画仕女图。仕女一手执扇一手持白牡丹，明眸皓齿，红颜粉颊，白色裙罗，青色披帛，右上题词"牡丹庭院又春深，一寸光阴万两金。拂曙起来人不解，只缘难放惜花心"。

他眼前浮现娄素珍的模样，聪颖明慧，才艺出众，眉眼间凝结重重忧思……眼前的仕女有几分娄素珍的神色，可他并不满意。他一直想为娄素珍画一幅画像，可见到她就消泯念头——他无法对着那忧思神伤的眉眼画下去。

入宁王府以来，他感觉画艺越来越不见长进，手上的画笔越来越重，好像拿着柴刀在砍柴。柴火好歹还能烧火用，可他写写画画寄人篱下，还能有什么用？还有一种如影随形挥之不去的忧恐，如阴晦雨云，始终罩在头顶，哪怕他躲进睡房关门落锁，也无法逃遁于天地间。

过往的挫败感，又无可抵挡地涌上他心头。从一事无成到百无一用，从落魄江湖到寄人篱下，他的境况愈来愈糟。少年成名，横槊赋诗，仅仅让他风光了十多个年头，走到顶峰，此后便是大半生的下坡路。他原本以为，宁王府为他豁然洞开一扇敞亮的门户，春风得意马蹄疾，一日看尽南昌花。现在看来，宁王府的每个角落，连同这座水观音亭，都潜伏着凶兆。

凶兆到底是什么，他无法说清，只觉得那危险气息越来越近，像噬人的野兽在他耳边咻咻嘶鸣。也许，他不该来宁王府——

唐伯虎颓然掷笔，朝园外走。他想去看望一位来南昌后结交的卢姓书生，那也是一位时运乖蹇的读书人，或许聊几句会有精神了。

他跟门丁招呼了声出门。街坊熙熙攘攘，米铺、药铺、杂货铺、铁匠铺、茶肆、酒铺、饭铺、钱庄、布庄……唐伯虎围观一个糖画摊，手艺人手起手落，就用融化的糖浆制成一幅栩栩如生的画。他暗暗称

奇,不免无地自容。一个引车卖浆者尚能养活自己,他一身才艺听起来声名藉甚,其实受人差遣方有箪食瓢饮,与嗟来之食又有何差别?索性跟人家学个糖画手艺也好,不用看人脸色了。

唐伯虎买了一个糖画默默走开。他倒不想吃,只是想拿回去赏看。走着走着,糖画融化了,黏了一手。他懊恼地想自己真是书痴,光会读书作画,没有一点生活学问,着实惹人笑话。

他朝四周望望,发现不经意间走到了宁王府正门外的河道。他慌忙后退,怕不慎碰到宁王,他实在怕见这个自负傲慢附庸风雅的人。可手上又黏得难受,只得走向河道。

唐伯虎撩起蓝灰色袍子,小心地走到埠头蹲下身。河道通往城内数条街巷,供人濯缨濯足洗菜涮碗,倒是方便。他有脱下鞋子濯足的想法,又怕碰到熟人,便匆匆洗罢。正欲离开,忽见前方漂来一块木板,有个人趴在木板上载浮载沉。他定神细看,那人在微弱地呻吟。

唐伯虎不敢喊也不敢动弹。等那人漂到眼前,他才战战兢兢细看,只见那人后背有一道刿目怵心的刀伤,白森森的骨头都露出了。他毛骨悚然,想喊人,可他太害怕了,声音战栗嘶哑,匆忙的路人没有听见他的喊声。

那人气若游丝:"宁王,宁王……"

宁王?此人跟宁王有什么关系?唐伯虎浑身一凛,蹲下身问他发生了什么。

"宁王,缝,龙袍,纽扣,缝不好,我冤啊——"那人扒着木板的手一松,咕咚沉下水。河面泛着一圈圈涟漪,接着冒出一串串水泡,然后平静如镜。

唐伯虎擦了擦眼,刚才发生的可是真的?宁王,龙袍,龙袍,宁王——他的脑海中盘旋着这几个字,字与字磕碰,背后的人与物交错,声响形影叠印,交织成一团面目混沌、气息诡异的怪物,朝他张牙舞爪嘶嘶袭来——

他颤抖着走上河岸。街衢人喊马嘶,熙熙攘攘,米铺、药铺、杂货铺、铁匠铺、茶肆……世道看起来平和安详。没人知道,一条生命刚刚就在他眼前消失。并且,那人还遗留了一句足以令人头落地的话,他一旦听过,就没法当作吹过耳边的风。

他后悔在河道洗手,后悔买了糖画,后悔不在水观音亭好好作画而要出门散心,后悔没有早点找个理由向宁王辞别……

唐伯虎在街上踉踉跄跄,差点撞上行人李八斤。

李八斤嗑着瓜子边吃边逛,迎面见一个面色惨白的书生走来,眼神僵愣,失魂落魄。他往旁边避让,那书生像睁眼瞎,直直地朝他撞来。李八斤一躲,唐伯虎像一截木头栽下去。

李八斤忙扶住,问他:"没事吧?"

唐伯虎摇摇头,又僵手僵脚朝前走。李八斤正疑惑,忽听前方有人喊"河道有死人了,河道有死人了",他精神一振,朝前奔去。

李八斤跟踪王阳明多时,发现他白天总跟那江西巡抚一起嘀嘀咕咕,根本找不着下手的机会。李八斤跟那江西巡抚无冤无仇,倒也不想伤及无辜。晚间,因上回街头遇袭,王阳明的东厢房门口增加了护卫,也找不到空隙下手。他想既然生祭不易,那就暗箭伤人。于是他去铁器铺定了一批小飞镖。铺主心狠,索要一百文钱。李八斤咬牙应下,他得找个有钱的苦主。双方约定三天交货。此刻他弄到了一笔钱,正去铁器铺提货,听闻有一桩命案,便巴巴地跑去看热闹。

唐伯虎步履蹒跚地回到水观音亭，刚进院子，宁王的侍卫跑来，喊："唐先生，宁王找你。"

他摇摇晃晃，本就苍白的脸色愈发煞白。侍卫扶住问他怎么了。他说受了风寒，体弱不支。侍卫半扶半拖他到花园亭子。宁王朱宸濠坐在石桌边，拿他之前搁下的画笔，在画上涂涂画画。唐伯虎差点又要气晕，仕女图已面目全非。好在他惨淡煞白的脸色掩盖了内心的愤恨。

朱宸濠见到像病猫的唐伯虎，诧异地问："唐先生怎么了？"

唐伯虎还是说他受了风寒，适才出门买药，迷路找不着药铺。朱宸濠吩咐侍卫快找大夫给唐先生把脉。他忙说不用，煮点姜汤喝就好了。朱宸濠又吩咐侍卫去抓药。唐伯虎不敢再推辞，只得谢过。

"唐先生，随本王登楼一观。"朱宸濠不待他回应，就登上旁边阁楼。

唐伯虎随即跟上。朱宸濠站在阁楼廊榭，望向通衢广陌烟水熙熙的南昌城。

"唐先生，给本王背一背《滕王阁序》。"朱宸濠背着手说。

唐伯虎稍作沉吟，清了清嗓子吟诵："豫章故郡，洪都新府。星分翼轸，地接衡庐。襟三江而带五湖，控蛮荆而引瓯越。物华天宝，龙光射牛斗之墟；人杰地灵，徐孺下陈蕃之榻。雄州雾列，俊采星驰……"

"我洪都新府果然是好地方。"朱宸濠一脸骄傲。

"时维九月，序属三秋。潦水尽而寒潭清，烟光凝而暮山紫……层峦耸翠，上出重霄；飞阁流丹，下临无地。鹤汀凫渚，穷岛屿之萦回；桂殿兰宫，即冈峦之体势……"

朱宸濠按唐伯虎吟诵的节奏拍打雕栏，沉醉其间。

"落霞与孤鹜齐飞,秋水共长天一色 …… 天高地迥,觉宇宙之无穷;兴尽悲来,识盈虚之有数 …… 嗟乎!时运不齐,命途多舛。冯唐易老,李广难封 ……"

唐伯虎仿佛穿越到滕王阁的旧时风流,昔年王勃登临滕王阁是何等逸兴横飞,才能写出此等绝妙文辞。念及王勃颠沛流离,顾及自身时运不济,他的声腔愈发悲怆激昂。

"行了行了。"后面的诗句不顺耳,朱宸濠不想听下去。

"老当益壮,宁移白首之心?穷且益坚,不坠青云之志 ……"唐伯虎背得如痴如醉,没听见听者的异议。

"够了够了。"

"酌贪泉而觉爽,处涸辙以犹欢 ……"

"闭嘴!"朱宸濠猛拍雕栏,力道之大,拍断了一截年久失修的雕栏。

唐伯虎戛然止声,以为自己吟错了句子,惴惴不安。

朱宸濠缓了口气,指指园林:"唐先生,你涉猎经史,学识广博,你看看,水观音亭的风水如何啊?"

唐伯虎谨慎地打量四周,不知朱宸濠是什么意思,但说好话总不会出错,于是小心地答:"水观音亭东望佑民寺,南眺百花洲,西临滕王阁,北连建德观,可谓钟灵毓秀物华天宝之地。王爷得此宝地,娄妃娘娘又常年在此焚香礼佛,字画供奉,更是福慧双增,六时吉祥。"

他不露痕迹地抬出娄素珍,意在隐隐提醒宁王,自己是娄素珍的老师,不要太为难人了。

这几句话使朱宸濠开始舒心,又说:"那么,你看南昌的风水又如何?"

  唐伯虎暗暗叫苦,他莫名变成了风水堪舆师,要是说错也会像那裁缝一样——他浑身一颤,打了个喷嚏,忙捂住嘴鼻。

  "唐先生受风寒了?"朱宸濠早忘了之前吩咐侍卫去抓药的事。

  "不碍事不碍事。"唐伯虎竭力让自己头脑清醒,稍稍思忖一番便开始说:"襟三江而带五湖,可见南昌向来以水形水势而得益。风水风水,气乘风则散,界水则止。古人聚之使不散,行之使有止,故谓之风水。山主静而属阳,水本动而属阴,水水交汇,动静相乘,阴阳相济,乃有情之所钟处……"

  风水堪舆,于学识广博的唐伯虎来说一点也不难,天资聪慧的他对学问只要稍加涉猎,诸多范畴便无一不通。如今为了保命只得信口开河,拣好听的说就是了。

  朱宸濠眼睛发亮,这几句风水说真是悦耳得很。

  "昔日袁天罡师曾沿赣水堪舆,称赣水出聂都山,东北流,入彭泽西也。临江显赫,地势揽众,采天地之灵气,聚日月之精华,举世无双,何其贵哉。南昌山脉为卧龙山,卧龙山实乃藏风纳水的宝地。而水脉之首当数赣江,赣江正中鱼嘴之位。水抱必有气,坐向当旺,阳宅风水旺气吉祥……"唐伯虎竭力发挥才赋,舌灿莲花。

  "好好,快说快说。"朱宸濠大感兴趣,催促他。

  "只是——"唐伯虎停顿了下。

  朱宸濠脸色一变,问哪里有不妥。

  "只是袁天罡师说,南昌临水过近,只怕工匠师傅手艺难以达到,筑墙建城恐怕不易。是以宝地多年来人人可望而不可即。好在,本朝太平盛世,宁献王受封南昌,更是民各安其居而乐其业,甘其食而美其服,南昌才成为名实相副的风水宝地,康衢烟月,江晏河清,南昌百姓实有赖宁献王厚泽余荫啊。"

这一番话先抑后扬,既回答了朱宸濠的疑问,更是把朱宸濠的先祖、第一代宁王奉为圣贤人物,这总不会让他不高兴吧。

朱权受封南昌的来龙去脉,是后世宁王,更是朱宸濠毋忘在莒、念兹在兹的心头痛。唐伯虎这番话,把朱权受封南昌的莫大屈辱,说成了开辟基业的德行功勋,令朱宸濠大为感动。

"唐先生说得好,说得好!"朱宸濠拊掌大乐,眉飞色舞。

唐伯虎提起袖子擦拭额头,暗想这回该放他走了吧。

侍卫端汤碗过来,说刚熬的风寒药。朱宸濠让唐伯虎喝,唐伯虎谢过就喝。一番摇唇鼓舌,已使他口干舌燥、额汗直冒,再问下去只怕要虚脱了。要是别人问这样的话,傲气的他绝不会说,可宁王的刀搁在脖子上,他不能跟自家小命过不去。

朱宸濠踱到阁楼廊榭另一侧,望向与南昌背向的北首。

天色迷蒙,隔着江河山川,朱宸濠看不清想看到的那座城的样子。可他相信不久之后就能看清,并且成为那座城的王。

"那么唐先生,南京的风水如何?"朱宸濠昂头,用下巴点向苍茫的北首,那儿是大明的留都。

北京繁华昌盛,南京的殿堂也不能闲着。皇帝日理万机无暇顾及,总得有人替他坐镇留都那富丽堂皇的宫殿,以免青石板长出草。朱宸濠认为自己无论如何都是在替大明殚思竭虑。

唐伯虎刚才额汗直冒,一听这话,汗水又一下子收回去,瞬间手足发凉,毛骨悚然。这一热一冷,只怕真的难免风寒了。他扶着雕栏,防止腿脚发软而瘫倒。为什么要问南京?为什么,为什么,为什么?意欲何为?难道裁缝说的都是真的?真的,真的——

"唐先生怎么不说话,刚喝过药,想必应是元气大振了。"朱宸濠漫不经心瞟了他一眼。

喝过药的唐伯虎喉头是苦的,心更苦,可他不能让苦相泄漏。

"南京更是好地方。六朝时石头津即通江达海。《宋书·夷蛮传·扶南国》将其誉为四海流通,万国交会,舟舶继路,商使交属,唐时李白《永王东巡歌》云:龙蟠虎踞帝王州,帝子南京访古丘……"

"别给我掉书袋,说风水,风水。"

"是。南京城东有钟山龙蟠,西有石头山虎踞,南是秦淮河镇守,北有长江玄武湖,东西南北恰好形成了青龙、白虎、朱雀、玄武风水四象镇护的格局。可谓山水兼备,诸山排列有序,明堂宽大周密,实为至尊至贵之地。是以太祖开国,定都南京,时称应天府。"唐伯虎努力让声音平和。

"南京这么好,何以永乐皇爷迁都北京呢?"朱宸濠冷冷地问。

唐伯虎再学识广博,也无法周全朱宸濠穷根问底的追问。

明太祖朱元璋定鼎江山后,刘伯温堪舆风水,最终定都南京。南京风水正如前述有四象镇护,为帝都首选。但钟山龙脉跌宕,钟灵毓秀有余而厚重雄浑不足。加之皇宫选址原为湖泊填充,皇城有前高后低之虞。再则,有史以来,南京向为短命王朝,昙花一现:东吴建都,为晋所灭;东晋立朝,为刘宋所灭;陈朝为隋所平;南唐被宋攻灭……

大明朝,天下财富尽出东南,南京为财富汇聚之地,而北边战事频频,须戎马戍边,天子守国门。太祖朱元璋定都南京六十余年后,靖难之役,江山再变,成祖朱棣深以东南之财赋养西北之戎马为主张,遂迁都北京,南京为留都,分设南北直隶,行两京制,应天府与顺天府并称两京府，大明从此有了两座京城。

之后仁宗朱高炽念念不忘南京，宣宗朱瞻基又钟情北京，英宗朱祁镇才正式确定了北京的京城地位。两京，万里江山之上由千里大运河衔接的一南一北两座都城，是一枚铜钱的两个面，谁也不能独步天下。

两京都是朱明的天下，不能厚此薄彼。南京短命王朝的史鉴宁王一清二楚，他表面上是堪舆南京风水，实际是想听好话，但这些又如何说呢？

唐伯虎如芒刺在背，如坐针毡，生不如死。

朱宸濠不耐烦地催促他快说。

唐伯虎骤然想起诸葛亮对南京的称赏，眼前一亮，孔明先生啊孔明先生，今日只有你救我一命了，于是鼓起勇气说："昔日刘备派遣孔明先生至建业，孔明先生一到建业大为赞叹，说钟山龙蟠，石头虎踞，实为帝王之宅。王爷，依唐寅看来，行两京制，是因南京王气过于炽盛，为制衡故将王气迁移至北，如此两京皆山川灵秀，造化精英，相安无虞。亦如刘伯温《堪舆漫兴》云，寻龙枝干要分明，枝干之中别重轻。所以，今时南京不同于昔日南京，实属真正的帝王之宅啊。"

这些话，用足了他半生的学问智慧。借诸葛亮之说，点明这话出自他人之口而不是自己，又用风水说隐喻宁王"要分明""别重轻"，别做出大逆不道的事。最要紧的是，孔明先生说的是"帝王之宅"而非"帝王之都"，"宅"与"都"听起来是一回事，细究起来分明是两回事，南京本就帝王之宅，他没有瞒心昧己。

朱宸濠出神片刻，眉头一挑，再一次拊掌叫好。

唐伯虎的身子摇晃几下，实在体力不支了。

朱宸濠这才想起:"唐先生今日风水之说,甚是精妙,本王深以为然。来人,送唐先生回房,好好休养。"

"谢王爷隆恩,谢王爷隆恩。"唐伯虎此时是发自肺腑地感恩涕零。

望着朱宸濠的背影渐渐离开,他长舒了口气,急急进屋。

这座精美的园林犹如庞大的金丝笼,而他是笼中鸟。他望向西首滕王阁的方向。暮霭中,滕王阁只露出一角影影绰绰的楼顶。他想起之前还没吟完的最后几句诗,"闲云潭影日悠悠,物换星移几度秋。阁中帝子今何在?槛外长江空自流",不由惨然一笑。

6

宁王的飨宴

王阳明和孙燧的轿子在江西巡抚府门口停下，他们刚去查看了孙燧设在密处的兵械武器，为防有人盯梢，绕了好多路。看过后王阳明心里有了一些底。

衙役带着宁王府的人过来叩见，来者送上两封请柬，说宁王请两位明日前往宁王府赴宴，还说两位不去的话他回去会被打断腿。王阳明表示一定会去，来者便告辞离去。

两人商议着走进巡抚府，有人抢前一步跨在他们前头。王阳明定睛一看，还是那李八斤。衙役要驱赶他，李八斤喊"自己人，自己人"。

"王都堂，我有要事向您禀报，很紧要很紧要的事，您一定想听。"李八斤一脸神秘的兴奋。

孙燧以为他们真是熟人，便说自己先进府，他们叙叙旧。

李八斤悄声说："宁王府附近河道出现了一具无名尸，背后有刀伤。有人还亲眼见到是从宁王府内水道漂出来的。"

"街坊飞短流长,不可当真。"王阳明面色冷峻。

"还有,我听茶肆酒楼传言,进宁王府的,都站着进去,躺着出来。"李八斤偷窥王阳明的神色。

王阳明摸了摸身上的请柬,暗骂此人乌鸦嘴。

"那你为何不报官?南昌自有知县管辖,我赣南巡抚可管不了南昌的事。"

"王都堂,我爹娘就给了我一个胆,吓破了可没有第二个。"

"想不到你如此胆小,本来我还想遣你办差事,看来也不必了。"王阳明摇摇头,朝里进去。

李八斤赶紧上前:"我还没说完。王都堂有令,我李八斤万死不辞。真的真的,湛先生吩咐我一定要好好听都堂差遣。"

王阳明盯着他,他挺胸昂首,眼皮都不眨。小客栈里那真李八斤就是这么说的,所以他心不慌气不短,理直气又壮。

王阳明让他过一个时辰进巡抚府,不要走大门。李八斤诧异,为什么放着好好的大门不走,让他走旁门左道?他长这么大还没进过官府呢,好不容易有个大摇大摆进巡抚府的机会,可王阳明让他偷偷摸摸进去。

王阳明朝对面深深看了一眼,再看他一眼,一言不发就进去。李八斤跟着他目光一扫,发现一撮贩夫走卒盯着巡抚府门口,神色诡异。长年走江湖的他一眼就看出这些人心怀叵测。不过他的想法是另一种:这些鸟人也跟我一样盯着王阳明,我瞧上的岂能让你们偷窥?他的心思其实就跟猎人盯上猎物一样,没有一个猎人愿意让同行分享自己的猎物。至于汪大用——那厮跟他有同样的杀父之仇,按说两人亦是与子同仇,可那厮粗枝大叶莽莽撞撞,到时不但杀不了王阳明,还会坏事,回头得找那厮再叮嘱叮嘱。

李八斤一溜烟蹿向街巷,反正还有一个时辰,够玩耍的。

孙燧书房里,王阳明把请柬放在搁着四样食物的书桌上,孙燧也放上另一封请柬。两封大红请柬鲜亮醒目,两人会意一笑。

孙燧笃然煮茶,一会儿屋里飘起茶香。

"伯安,你来南昌的消息,很快飞进宁王府了。"孙燧给他倒了盏茶。

"他若到现在还不知道我来南昌,也枉为宁王了。"王阳明喝了口茶。

"依你看,这场宴请是渑池之会呢,还是鸿门宴?"

"依我看来,这场宴请有渑池之会的杀机,更有鸿门宴的凶险,但最有可能是青梅煮酒论英雄。"

"伯安,你也太抬举朱宸濠了。他是有刘玄德的仁义,还是有曹孟德的豪气?"孙燧嗤之以鼻。

"德成兄,昔日刘玄德屈居曹孟德之下,在家种菜浇园,曹孟德邀请他煮酒共饮,名为评点天下英豪,实则意指天下英雄惟使君与操耳。明日朱宸濠宴请,不会一上手就构陷我们,若要如此他早就做了,也不会把人引到宁王府自取其祸。我估计,他意在试探我们虚实,看谁能与他抗衡,这与曹孟德的心思有何不同?再则,朱宸濠徒有曹孟德之雄心,但无其实干,我们亦非刘玄德,无须示弱,但也不必逞强,到时兵来将挡,水来土掩……"

王阳明侃侃而谈,孙燧频频点头。

"所以我们现在要做的,是向朝廷奏报。"王阳明提出这个建议。

孙燧摇摇头,这是一条屡试屡败的建议。远在京师喜好游冶玩乐的皇帝根本就不信这个南昌的王爷会谋反,而为此上奏的官员倒是死了一大批。

王阳明跟他耳语,孙燧蹙紧的眉头松开了,说,那就试试吧。接着王阳明又说起李八斤说的"无名尸",孙燧说,这种事在南昌不鲜见,多与宁王脱不了干系。

王阳明离开孙燧的书房走向东厢房,见李八斤蹲在厢房门口打瞌睡。

他还没走近,李八斤就跳起,揉着眼说:"我没睡,我一直等着呢。"

"李八斤,你是通州人?"王阳明问。

"是,我爹娘死得早,我很小就出门,很多年没回去了。"

李八斤暗想这话应该不会有差错,要是他能从这话当中发现父亲的死与他有关,那他就是神仙了。不过这问话什么意思呢?

"从南昌到京师,你最快多少天来回?"王阳明抛出这个他始料未及的问题。

这是李八斤最熟悉的路程,这么多年为了找到王阳明,他踏遍了大明东南部的国土,水路、陆路、远路、近道,他心中一盘清。他一盘算,说最快二十八天来回。

王阳明说:"太慢了,贻误事情。"

李八斤说:"快马加鞭二十七天。"

王阳明从怀中掏出一封封皮折角重封、两端盖火漆印的公函,让他送到京师,呈兵部尚书王琼,并从他那里拿到一样东西,二十六天来回。他若办不到,便另找他人。

李八斤忙说:"能办到,请都堂尽管放心。"

"知道遗失官府文书或泄密的后果吗?"王阳明冷峻地问。

"不知道。"李八斤傻愣。

"按大明律,遗失官文书,杖七十。非死即残。"

"不会,我打死也不会遗失文书,更不会给人看。"

王阳明望向北边的天空,语气沉郁:"巡抚衙署这么多人,知道为什么派你去,而不是衙署的人?"

"请王都堂明示。"这确实是李八斤的疑惑。

"一则,你是甘泉先生的人,甘泉先生与我为生平至交,他的人我不可不信;再则,你救过我,身手不俗,人也机敏,颇有任侠之风;三则,你不是官府的人,不易引人注目。所以,你该知道刚才为什么不让你从大门进了吧?"

李八斤蓦地忐忑,没想到王阳明这么信任他,居然让他做一件连官府的人也不能轻易派遣的事,这到底是何等要事啊?他陡然觉得手中的信重若千钧。

"你带回来的东西,更要紧。"王阳明的声音沉沉,"事关江西黎民百姓的生死存亡,事关大明,绝不能有任何闪失。"

李八斤这下不只是手上的信重,整个人都往下沉了沉。王阳明目光犀利地看他一眼,问:"能不能办成?"

他一抱拳,大声说:"请王都堂放心,一定尽早赶回。"

他从未被人如此信任过,从没有被人托付过一件正儿八经事。自他十五岁学武和之后的江湖漂泊中,没有人当他是一个能办事的人,更不用说办大事了。现在王阳明交办他的,竟然事关"江西黎民百姓的死生存亡,事关大明"。

他学武之初,师父教他们背诗:"赵客缦胡缨,吴钩霜雪明。银

鞍照白马，飒沓如流星。十步杀一人，千里不留行。事了拂衣去，深藏身与名……"师父告诉他们，武功再高，没有侠义之心也枉然。"千秋二壮士，烜赫大梁城。纵死侠骨香，不惭世上英"，学成之后若能拯溺扶危立功于世，方不负学武之初心本愿。

他认不全字，也不太懂诗的意思，倒是第一个能倒背如流的。现在，他的脑中"咣当"一声，堵塞多年的思路仿佛猛地挨了一拳，打出了一条罅隙——眼前有一道光亮的通道，通向前方未知处，指引他向前奔去。

他明明是来抓王阳明生祭父亲的，现在事还没办成，倒被王阳明抓了差，这算什么事？再说，小飞镖今日刚取到手，还没开张舔血，怎能就此作罢？难道这是老天在暗示——射杀不得，还是生祭更妥？

李八斤忽然想起年少时有一回父亲带他狩猎。他们在林子里转了很久，一无所获，正当他不耐烦时，三只雉鸡朝他们设下的诱饵东张西望过来。他正要举起猎箭，父亲阻止了他。父亲说，生擒比杀死更有用，因为除了鸡肉，不沾血的雉鸡翎更能卖出好价钱。那回他们果然捕到了三只活蹦乱跳的雉鸡，卖了高价，他还因此而尝到了一串渴盼已久的糖葫芦。

生擒比杀死更有用。这句话他一直记在心里。

李八斤一时怔怔忡忡，痴痴愣愣，百念纵生。

王阳明要他酉时去赣江边的福来客栈，到时会有一个从赣州来的人等他，暗号是"自信孤忠悬日月，岂论遗骨葬江鱼"，对方说上一句，他对下一句。

李八斤倏然记起父亲念过这首诗，那时父亲愤愤地说："他王阳明自比忠臣伍子胥，可我们也是为朝廷忠心做事，朝廷指东我们哪敢往西?他是忠臣,难道我们不是吗?"

谁都认为自己是忠臣,谁都不会认为自己是奸佞。可既然都是忠臣,其中一方怎么会被另一方杀死?究竟是谁让他们成为仇敌的?刘瑾?皇上?还是什么看不见摸不着的暗力?

"王都堂,我一个人能成。"李八斤不乐意再多一个人碍手碍脚。

"你要是半路病倒了,或摔了呢?"王阳明慢吞吞地说。

李八斤觉得这人真没人情味,尽挑不好听的话说,难怪以前会被朝廷贬到鸟不生蛋的贵州,真是活该。

"还有,以后不必叫我都堂,你不是我的下属。"

"那——阳明先生。我早就听说先生很厉害,有很多人追着听您讲学问。"这是李八斤听来的,他就识几个字,更不爱看书,学问对他来说就像六月的棉袍、腊月的扇子,用不上。不过说人家好话总不会出错。

"动身吧,早去早回。回来直接到赣南巡抚府。"

"那,路上的盘缠,还有,事成后的赏银——"亲兄弟明算账,他觉得这事要说清楚,要不然人家翻脸不认账就吃大亏了。

王阳明在怀里摸索好一会儿,摸出一撮碎银。李八斤一看,呆了,估计也就一两银子,这哪够?

"我身上就剩二十文钱——"李八斤嘟囔。

王阳明没理他,进房关门。

这王阳明简直比奸商还精明。也罢,反正取得他信任这第一步已完成,接下去的事就好办了。李八斤很快翻墙离开。

王阳明从窗口看着李八斤消失的身影,心头亦是纠结。

大明朝征战调兵遣将,需有令旗、令牌。旗牌是王命之象征,由

工部制作，兵部钤盖印信，发放、启用和归还都有严格规制，旌以专赏，节以专杀，闲常不许擅用，班师之后照验还官。先前剿匪时，他从兵部领来旗牌，战事一止，旗牌即行归还。

此时的他手上没有一兵一卒，所以王阳明亟须旗牌在手。江西巡抚府的人早就被宁王的人盯死。他能用的，就是这个从地底下冒出来的李八斤，还有另一个凶善未知的人。湛若水的信是真的，至于此人到底可不可信、能不能办成事，只能凭借既往在生死关隘之际的直觉决断了，他很少出错。

"百里妖氛一战清，万峰雷雨洗回兵……功微不愿封侯赏，但乞蠲输绝横征。"正德十二年，平定赣南三浰、南漳之乱后，他在回军途中，慨叹征战之于黎民百姓的离乱之苦，深心祈盼"绝横征"。

诡奇错乱的世局，还是一再将一名文臣推向深不可测的战局。

鼓乐奏鸣，熏香缭绕，案席上，炙蛤蜊、炒大虾、烹河豚、烧鹿肉、烹虎肉、炙泥鳅……宁王的飨宴，与皇家排场相差无几。

宴厅两侧肃立两排持刀护卫，面无表情，有如泥塑木雕。

朱宸濠吩咐奴仆给王阳明和孙燧倒酒，称这是上好的梨花春，清澈甘甜，香沁五内，还说宴后送他们两坛。刘养正和李士实陪坐左右，二人神色暧昧。

孙燧沉着脸吃喝，默不作声。他们事先商量好，王阳明应对，他在最紧要关头出场。朱宸濠问王阳明来南昌是否习惯，对南昌印象如何。

"宁王虎踞豫章故郡，襟三江而带五湖，控蛮荆而引瓯越，此等宝地，得益于宁王世代积德累功，他人是没有福分享受的。"王阳明说。

朱宸濠听得很舒心，这王阳明也学会说好听话了，看来这一顿宴席没白请。

"二位若是与本王共进退，莫说梨花春了，以后哪怕是奇珍异宝，本王也一样分享给二位。"朱宸濠放声大笑。

孙燧脸色一变，放下筷子，王阳明用眼神示意他少安毋躁。

王阳明望向窗外影影绰绰的山影，点点头："好山色，气势不俗。"

朱宸濠得意地说："此乃南昌有名的梅岭，素来为道家圣地。王都堂有兴致，本王可陪二位游览。"

"不知王爷有否游历过杭州西湖？"

"喔，本王事务频仍，还未好好游过。"

"下官讲个故事，助王爷酒兴如何？"

朱宸濠大感兴趣，让他讲。

"杭州灵隐寺有一座飞来峰，相传是从天竺国飞来的。昔日宋孝宗驾临灵隐寺，听过飞来峰的典故后问僧人，既然当初是飞来，现在为什么不飞回去呢？王爷知道僧人怎么回话吗？"

"怎么回话？"

"一动，不如一静。"

朱宸濠迷惑不解，刘养正和李士实也摸不着头脑。

王阳明款款道来："正因南昌得宁王世代而盛，所以祖山不可轻易而动，一动不如一静。"

默不作声的孙燧暗暗叫好，佩服王阳明对典故信手拈来的本领，这是警告朱宸濠不要轻举妄动，且说得浑然天成。朱宸濠这才明白，又无法驳斥，朝两名幕官瞪眼。两人示意他按之前商议行事。

朱宸濠亲自给王阳明倒酒："王都堂曾求学于娄妃先祖娄一斋先

生,本王与娄先生既属姻亲,亦受其训导,与王都堂有同门之谊,娄妃与王都堂亦有师门之亲,所以你我实为一家人啊。"

王阳明欠欠身:"不敢。下官早年受教于娄一斋先生,有幸得圣人可学而致之的圣学,始懂做人的道理。请王爷致娄妃闺好。"

朱宸濠对王阳明颇识礼数感到满意,喝了口酒,叹道:"梨花香,愁断肠,千杯酒,解思量啊。一喝酒,我就想起先王祖宁献王,他甚喜梨花春。而今,本王只能在此祭奠先王祖的在天之灵了。"他端起酒杯,在桌前地上恭恭敬敬洒了一圈。

众人屏声敛息。王阳明和孙燧默然不语。

"所谓靖难之役,先王祖中了燕王'事成,当中分天下'的诡计。永乐元年二月,先王祖携家带眷来到南昌,此地冬寒夏热,荒凉贫瘠,连王府都没有,只能以江西布政司衙署为府邸……"朱宸濠诉说第一代宁王朱权到南昌的窘境。

"可朝中奸佞还不肯放过先王祖,向皇帝诬告。先王祖只能构精庐一区,鼓瑟读书其间,才避免陷于祸患。先王祖一生文武双全,经史子集、戏文、音律、星象、占卜、医术、道术无不精通,实为我后代王孙所敬仰。他一生历六朝,擅征战,善谋划,却遭人算计,郁郁而终,实在可悲可叹……"朱宸濠捋起袖子擦泪,声音哽咽。

王阳明和孙燧不动声色。

"后来宁靖王再遭奸佞陷害,朝廷下诏褫夺宁王府护卫,对宁王一脉深恶而痛绝之。江西地方官吏仗势藐视,多与宁王世系作对。"刘养正接上话头。

"可怜历代宁王忍辱负重报效朝廷,却落得如此下场啊。"李士实紧紧跟上。

朱宸濠咬牙恨声："当今皇上终日游冶嬉戏，不理朝政，长此以往，我大明江山如何是好啊！"

孙燧和王阳明惊诧，他们知道这是一场凶险的宴席，没想到宁王这么快摊底牌，看来他真的很焦急了。

李士实重重一拍案，满脸赤红，怒气冲冲大叫："难道世上没有汤武了吗？汤武革命，顺乎天而应乎人也。"

"苍生属伊吕，明主仗韩彭。汤武再世，也要有伊吕辅弼啊。"王阳明淡然道。

"只要汤武能再世，那必定会有伊吕。"刘养正咬牙切齿。

王阳明和孙燧对视，果然与他们预料的"青梅煮酒论英雄"相似乃尔，只不过朱宸濠以汤武自居，比曹孟德的野心更大。

王阳明喝了口酒称好："好酒！王爷，我记得白乐天也有赞叹梨花春的诗句：'红袖织绫夸柿蒂，青旗沽酒趁梨花。'"

朱宸濠怔了怔。刘养正和李士实也看不懂，都死到临头了，这人怎么还吟风弄月，他不怕喝的是最后一杯酒吗？

王阳明放下酒杯，轻声说："就算有伊吕，那想必也会有伯夷、叔齐。王爷以为然否？"

这一番话再明白不过。朱宸濠告诉他们二人，朝廷若是不贤，必定会被更强大更有才能的人取代。王阳明则回答，你想取而代之，还得看有没有人辅佐你坐这个位子，就算你宁王夺得了天下，忠臣良将也会像伯夷叔齐那样，耻食周粟而饿死于首阳山。

朱宸濠哑然，再一次用眼神向两名幕官求救。两人面红耳赤，搜肠刮肚也找不出如何应对。朱宸濠凶鸷的目光移向两侧的刀斧手。

孙燧握紧手中的筷子，进王府时他携带的短刀被没收了。王阳

明则没有佩刀的习惯。他们不是这场飨宴的食客,而是飨宴上的鱼肉,随时在刀俎之下。

王阳明突地一拍桌子,桌上的碗盏跳了跳,发出一串"哗啦"碰响。局势剑拔弩张一触即发之际,他居然还有胆量比宁王更张狂?宁王正要喝令——

王阳明抚住脖子,发出呕声,似乎被鱼刺或肉骨头卡住了。

朱宸濠有点紧张,王阳明被宁王府的鱼刺卡死,这传出去可比被杀死在宁王府还糟糕。

王阳明喝了一口茶水,长舒一口气。

"王都堂你没事吧?"刘养正不怀好意地笑。

"不碍事。"王阳明笑笑,拿起筷子夹起盘中的鱼,手起筷落,很快将鱼骨头剔除。他挟着一副完整的鱼骨头:"王爷宴请客人,还是把骨头剔干净好,要是伤着客人,传出去说宁王宴客死了人,下官倒罢了,宁王的名声就不好听了。"

众人瞠目,连孙燧也看呆了。生于江南鱼米之乡的王阳明,小时候吃惯了鱼,剔鱼骨头是一把好手。

孙燧起身:"王爷飨宴相待,下官不胜感恩戴义。"

王阳明也告辞:"搅扰王爷,告辞了。"

两人齐齐拱手告退。朱宸濠还在气愤中,等他们走出府,一拂袖将面前的杯盘碗盏扫落,破口大骂。刘养正、李士实大气也不敢喘。

屏风后,娄素珍纤弱的身影伫立良久,眼中闪过清亮的泪光。

回到江西巡抚府,王阳明说拿到旗牌后,他们可以大显身手了。

"伯安,你走吧,回赣南,等旗牌一到,你择机而动。我派兵马护你回去。"

王阳明愣住，不明白这位仁兄意欲何为。

"旗牌在南昌用不到。要想用上旗牌，你只有离开南昌。伯安，你快走吧，我留下来。"

确实，此刻的宁王还没有公开谋逆，还没有宣称与朝廷为敌，还没有亮出犬牙刀剑。宴席上一番"汤武革命"的高谈阔论，只有他和孙燧二人听闻，就算流传到外面，宁王也可以声称是他们捏造的。他们若先声夺人，打了草惊了蛇，反而会陷自己于进退失据之境，更会授宁王以构陷之把柄而被反噬；可宁王一旦动手，他们就来不及了。这是一个毫发之距的险境。

为今之计，只有留下一个人当食饵，另一个人逃出，寻找生机。

"德成兄，我们一起走。二人齐心，其利断金。你在，我会心安。"

"伯安，时势险恶，你半生颠沛流离，身边要有人护持，不可放松警惕。"

王阳明默默点头，心知再劝孙燧他也不会听了。

"过些日子六月十三日是宁王寿宴，我还要再赴宴。伯安，我乃江西巡抚，你是赣南巡抚，留在南昌是我的天职。"

"天职举则四时行，圣职修则万方理。只惜圣职不修，你我共担时厄。"

"走吧，选时而谋，择机而动。"

王阳明向这位仁兄兼同乡深深作揖，走出书房。这回他要堂堂正正走出江西巡抚府。他离开南昌的消息很快会插着翅膀飞到宁王府。

"伯安，保重。记得帮我多看一眼家乡的龙山舜水。"

身后传来孙燧苍凉的声音。王阳明的眼眶倏然一热,再次向孙燧长揖,走向门口。这一去,山高水长,人世迢迢。

李八斤在土地庙找到汪大用,嗅着鼻子嚷嚷:"什么肉这么香?"

汪大用在烤狗肉,立刻把啃了一口的狗腿奉到他面前。李八斤不客气地拿过就啃,问近来他有没有打王阳明的主意。

汪大用犹豫着:"没,没有,我们上回商讨好了,你擒拿王阳明,生祭你父亲,然后把他尸身交给我,再祭奠我父亲。我就等着你动手呢。"

李八斤只顾啃狗肉,赞叹:"鲜香脆嫩,想不到你还有这本事。"

"是是是。"汪大用领教过他的厉害,不敢吃眼前亏。

李八斤把肉骨头扔掉,一抹嘴,脸色一变,吼道:"汪大用,你撒谎!"

汪大用差点噎着,连说"没有没有"。

"你眼神躲闪,言语迟疑,面色忽青忽白,说,有什么事瞒着我?"

汪大用还是抵赖。

"若不说,我把你当狗肉烤了。"李八斤抓起狗肉举到他面前。

汪大用觉得既然李八斤跟他有共同的仇人,不可能跟他过不去而护着王阳明,便说出真相:"其实,不止你我要杀王阳明,还有人也想杀他。"

"谁?"

"宁王朱宸濠。我刚来南昌没多久,宁王府的人就找到我,说已查悉我的身世,要我盯紧王阳明,随时听他们指令,或是挟持,或是刺杀。"

李八斤第一次听说宁王朱宸濠也要对付王阳明,大为吃惊。上回汪大用趴在江西巡抚府屋顶偷听被他发现,后来汪大用逃走了,他也没听见王阳明与孙燧说什么重要之事,就听了些登山之类无关紧要的话。

"宁王跟王阳明有什么仇?难道他爹老宁王也是因王阳明而死吗?"

"这我不清楚,反正他们王府官府杀来杀去,都不是好人。"

"他们给你什么好处?"李八斤对王阳明与宁王的恩怨没多大兴趣,只是觉得盯紧的猎物被别人先下手,这对他来说不是好事。

汪大用吞吞吐吐:"宁王答应,事成后,我入锦衣卫。"他窥探对方神色:"八斤哥,你要是也愿意,我举荐你,事成后我们同入锦衣卫,共享荣华富贵。"其实他不乐意到手的肉分别人一口,何况李八斤本领比他大,要是抢功在先,以后还能有他什么事。两人各怀鬼胎。

"我早就知道了,只不过不想揭穿你而已,看看你是不是老实。"李八斤冷笑,不想让汪大用看出他的后知后觉,"记住,没有我的话,不能动王阳明一根毫毛。你若是手痒痒动手了,我剁你的手,要是脚痒痒动脚了,我砍你的脚。王阳明是我碗里的菜,你不能跟我抢吃的。"

"为什么?八斤哥,既然王阳明是我们共同的仇人,早死晚死有什么不一样?再者说,宁王府的人也想要他的命,这总不能算我头上吧?"汪大用很委屈。他明明比李八斤大几岁,还得喊人家哥,还不许他先动手。

"放屁,对付一只活老虎,跟对付一只死老虎能一样吗?你还是不是练武之人?总之,你不想后半辈子被人追杀,就记住我的话。"李八斤抓了两大块狗肉揣进怀,走到门口又说:"我出几天门,我的地盘

给我好好看着，要是被人占了，这账算你头上。"

汪大用气愤又无奈，等他走远，对着他背影破口大骂。

李八斤溜进江西巡抚府找了一圈，不见王阳明。再探听动静，方知他回赣南了。他想让王阳明提防着宁王。没有一个猎人愿意让猎物被别人先下手，他得不到的，别人也休想得到。那么去赣南？他盘算着。可他在王阳明面前夸下海口，愿意走这一趟"事关江西黎民百姓的生死存亡，事关大明"的差事。

仇要报，江湖规矩也不得不守，否则以后如何立足江湖？唉，先去一趟京师再说了。

7

京师密行

　　李八斤乔装一番,早早赶到赣江边的福来客栈,打听有没有赣州来的人。小二说没有。

　　李八斤看时辰还早,要了一壶酒一碟羊肉,眼不错珠盯着进门的客人。进来几个风尘仆仆的旅人,他就提着酒壶若无其事走到他们身边,小声念叨"岂论遗骨葬江鱼"。人家诧异地看他,没理睬,他悻悻然继续喝酒。

　　眼看酉时已过,还是没有赣州来的人。他把酒菜扫光,留下两文钱,说有赣州来的人让他过赣江往对岸的石头口走,他在前头等他。小二答应。

　　李八斤坐船过赣江。江上风涛凛凛,船舱里有五六十人,多是当地村夫打扮,面容倦怠,打着瞌睡。他的每一根头发都警觉异常,连闭一下眼都不敢,一会儿觉得那赣州来的人,就藏在人堆里,一会儿觉得那些村夫都是土匪强盗,暗想若有不测,就同归于尽了。他朝舱

外扫视,江上风帆点点,有一艘船忽远忽近航行,倒也不见什么异常。

这样过了两个时辰,平安无虞靠岸到了石头口。李八斤在渡口租了匹马,在人群中嘟嘟囔囔"岂论遗骨葬江鱼",瞟视左右,依然无人理睬。他耐着性子等了一炷香的时辰,就心安理得地策马,往建昌县方向驰骋。

一路和风拂面,马蹄脆响,李八斤觉得仿佛真是来游历山水的,愈发春风得意马蹄疾,往身后看,亦无人追来。

傍晚时他抵达德安县的一间民驿,喂马歇息,还是没人跟来。他暗想这可怪不得我了,老天爷注定这桩买卖是我一个人的,事成后王阳明必定信赖于己,会有一大笔赏钱,以后的事自然就手到擒来了……

稍事歇息后他继续赶路。夜色四起,月光铺地,一人一马在寂寥的官道扬尘奔腾。他不敢在官道跑太久,想再跑半个时辰就绕到偏僻小道。他牢记王阳明叮嘱的,谨防有尾巴跟随。

他骑马进入一片松林茂盛的山路,月光照不进松林,地面崎岖幽暗,马放慢了行速。他只得放缓马缰,待走出林子再快马加鞭。跑了半里左右,忽见两侧林子掠过几道黑影,他心头一紧,拉紧马缰欲停下,却来不及了,马失前蹄,把他从马背甩出。他大叫着飞向山林边的悬崖。

一根粗壮的绳子横在山路。四名黑衣人从松林跑出,奔向悬崖。

李八斤被掷到悬崖边,他眼疾手快攀住崖边粗大的松树树干,总算没有坠下。往下一看,底下是黑黢黢的深渊,他吓得闭紧眼。四名汉子奔来,见他惊恐万状的模样,哈哈大笑。

他懊悔不已。他本可以留在南昌或去赣州,挟持王阳明报得生平大仇。可王阳明莫名其妙托付他一桩事,还说什么"事关江西黎民百姓的生死存亡,事关大明",他头脑一热就中了计。原来,王阳明早就看出他的图谋,调虎离山,半途诛杀,真是狡狯之至。

他悲愤大喊:"王阳明,我与你势不两立,做鬼也要寻仇!"

黑衣人彼此相望,神情诧异。宁王说此人是王阳明的人,为何他口出此言,难道他们弄错了?其中一个说,快问清楚,若不是此人,他们还得继续搜寻追杀。另一个问李八斤,到底是王阳明的人,还是王阳明的仇人。

一阵山风吹来,李八斤打了个响亮的喷嚏,脑子顿时清醒了。原来对方也没弄清自己的身份。他们若真是王阳明派来诛杀他的,早在江西巡抚府就动手了。为今之计只有脱身再说。于是他悲愤地说自己是王阳明的仇人,此番进京正是要向朝廷奏报王阳明勾结江西巡抚贪赃枉法的事。

黑衣人更是大惊。宁王让他们追杀王阳明派去京城的人,难道并非此人?或者此事有更大的隐情?这事得弄清楚。

四人去拉他。李八斤伸手的一瞬,袖里的小飞镖嗖嗖飞出,击倒前面两个黑衣人,第三个还没来得及出手,对面一支冷箭飞来,正中第三个黑衣人后背,他们接二连三惨叫着坠下悬崖。剩下的一个叩头喊"好汉饶命"。

一名戴头套的弓箭手从林子里出来,黑衣人赶紧逃离,没跑两步,一支冷箭牢牢射中后背。

李八斤大声喝好:"英雄好身手,好身手也。"

那人冷冷道:"你也不看看自己还能不能活命。"

李八斤一看,攀住的树枝摇摇欲断,惊叫:"英雄救我——"

那人甩出一根绳子，李八斤死死攥住，那人使劲一拽，把他拉回地面。李八斤瘫倒在地，喊"好险好险"。这个戴头套的弓箭手抱着胳膊冷漠地看他。

李八斤忽想，既然这人杀的是宁王府的人，那么他刚才呼号自己也是王阳明的仇人，那必定也会为他所杀。这一想，他忙起身，借着稀薄的月光，发现此人的眼神有几分熟悉，似乎在哪儿见过。

"自信孤忠悬日月。"那人大声念道。

李八斤不明白他怎么冒出这一句。那人又重复，狠狠盯他。

他记起暗号，忙答："岂论遗骨葬江鱼。"

"你刚才为何说与阳明先生势不两立？"

"我不那样说，还能活命吗？那就有负阳明先生的托付。"李八斤诡称。

"原来是贪生怕死之徒，枉费先生将要事相托于你。"那人冷笑。

"我得先活着，才能完成阳明先生的托付啊。死了就啥都没了。走吧，我们快赶路。我的马呢？"李八斤四处张望。

林子里传出马嘶。两人赶到拴马处，那人摘下头套扔掉李八斤借着月色靠近仔细一看，认出此人竟是当日在古战场上试图射杀王阳明的那名土匪俘虏。

李八斤大惊失色，指着他："你你你——"

"废话少说，赶路。该说时我自会与你说清。"丘十八翻身上马，他腰间悬挂的是一把雁翅刀。

两人勒紧马缰，在夜色中疾驰而去。

等他们走远了，汪大用和十多个黑衣人才气喘吁吁地赶到。他们搜寻一番，发现倒在林子的黑衣人，背后一支冷箭挺立。其他三人杳无踪迹。汪大用沿着一处倒伏的刺灌木和其上的碎衣片察看,估计那三人坠落悬崖了。

刘养正盼咐他们追杀王阳明派去京师的人,这让他想不通。明明杀掉王阳明便一了百了,宁王府的人为何要不厌其烦舍近求远,追杀他的手下。汪大用不敢问,何况他只是这支追杀小队的一员。他们追到赣江边时,李八斤坐的船与另一艘船差不多时辰启程,追杀小队的队正和队副起了龃龉,一个认为追杀目标在甲船,一个认为在乙船。后来他们分头行动,队副四人上了李八斤所在的甲船,队正带余众上了乙船。汪大用在乙船。

也活该李八斤走一小把好运,他乔装成中年人,乍一看无人认得,唯一认得他的汪大用又在另一艘船,因而错过。

李八斤上了岸,策马往建昌县奔去时,才被队副确定是追杀目标,因为全船只有他一人往京师方向奔去。追杀小队遂抄近道在他必经的树林伺机,之后便是迟了两步的汪大用他们看到的先行者替死的一幕。

队正盯着背后插着冷箭的队副,冷冷一笑,笑不知天高地厚的队副与他的争执,随后令队伍稍加整顿,继续赶上去。

京师兵部尚书府内,王琼在写奏疏。兵部方主事匆匆进来。

方主事奏报,皇上以异色龙笺加金报赐,诏宁王朱宸濠的世子前往太庙司香,这事已引得朝野议论纷纷。宁王世子身份本就不合规制,再加上皇上还用了监国书笺才能用的异色龙笺诏书,更令朝中大臣震惊。

来自左都督江彬那边的消息说皇上没有太子,持异色龙笺可代

皇上监国行事。若是皇上驾崩，宁王就能顺理成章监督朝廷了，此事凶险，他要尽快找机会向皇上禀奏，阐明利害。锦衣亲军都指挥使钱宁那边，则对此事装傻作痴，顾左右而言他。钱宁与宁王勾结多年，拿了诸多好处，不知拦截焚毁了多少奏报宁王意图谋反的奏疏。

钱宁狡黠猾巧，以"开左右弓"射箭之技博得皇帝喜爱。江彬狡诈机警，善于献媚，当年通过钱宁才得以被皇帝召见，但后来者居上，风头盖过了钱宁，是以二人势不两立。

方主事奏报的消息，来自王琼安插在各处的细作。

"大司马，我们与江彬、钱宁两边都不能翻脸，还需在他们之间周旋。接下去我们如何是好？"方主事问。

"王阳明那边动静如何？"王琼并不紧张，似乎这一切都在意料之中。

"宁王在笼络他们。若是王御史和孙巡抚顺从了宁王，则宁王更为得势。若是他们与宁王分庭抗礼，则岌岌可危。二者皆是进退维谷啊。"

王琼走到挂在墙上的舆图前，目光在南北直隶之间盘旋。两人静静地看着，只听得油灯哔剥之声。自大明朝两京制以来，一则帝国南北平衡，南北直隶繁华，百姓日趋安居乐业。再则，京师毕竟为帝国中枢，南京是太祖所定之都，官员多为虚职，时称"吏隐"。而今两地相距甚远，南京稍有风吹草动就不暇顾及，实则埋下了隐患。宁王朱宸濠若是兴风作浪，京师调兵遣将粮草奔驱，也要个把月，彼时大局已定，后果不堪设想。

好在，他早有预料，安排王阳明去了那个兵连祸结之地。

王琼脸上不觉露出得意的笑容，方主事惊诧，不明白大司马何以不惊反笑。

"方主事知道王阳明这个人吗?"王琼慢条斯理。

"在下久闻王御史大名,听闻他甚有经略之才,只是不知详情。"年轻的方主事对他的前辈不太了解,此时大司马提出来,他便显出感兴趣的样子。

"很久以前,王阳明就是从你这个职位入仕的,说起来,这是一个长长的故事,以后有空跟你讲。此人岂止是有才之人,简直就是文安天下、武定乾坤的大才之人,我儿要是有他一半才能就好了。"王琼捋着胡须颇为感喟。

"听说,王御史从未与大司马见过一面,亦未送过一件礼物,大司马何以慧眼识才,屡屡力荐于他?"方主事小心翼翼而颇含深意地问询。一个人怎么会如此赏识另一个从未见过面的人?这有点匪夷所思。方主事希望从中获得某种启示,有利于日后的仕途。

"当年王阳明在京师时,我外放漕运。他贬谪贵州,我又回京师赴任,是以动如参商未曾相见。此后每阅读他的奏报疏文,其谋略缜密,思虑详尽,文采横溢,着实令我钦佩。两年前我举荐他为都察院左佥都御史,巡抚南、赣、汀、漳四州,提督军务剿匪灭寇,他频传捷报,现在看来是用对了人……"王琼侃侃而谈,很为自己用对人而得意。

方主事默默听着,觉得自己跟王阳明起点差不多,却与他相隔千山万水,他这辈子还能有前辈同僚这般作为吗?

"你好好干,励精更始,本官不会屈就有才之人。"王琼似乎看出他的思虑,鼓励道。

方主事喜不自胜,说了一堆不会辜负大司马厚爱之类的话就告

退了。

王琼望着南直隶方向的夜空,心里很清楚,五百年必有王者兴,其间必有名世者,大明能有一个王阳明已是天之造化,很难会有第二个了。

王琼是成化二十年进士,由六品工部主事一直做到户部、兵部大员。治理漕河有方,著有《漕河图志》八卷。他勤勉干练,城府甚深,精于算计,不免被同僚讥为"险忮"。每一任上他都熟习文牍、规则,全面掌握有司收支盈亏状况。正德八年他在户部任职时,边境请拨粮草,他屈指一算,很快计算出仓库、草场的粮草库存,各郡运送量和边防秋草收获量,便说够了,再伸手要即是弄虚作假。王阳明,同样是他算计很久的一着暗棋。现在,正是用棋的时候。

天边有隐隐的雷声,南方的黑云缓慢地北移,压在京师的上空,白昼如夜,大夜弥天。王琼想,会挟来一场如何惊心动魄的暴风雨呢?

黑云飘来的方向,是南昌宁王府,此地依然燕舞莺啼。宁王朱宸濠在听娄妃弹古琴。琴僮侍立在侧。

娄素珍弹了一曲又一曲,琴弦骤然崩断。

朱宸濠不高兴:"好好的琴弦为何断了?"

娄素珍的手指已弹出血,她向朱宸濠躬身请罪。

"本王还有翠妃和其他小妾,粉黛佳人,个个色艺俱佳,唯独最宠幸爱妃你。今日难得有闲暇兴致听你弹琴,你却扫了本王的兴致。"

"臣妾久疏于琴艺,琴具亦未曾好好保养,请王爷恕罪。"

"如此说来,是琴僮的罪过,来人,把琴僮拉下去——"

垂手侍立的琴僮跪倒在地,瑟瑟发抖。

娄素珍忙伸手阻拦:"王爷,是臣妾的错——"

一伸手,朱宸濠发现了她手上的血,忙拉住,不由心痛:"爱妃的手伤成这样,刚才为何不说?来人,快传医士。"

"王爷无须兴师动众,我自行疗伤就是了。"娄素珍从旁边橱柜拿出小药瓶。

朱宸濠用棉签蘸上药粉,轻轻沾在她手指上,再用棉巾包上,捧住她的手,眼神怜惜。娄素珍的眼中也不觉泪光盈盈。

"这几日本王忧心如焚,故迁怒于你,爱妃莫怪本王。"朱宸濠沉着脸,咬牙恨声,"都怪王阳明和孙燧这两个家伙,坏我好事。"

"王爷,臣妾有上好的苏州天池茶,此茶香气清新,滋味醇和,王爷品一品。"娄素珍让奴仆倒茶。

朱宸濠喝了两口茶,心气静定了些。

娄素珍缓声道:"当年王爷前来探望臣妾祖父,祖父为我们二人授学,谆谆教导宋儒格物之学,谓圣人必可学而至,学之道不能不亲治细务,躬行践履,格物致知。我们大受开导,多有领略,互有研习。王爷说过,日后亦要精进圣人之学,以告慰先王祖在天之灵。这一切,王爷可曾记得?"

朱宸濠语塞。当年他慕娄妃才名,以向娄素珍祖父娄谅请教学问为名,多次登娄府,一是窥探娄素珍的美色,再是以先王祖宁献王好学之名而自许。娄妃这一说令他否也不是,认也不是,只好顾自喝茶。

"一日为师门,终生为师门。王爷与臣妾还有王都堂,皆有同门之谊。阳明先生自领悟圣人心学后,大有精进,如今巡抚南赣,经略

地方,深得民心。王爷则封疆南昌,世代蒙受皇恩。臣妾得王爷恩宠,亦不胜荣幸。王爷与阳明先生各得其所,各司其事,岂不甚好?"

"爱妃,朝堂江山你不懂。你就在水观音亭跟唐先生好好写字书画,天下大事,你少过问为好。"朱宸濠不乐,要是其他妃子这么说,他早就怒了。

娄素珍让琴僮抱上另一张古琴。

"你有伤,不必再弹了,我们早点休息吧。"朱宸濠打起哈欠。

"王爷,此曲是先王祖收录于古琴谱集《神奇秘谱》中的上古神品,王爷想必喜欢听的。"

"喔,先王祖所收录,好,好,我听,我听。"朱宸濠大感兴趣。

娄素珍拂弦弹琴。琴声中,山岚烟霞缥缈,月明猿啼,渔樵问答,江水茫茫,苍天浮云……弦外分明是一派孤寂之音。

朱宸濠的脸色青一阵白一阵,他不喜欢这种死了人似的凄伤之音,可这是先王祖留传下来的,他只得耐着性子,不便发作。

一曲终了,空气中飘浮着苍茫寂冷之气。

"这是什么曲子,听着怪瘆人的。"

"《遁世操》,又名《箕山操》,陶唐许由所作。相传琴曲之高洁者,此曲最为高古。尧帝曾逊位天下于许由,许由不受,说偃鼠饮河,不过满腹,鹪鹩巢林,不过一枝,何以天下为?后来他隐居箕山,作了此曲。"娄素珍似乎没发现朱宸濠越来越古怪的脸色,"王爷若有兴致,先王祖留下的古曲,臣妾一一弹于王爷听。还有《广陵散》《华胥引》《古风操》……"

"不必了。"朱宸濠起身,两袖拂倒桌上的茶壶茶盏,扬长而去,大喊,"翠妃呢?翠妃,本王今晚住绿英宫——"

娄素珍的泪水落在渗血的琴弦上。她多想以弦外之音,唤醒那飞扬跋扈怙恶不悛的心。可他依然冥行盲索冥顽不灵,就算她有伯牙之才又如何?就算宁献王还世弹琴又如何?

李八斤和丘十八一刻不停赶路,又租了几回马。日策马,夜行舟,水陆兼行。出江西,抵泸州府,达凤阳府,渡淮河,入济宁州,至东阿县,进恩县后,要渡过卫漕。

卫漕,隋代称永济渠,宋代称御河,至本朝称卫漕,最早是黄河改道遗留下来的河道,经历代黄河天然决口改道和人工挖掘开凿而成运河。前朝始,漕粮从江南入江淮,从黄河逆水至河南,陆运近两百里入御河,再水运至北京。水陆并用,曲折迂回,甚是不便。永乐年间重开元代会通河,全线疏通京杭大运河。这段卫漕遂渐渐沉寂。

李八斤和丘十八需要的正是这种沉寂无人的行程。

当日,他们在漕河岸的小茅店落脚,吃了有名的黄河刀鱼和黄河口文蛤。就着小酒,两人满脸红光,啧啧称鲜。他们一路行色匆匆,于马背或船上草草食宿,唯恐再有追杀者,眼下行程已过十之七八,他们也略做松懈。李八斤几次问阳明先生派遣丘十八的来由,都被他的豹眼瞪回去。李八斤想,这人真是天生当土匪的料,不问就不问,想说我还懒得听呢。

店主兼伙计与他们闲聊,丘十八听出他的南直隶口音,问他老家是哪里。店主叹气,说是南京人,靖难之役后北迁至此。本朝初年,因连年战乱屠戮,北方人口稀少,千里沃土成荒。太祖、成祖大批南人北迁,北地才渐渐人烟稠密。同属南直隶人氏,他乡相遇自是欢欣,丘十八当下与店主碰了几碗酒,说道故土风物长短。

后来店主殷勤地奉上一小坛酒,说是用自家葡萄酿的,送客官尝尝。李八斤欣喜,正要接过,丘十八挡住,称酒量不好,喝多了误事。李八斤说还能喝两斤,葡萄酒不会太醉。店主慷慨称送乡亲,他们带走就是。李八斤喜滋滋地抱起。

两人草草洗漱后睡下。片刻后丘十八就发出轰隆鼾声。李八斤被他轰得睡不着,而酒坛子散发袅袅醇香。他走到放酒坛的桌边,绕了两圈,突然出手拍开酒坛封泥,泥屑脱落,他得意地笑,似乎击败了一名对手。酒香倏然飘来,连空气都甜香无比。他偷看丘十八,他嘴角淌涎,估计打雷都醒不了。

不知为何,李八斤有点怕他,倒也不怕这败寇半夜拔刀杀了他,他漂泊江湖多年,所见所遇打杀生死也不少,可偏偏对丘十八有隐隐的怕。

他捧起酒坛连喝两大口,只觉甘洌甜润异常。他知道黄河古道向来多种植葡萄,自酿葡萄酒亦是当地风俗,不足为奇,但能酿出好口味的倒不多。他抹抹嘴,听丘十八的鼾响高了几声,一时抱着酒坛不知所措。这时他忽然明白怕丘十八的要害所在——是小弟做坏事担心被大哥逮住的害怕。

丘十八其貌不扬,矮壮结实,身量并不魁梧,相比之下李八斤要英挺高大多了,可高大的他还是惧怕矮壮的丘十八。是因为古战场上箭杆与肉骨头棋逢对手的较量,还是因为后者虽落败仍保持一名败寇的骄傲和尊严的气势,或是因为他在松林悬崖救了自己性命的恩情,李八斤一时也弄不清。总之,他不敢小觑这个曾经交过手的败寇,当下的同行者。

他又喝了两口才放下酒坛,满意地咂咂嘴,和衣躺下。

恍恍惚惚中，他来到一片荒岭。他揉揉眼，看到两棵老槐树，槐树下有一小土包，小土包前竖的墓碑，上书"先父王二郎之墓"。他晃了晃沉甸甸的脑袋，看见父亲影影绰绰的影子蹲在小土包前，嚼着饼看着他笑，问事情办得怎么样了。李八斤一慌，跪下，羞愧地说还没成事。父亲叹了口气，伸手摸他的头。李八斤感觉脑门暖乎乎的，眼眶一热。他说，爹，我有一坛好酒，黄河葡萄酒，甘洌甜润异常，你尝尝。他四下摸索，什么也摸不到，酒坛去哪了？

"小七，刀从来都是用一回短一寸，从来没有一把刀会长个头。所以，不要……"王二郎的声音苍老暗哑，身影隐去，后面的话也随之隐没。

"爹，不要什么？什么不要？"李八斤追着喊，"爹，你跟我细说，我有酒，你喝一口再走，爹……"

一只大手倏地从身后将他牢牢擒住，李八斤挣脱不开，睁开眼，对上的是丘十八白多黑少的豹眼。他正要骂人，丘十八冷冷地说，进了黑店。他一凛，侧耳细听，屋外有细碎的踩踏声。两人不及抽出刀，已有十来名黑衣人冲进屋，对他们一顿乱砍。李八斤这才感觉全身酥软，手中的雁翎刀重如千钧。他旋即想到刚才那一坛甘洌甜润异常的葡萄酒，暗暗叫苦。

看这些人的衣着打扮，与当日德安县松林的黑衣人无异。恍惚中，有一个矮瘦身影颇为眼熟，但他昏昏沉沉，连衣袖里的小飞镖也忘了使出来。

丘十八独自抵挡十来名汉子。十来名汉子对付他一个本是轻而易举，但因彼此持刀，在屋里难以转圜，又投鼠忌器怕伤着队友，而他矮壮结实的身量反倒占得几分便宜，一把雁翅刀横砍竖劈，形成一个

虎虎生风的金钟罩，刀一时竟触不及他身上。丘十八抵挡一番后，看出他们中身手相对薄弱的几个，伺机劈倒两个，挟持其中一个当人肉盾，冲出屋外，同时对李八斤暴喝一声"快走"。

李八斤在丘十八独挡时也没闲着，瞥见洗脸盆搁在脚边，就顺手抄起，对自己当头泼下。这个怪异动作让刺客们愣了下，稍一迟疑，丘十八乘机又砍倒两个。凉水的刺激令李八斤身心一清，再狠命一咬牙，嘴唇出血，神志清醒起来，手中的刀也趁手许多。他借着丘十八砍出的血路杀向屋外。

小茅店的庭院刀光剑影，厮杀成一团。

此前李八斤和丘十八未联手过，匆忙中的配合却极为默契。李八斤以刀功之奇巧见长，专逮对手的弱劣缺漏之势，以巧破力，避实就虚，四两拨千斤。丘十八胜在刀功之沉稳密实，气势磅礴，不落虚招，刀刀见血见肉。前者腾跃如鹰，后者挪移如虎，一虚一实，一巧一稳，把十来个刺客杀得节节败退。

此时一个瘦小身影从他们附近蹿过，李八斤稍一抬头，发现是店主。他怒从心头起，欲追杀。这一分神，出了疏漏，胳膊挨了两刀，丘十八痛呼一声，分明也挨了刀。李八斤瞥见院子角落有一排酒坛，顺手抄起一个，朝店主方向砸去，忍痛继续对付刺客。吃了亏的他暴怒至极，索性换了招数，抡起酒坛不管不顾朝刺客砸去。酒坛碎裂，酒水哗哗。刺客们不防他剑走偏锋，一手提刀，一手下意识遮挡劈头盖脸的酒坛酒水，丘十八伺机横扫落叶。院子上空弥漫酒水和血水的混浊气息。

约莫半炷香过后，刺客们多数倒地，只有三人逃出院子。其中一人扭过头，蒙脸的黑布落下一个角，李八斤清晰地看到一张满是酒水血水的脸上，射出怨毒的眼神——是汪大用。他全身一颤。汪大用已逃离。

院子角落传来哼哼唧唧声，李八斤循声奔去，店主扑倒在地，半个脑袋满是血水酒水，看来被他刚才顺手砸去的酒坛伤到。他将他拖到院子，狠命踩踏，暴喝质问他到底做了什么手脚。店主只顾哼唧，无力作答。

丘十八淌在血泊中呻吟。李八斤猛踹店主，命他拿出伤药。店主说这店就他一人，柜子里备有少许跌打损伤药。李八斤抱起丘十八进店，一番翻箱倒柜找出金创药粉，清洗好丘十八的几处刀伤，将药粉敷上，包扎停当。

他这才感觉胳膊痛得要命，一看，整条胳膊已被鲜血浸透，顿时心头火再起。他再次提刀走向院子，店主缓慢爬行，试图逃出。他迈开腿站在他面前。店主伏在他胯下，缓缓抬头，卑微地笑，血水自他额头缓慢地蠕动而下。

店主姓赵，是南京人没错，一百多年前祖先北迁至此也没错。南人北迁的多是富户，旨在繁荣当地民生。赵店主祖先起初做大买卖，因人生地不熟，屡遭欺生，难以经营，遂不断迁徙，生意越做越小。到了他这一代，竟只开了家小茅店聊以维生。赵店主做梦都想着赚大钱，重回南方故土。

李八斤和丘十八到小茅店前的半个时辰，来了十来个黑衣人，问有没有见过某种长相身量口音的两人，称有重赏。赵店主心知这钱不好赚，人不好惹，遂摇头。等两人一到，赵店主留了心眼，察言观色，再听他们言谈漏出"阳明先生""兵部大司马"之语，心知必是一场官场纠纷。他既想挣重赏，又不想惹纠纷，思虑再三还是在酒中下了药，

同时派人追上离开不久的那伙黑衣人。

丘十八狠瞪李八斤，李八斤心虚，知是自己喝酒吃菜时问询走漏了风声。之前松林遭遇追杀后，一路虽也磕磕碰碰，有尾随追踪的迹象，但还是平安过大半。过了卫漕便是德州，离北京越来越近。他根本想不到，这偏僻卫漕边的鸡毛小店，居然有追杀者。"大业未成身先死"，这无论如何是亏本买卖啊。他越想越气，不知该怨王阳明，还是该恨这些刺客。

"壮士，我本非恶意陷害，只因祖辈背井离乡甚久，朝思暮想重回南方，无奈家境贫贱，无力迁徙，故想赚点盘缠，还望壮士开恩。"赵店主趴在地上磕头，本就淌血的脑袋，愈发血泪狰狞。

"照你这么说，你杀人越货还情有可原，是逼上梁山了？"李八斤愤怒地一拍酒坛，酒水哗哗洒地。

丘十八一脸铁青，浑身散发着要将店主连同小茅店一把火烧了的憎恨激愤。

赵店主缓缓抬头，任由血水自脸颊淌到脖子、胸前，脚下血渍渗地。

"是。倘若没有靖难之役，没有兵连祸结，没有连年征战，没有千里白骨，我们何尝会颠沛流离？我赵家世代忠厚，读书行商，又怎么会沦落到今日助纣为虐的地步？是朝廷，是大明，是朱家皇帝，是朱家兄弟叔侄子孙争权篡位、尔虞我诈，把天下百姓害到这般苦难田地！"赵店主大声说。

李八斤愣住。对朝廷不满的百姓多的是，但他没见过有人敢光天化日之下大声咒骂的。

"你说的都是真的？"丘十八的声音沙哑苍老。

赵店主没说话,只是沉重地点点头,眼神悲凉怆痛。

丘十八朝铺满尸身的院子扫了一圈,此地虽偏僻,但这一场恶斗也未免要惊动官府,赵店主原想赚点盘缠,未料身家尽毁。李八斤还想嘲讽几句,丘十八问死了这么多人他打算怎么办。

赵店主愣了好一会,忽地放声大笑。两人疑他中邪犯痴病了。

"我先丧妻后失子,孤身一人,还想着有朝一日体体面面南归。如今,什么都没了。好了,轻松了,好啊。"赵店主的声音也轻快许多。

当夜,李八斤和丘十八坐上赵店主的船渡卫漕。赵店主卷起细软说送他们过河,这是他欠他们的,过河后他也不再回去了。一程水路,风声呼啸,浪涛滚滚。伤痕累累的两人躺在船舱,李八斤起先想着赵店主还会不会再耍赖使诈,后来累极痛极,便沉沉睡去。

天明时,船靠岸到了德州。两人拖着伤体上岸,赵店主递上他们用过的伤药,嘴唇颤了颤想说什么,又没说,便摇船离开。

"知道阳明先生为何要让我们取旗牌吗?"看着越来越小的船影,丘十八问。

"平定宁王,灭了那妄图篡位的朱宸濠呗。"李八斤觉得他问了蠢话。

"为了不再有靖难之役,为了天下不再有颠沛流离的可怜人。我算是知道阳明先生为何要这么做了。"丘十八朝码头走去,他们还得再租两匹马。

李八斤搔搔头皮,觉得丘十八说得有点怪。他听坊间说书人说过靖难之役,那一百多年前的旧事,他听来觉得有一千年那么遥远。一千年前的事又怎么会再发生呢?这败寇看似粗鲁,说话有时竟也有几分文绉绉,难不成是被王阳明熏的?可他怎么就没被熏到呢?

8

重臣的忧思

经过十二个日夜的奔波，李八斤和丘十八抵达北京。时值子夜，他们在小客栈住下。

李八斤盘算，办完王阳明交代的事，逛逛北京。京师比多年前途经时繁华多了，满街酒肆、茶肆、香粉铺、珠宝铺、青楼……真让人乐不思蜀了。

他跟伙计要了一壶酒两个菜，丘十八坐下闷头就吃。

李八斤瞅着他纳闷，这个凶神恶煞的败寇，何以变得如此老实规矩了，难道是被王阳明给训的？不过他看起来也不像是能被强摁头的那种人，或者他也跟自己一样，隐姓埋名卧薪尝胆，假以时日报受俘之辱？

"丘十八，你到底咋跟上阳明先生的？"他殷勤地给丘十八倒酒，问出这个疑惑了一路的疑问。

丘十八喝干杯中酒，望着窗外苍茫辽远的天空，想起他对王阳明说过的两句话——"王都堂,你有本事,就去对付江西最大的土匪,对付我们这样的小喽啰,算什么本事?""王都堂,你是真不懂还是装不懂?"

那天他被那凶悍的曹二带下去,曹二对他骂骂咧咧拳打脚踢,他都忍了,一名败寇不忍还能怎么样?他躺在充斥霉臭味的稻草铺上,望着头顶虬结的蜘蛛网。一只小蜘蛛忙碌地织好网后爬出窗缝隙,来去自如。片刻后几只飞虫跟着飞进来,于是被蛛网轻而易举地捕获,成为蜘蛛的猎物,而它们原本是想捕蜘蛛的。丘十八觉得自己比蜘蛛还不如。

这时,靴子的踩踏声从监牢另一头传来,丘十八想,莫非要提人杀头了。他仍然一动不动。从做土匪那时起,他就认为自己的命不值钱,活一天赚一天。死对一个穷苦人来说,只不过是无数苦难之一。

靴声在他的监室门口停下,丘十八仍保持一动不动的姿势,只不过眼神稍稍偏了一些,斜睨到有人站立在门口。随即那人进来,丘十八的眼神往上移,看见一袭蓝灰色大袖袍衫,再往上看,宽袖皂缘,皂条软巾垂带。一张清癯消瘦的面孔定定地对着他。

丘十八毫不畏惧,也瞪着眼看他。

狱卒将一个篮子放在地上便出去了。王阳明蹲下身,让他不用那么费力瞪视。面对面注视,让丘十八的眼睛没法再像死鱼眼一样瞪着,他索性闭上眼。

王阳明把篮子里的酒菜拿出,放在地上。丘十八可以拒绝与王阳明对视,但没法拒绝酒菜的香味。他憋了会儿,二话不说就吃,做饱死鬼总比做饿死鬼强。吃完他抹抹嘴,站起身大声说"走"。

"去哪里?"王阳明问。

"杀头啊。难不成你们还养着我吃白饭?"

王阳明静静地看他,目光里揶揄的意味让丘十八更愤恨。这些官员就像逮住了老鼠的猫,非得把对方折腾一番不可。

"丘十八,做土匪之前,你是做什么的?"王阳明问。

丘十八愣了愣,都死到临头了还问这个做什么?

"猎人。"

"做猎人之前呢?"

"渔夫。"

"做渔夫之前呢?"

丘十八瞪了他一会儿说:"种点薄地,养家糊口。打小我就是老老实实的良民,我祖上都是。问这个啥意思?要杀要剐就快点动手。"

"你看,没有一个人生下来就是土匪。我相信,一百个土匪里有九十个是被迫为匪的。天下的百姓都是一样的,要的是安居乐业。人们若是都以强取豪夺为荣耀,那么试问天底下还有谁会安分守己自食其力?"

丘十八冷笑:"没错,土匪是明抢,可天底下虽不为匪、但行盗窃之事的,还少吗?"

"所以我问你,江西最大的土匪到底是谁?"

丘十八又瞪起眼,他的眼神是抗拒的、抵触的、怀疑的,王阳明的眼神则清澈犀利,仿佛可以一眼看透他心里在盘算什么。

"你身为赣南巡抚,要是到现在还不知道江西最大的土匪是谁,那就算知道了,还有什么用?"丘十八的话极为刺耳。

王阳明在阴暗的屋里踱步,仰头看屋顶那只饱食飞虫后休憩的蜘蛛,片刻后答道:"如果你愿意回乡,我给盘缠,你重回鄱阳湖做渔民。如果愿意留下，跟着我，我可以既往不咎，只要你说出我想知道的。"

丘十八在脑海里快速盘算这笔交易划不划算。

"破山中贼易，破心中贼难。你们也是百姓，百姓都是我的孩子。我实在不想对你们下手，互相残杀是可悲的事。"王阳明恳切地说。

丘十八沉默片刻，喝下王阳明倒的酒，泪水落在酒水中，他一饮而尽。放下酒杯，他讲起土匪队伍里那秘而不宣却又尽人皆知的秘密——宁王朱宸濠买通诸多江湖巨盗、流寇匪帮，招纳亡命之徒，厚结广西土官狼兵，让他们在南赣、福建汀州、漳州一带山区兴风作浪。

所以古战场上那一场战事，实则是宁王朱宸濠设的混局。水搅得越浑，越能从中捞得大鱼。

王阳明听完他的讲述，说了"果然"二字。听起来，关于宁王那秘而不宣的事，他早就知情了，只不过想从丘十八嘴里得到更确切的证据。

"这宁王真是痴狂，放着好好的宁王不做，偏跟土匪勾勾搭搭。他想干啥，想做皇帝吗？"李八斤忍不住插嘴。

之后丘十八便在赣南巡抚府留下，做了门丁。

李八斤听得心塞。他救了王阳明，还带着他好友湛若水的举荐信，王阳明不肯收留。这丘十八要杀王阳明，王阳明反而让他留下做事。这王都堂是打仗打得晕头转向了，还是读书读得脑子糊涂了？

丘十八在赣南巡抚府落了脚。闲时，老门丁喜欢跟人讲阳明先生的故事，讲做人的道理。王阳明身边的人都这副德性，动不动跟人讲学说理，显得很知书达礼的样子。当然除了那曹二。

老门丁说，有阳明先生在母亲肚子里待了十四个月，比一般人多

四个月;降生那天,他祖母梦见仙人脚踩瑞云送子;他到五岁还不会说话,但有一天忽然开口背起了诗文;他十岁作诗惊倒一群老学儒;十二岁就声称要读书做圣人……"

这王阳明也够狂的,李八斤暗想。

"后来我才知道,阳明先生是文武全才。他十五岁出塞边关,练习骑马射箭,他射箭可是百步而射之,百发百中,一箭能射中两只狼、三只兔、四只鹰呢,比鞑靼小儿威武神勇多了。"

李八斤吃惊,他只知王阳明是很有学问的读书人,没想到他还会射箭,且本事那么大。

"还有呢,阳明先生当初曾遭刘瑾陷害,贬谪贵州龙场。那个刘瑾太坏了,还派了两个锦衣卫一路追杀,欲斩草除根,好在先生吉人自有天相……"丘十八眼光发亮越说越激动,"'自信孤忠悬日月,岂论遗骨葬江鱼。'这句诗原本是先生在钱塘江边被锦衣卫追杀,跳江前留下的遗书。"

李八斤胸口一痛,好像突然被人插了一刀,他不由按住胸口。丘十八问他怎么了,他说:"没事,接着说下去,阳明先生的故事比说书还好听。"

"再后来呢,阳明先生在龙场教人开荒地、种粮食,又筑屋舍,开学堂。他在龙场还悟了道,听那些读书人说,悟的是心道。"

"心道?"

"就是圣贤道,也就是做人的道。"

"我只知道有降妖道、伏魔道、消灾道、祈禳道,这做人还有道?"李八斤好奇,这王阳明又会读书又会射箭又会悟道,简直是半个神仙。

"你别作烦搅扰,还听不听?"丘十八不耐烦。

110

"听听听。"

"三年前吧,阳明先生得时来之运,擢升为都察院左佥都御史,巡抚南赣汀漳等处……"

正德三年以来,江西、湖广、福建和广东四省交界的山区,土匪盗贼猖獗,百姓深受劫掠之苦。王阳明临危受命,开始了一介文臣平寇剿匪生涯。他推行"十家牌法",训练土兵、"狼兵",用兵神诡,漳南之役,横水、左溪、桶冈之役,三浰之役均获大捷。随后置县安民,在福建奏设和平县,在江西奏设崇义县,在广东奏设平和县,令当地百姓安居乐业,兴礼倡仪,军功德政昭昭。当地百姓无不将王阳明奉为神明,供香烛立生祠……

李八斤倒吸冷气,刚才觉得王阳明是半个神仙,现在整个儿是活神仙了。

"我丘十八生平最钦佩的,就是为老百姓着想的人,是言必行、行必果的人。阳明先生不像有些人阴一套阳一套,说是一套,做又是一套。那些读书人都说他是——"丘十八竭力思索他所了解的,"对,知行合一。他行的是知行合一之道,做的是知行合一之事。我丘十八再不识好歹,不追随于他,难道还为朱宸濠那种奸佞无道的狗贼卖命吗?"丘十八又痛饮两杯酒。

李八斤听说过王阳明有勇有谋神勇威武,没想到他厉害到这个地步。丘十八的口气听起来对王阳明极其效忠了。又多了一道障碍,他的计划成了一件越来越难办到的事。他胡思玄想,直到丘十八喊他好几声才回过神来。

"天下乌鸦一般黑,不过白乌鸦,还是有的。"丘十八下结论,"明日见大司马,早点睡,别起不来。"他和衣躺下,一会儿就响起轰雷般

鼾声，还磨着牙，像梦中在啃肉。

李八斤摸摸身上的公函，还在。他一天要摸十来回，总觉得揣着一坛火药。他想明日事情办妥后去街市转转，不能白来京师一趟。

兵部果然比赣南巡抚府和江西巡抚府威严多了。门口护卫森严，刀械刺目，连苍蝇都飞不进去。李八斤摸了摸怀里的公函壮胆上前。没等他靠近，护卫喝令如山倒，吓得他倒退两步。

丘十八向其中一个拱手："我们从江西来，谒见大司马，呈交公函。"

"大司马外出巡视，晚间方回，公函呈交兵部捷报处即可。"

李八斤急了，他们现在快一个弹指也好。他毕竟长年游走江湖，便从怀里摸出一点碎银，悄悄给侍卫，问大司马去何处巡视。侍卫揣进怀说大司马去了武库司巡查兵器，刚走不到一刻，并指给他们武库司的方向。

两人掉头就跑。不消半刻钟就追上一队衣甲森然的行列，一打听，轿子里的正是兵部尚书王琼。李八斤奔到队伍前，翻身下马，喊要见大司马。两名强壮的护卫猛然摁住他。

"大司马，我从南昌来，是赣南巡抚……"没等他喊出，几棍子就重重打在他屁股，他扑倒在地摔成狗啃泥。

丘十八总算没有白吃几年军粮，举起双手呼号："大司马，十万火急，十万火急！"他同样被摁倒在地，吃了两棍。

坐在轿子里打瞌睡的王琼被嘈杂声惊醒，掀开帘子问发生了什么事，方主事说是两个破衣烂衫的闲人，看模样也不像官差，准又是拦轿告状的。王琼说怎么听见有人喊"十万火急"，方主事喝令把两个不懂规矩的人押上来。

112

李八斤摔得鼻青脸肿，心里恨恨地骂，从怀里掏出公函递交给方主事，说他们从江西来，日夜兼程赶了半个月。方主事转交给王琼。

王琼一看信，脸色骤然一变，令侍卫带这两人立刻回转兵部。方主事问江西是否生变，王琼说回府再议。

李八斤捂着屁股喊疼，说被打得没法骑马了。丘十八默不作声。

王琼让侍卫把他们带回府，方主事便吩咐侍卫扛起两人。李八斤指着刚才打他的侍卫说要他们扛，那几个侍卫只好小心地扛起他。李八斤摊手摊脚四仰八叉，哼起江湖小调，觉得没白挨打。丘十八觉得丢脸，忍痛骑上马。

王琼很快签署颁发令旗令牌的手谕，让方主事速去办理。方主事见他似早有准备，心生疑惑。

王琼漫声道："你是不是觉得我早有预备？"

"大司马未卜先知——"

"大明王命旗牌遇有征进，方得授权领用，班师之后，照验还官。南、赣、汀、漳等地，本就是盗匪出没，如水益深如火益热之地，王阳明文人巡抚一方，四周虎视眈眈，身边无一兵一卒，处境着实堪忧。所以我为他备用旗牌，以便宜巡抚提督军务，以重其权。"

"大司马未雨绸缪料事如神，在下钦佩之至。"

"送两匹骠骑，让那两人速速南归，不得有误。"

王琼走到窗口，望着天空掠过的飞鸟，心里说，该备的我为你备齐了，接下去是祸是福得看你自己的运气了，但愿你给我争口气，尤其给朝中那个自以为是的首辅看看，到底是我王琼用的人好，还是他首辅养的蛊更胜一筹。

不消半日，令旗令牌已到李八斤、丘十八手上，同时还有一份兵

部密函,令他们交给王阳明,不得有误。

方主事称旗牌发放要经过诸多书吏之手,火烙印记、登记文簿、签字署名等,他忙了半日,连午饭都没来得及吃,又漫不经心说:"各地官员或官差来兵部谒见,无不捎带贽礼,最不济也有香油芋头豆子之类土仪。"说着朝他们瞟视。李八斤明白这方主事想要好处,他本想进了堂堂兵部吃一顿好的,没想到兵部想要吃他的。他身上的碎银早用光,现在囊中空空。

一声不吭的丘十八掏出一个布包送给方主事,称他们匆忙而来,没带什么,这个想必合方主事的意。方主事欣然打开,却见两只厚实的烧饼。他们早上吃过豆浆烧饼,丘十八觉得烧饼香酥可口,就多买了一些用来路上充饥。

方主事的脸红一阵白一阵,称恰好饿着,正合意。又暗想,王都堂都没见过大司马一面,没送过一份土仪,大司马偏还对他极为器重。主子如此吝啬,两个差使身上又能捞得什么好处呢,罢了罢了。又传了大司马口谕,说备了两匹精悍快马,令他们速速启程南归。

李八斤暗暗叫苦,他本想在京师逗留两天,好吃好喝好玩,没想到兵部尚书比王阳明还吝啬,连一顿好吃的都没有就打发他们走。

两人走出兵部,丘十八说世间再也没有第二个王阳明了。李八斤问他何以说这样的话。

"当年阳明先生也是兵部小主事,为人耿直清廉。如今这方主事鼠目寸光,哪及先生之万一啊。莫说本朝没有第二个,就是今后几百年也不会再有了。"丘十八慨然叹道。

李八斤想这哪叫清廉,分明是小气穷酸,这趟差事的盘缠都是我垫着,回头一定得要回来。他本想抱怨几句,又怕被丘十八鄙视,便不吭声。

门口拴着两匹伊犁马,四肢强健,毛发油亮。李八斤咧着嘴说他当年在草原见过,那时想摸一摸也好,没想到还能骑上,这一趟来京师真是值了。

两人翻身上马,马缰一紧,骏马扬蹄,奔出京师的道路。

王琼悄无声息地为王阳明打点幕后事务时,内阁府也在操劳另一件大事,只不过事情因王阳明的对手宁王朱宸濠而起。

内阁首辅杨廷和疲惫不堪地回到府中,头疼欲裂,在卧榻躺下。

前几天从关外传来消息,皇上这两天要回京了。一堆累积的政务急需皇上亲定,他与众臣在殿外苦苦等了一天,可连朱厚照的影子都没有见着。皇上虽然不上朝,可他们不得不日复一日、年复一年地等待觐见,共商国是。

杨廷和少年有为,成化十四年进士。明孝宗时为朱厚照的讲读,正德二年官拜东阁大学士。刘瑾被诛后,他拜少傅兼太子太傅、谨身殿大学士,五年后任首辅。他为人老成持重,为学博学鸿毅,为政兢兢业业,历明宪宗、明孝宗两朝,现在面对这个他亲自教导过的、继位之后荒嬉无度的皇帝学生,感到从未有过的力不从心。

他忧思难解半昏半睡之际,孙幕官进来,犹豫着该不该叫醒首辅。杨廷和警觉地醒来问什么事。孙幕官说,宫中张公公奉皇上之谕送来羊肉美酒,现在正厅。杨廷和起身走向前门。

皇帝的宠臣、御用监太监张永说皇上在北方狩猎颇丰,命人捎来肥羊美酒,赏赐给众臣共享。杨廷和叩谢皇恩,起身问,不是说皇上这几天回来了嘛,怎么还在狩猎。

"张公公,皇上狩猎游幸已有一个月十三天,朝政荒废太久,案卷奏章堆积如山。边疆时有鞑靼侵犯,皇上安危系于社稷天下,众臣忧心忡忡,还望张公公劝说皇上尽快回銮。"

张永背着手欣赏厅内的书画摆设,慢条斯理地说:"首辅,正因国事繁重,皇上不胜其烦,才出去散散心解解闷,这才一个多月,您多操心了。太操心的人容易老啊。"

"两年前,蒙古王子来犯,皇上统兵出战,令满朝担惊受怕,虽则险胜,可土木堡之变的前车之鉴还不够引以为戒吗?"杨廷和忧心忡忡。

当年明英宗不顾朝中大臣反对,御驾亲征,在土木堡被俘的惨痛往事,是大明不可启齿的耻辱和隐痛。

"首辅,您这可说到点子上了。两年前皇上御驾亲征,以少数兵力克蒙古大军,终获应州大捷,鞑靼自此不敢再犯北方边境。这岂不是'威武大将军'的功勋吗?首辅,好好享受皇上赏赐给您的酒肉就是了。"

张永说的"威武大将军",正是向来以武功自雄的正德皇帝朱厚照给自己加封的名号,全称"奉天征讨威武大将军镇国公朱寿"。他还令兵部存档,户部发饷,甘愿以九五之尊降为臣子,着实令人啼笑皆非。

杨廷和心知张永正是唆使皇上不务正业的幕后者之一,多说反招恨,只得无奈叹气。

"皇上这边我自会照应。首辅,您还是多留意着钱宁,还有南昌宁王府那边。对了,肥羊鲜美,还须煮透,吃的时候当心烫着,莫辜负了皇上的美意。"张永皮笑肉不笑,告辞而去。

钱宁？宁王？两张面孔在杨廷和眼前晃动、叠印、交错，忽而模糊，忽而清晰。杨廷和问孙幕官，张永说的这些话是什么意思。

孙幕官把外面探听到的消息告诉杨廷和。钱宁把玉带、彩纻交给宁王朱宸濠的人带回去，诈称是皇上赏赐的。因为宁王屡屡进献金银玩物给钱宁，以图让钱宁在皇上面前为其通达美言，钱宁假传玉带、彩纻给宁王，意思是"你的钱没有白花，瞧，我为你做了这么多事呢"。

这事偏偏被钱宁的对头——左都督江彬得知了。江彬把这事告诉了张永，张永又告诉了皇上，皇上气得摔酒杯。所以张永此次一是来送羊肉美酒的，再则也是试探，看首辅到底站在钱宁这边，还是江彬这边。

孙幕官把大道、小道消息以及运用自己的智慧思索出来的相关利害掰开来揉碎了分析给首辅听。

"这个宁王，太过分了。粗鄙，无知，不知天高地厚……"

杨廷和背着手气咻咻地走来走去。他不是个贪财的人，颇有清誉，可也收受过朱宸濠的贽礼。他收受贽礼时，不觉得朱宸濠有何异志，认为顶多就是想巴结太子太傅，皇帝的老师。他认为这是人之常情，便坦然收受了。

皇帝游冶玩乐不理朝政，他苦苦相劝，上书冗长的奏疏，跑到居庸关求见狩猎的皇帝，吃了闭门羹。他称病告退，皇帝又不允。他全身心扑在北直隶，以至于疏忽了南直隶的风云突变。

孙幕官悄声问首辅，是不是跟南昌那边提个醒，别让那位藩王太肆无忌惮了。人一得意就会忘形，一忘形就会坏事儿。杨廷和忽然记起，江西有麻烦的除了宁王朱宸濠，还有一个让人头疼的人——

赣南巡抚王阳明。

王阳明是王琼一手擢升的,而他与王琼一直水火不相容;王阳明首创心学,而他崇尚理学;王阳明与宁王是两路人,而他收受过宁王的贿赂……不管怎么看,王阳明与自己都很难和衷共济。朱宸濠倘若有风吹草动,必会殃及自己,为今之计,还是给那个藩王捎个信,警告他不要轻举妄动。

他必须找到一个既能阻止朱宸濠谋逆,又能保全自己的万全之策。所以当下迫切要做的是见到皇帝,越快越好。

"孙幕官,写奏疏,快马加鞭送到边疆,请皇上速速回銮议事。"杨廷和揉着越来越生疼的太阳穴,一边思索一边念疏文。

9

唐伯虎的逃离

唐伯虎写完最后一张请柬,手一松,毛笔落在桌上,人倒在椅子上,眼睁睁看着没放稳的毛笔骨碌碌滚向桌角,落地。他连捡拾的气力也没有了。

数日前,刘养正来到水观音亭,带着一份长长的名单和一沓厚厚的空白请柬,要求他两天之内写好宴请名单。宁王不久将举办四十三岁寿宴,盛邀江西各地官员赴宴,唐伯虎一手行云流水的书法会给宁王增光添彩。

他恢复了些体力,捡起落地的毛笔,走到院子的水池边洗笔。他觉得庆贺生日是一件可笑的事。生日,不就是人向死亡更近了一步吗,何需大肆庆祝,人早晚会走向这一条路的。

水面映出天空的流云飞鸟,他想起几年前作的诗,不由轻吟:"人命促,光阴急,泪痕渍酒青衫湿。少年已去追不及,仰看乌没天凝碧。铸鼎铭钟封爵邑,功名让与英雄立。浮生聚散是浮萍,何须日夜苦

蝇营。"

"唐先生,宁王寿辰将至,你为何吟诵这样丧气的诗句?"

身后传来阴阳怪气的声音,唐伯虎转身一看,刘养正和李士实不知何时来到,前者露出慈眉善目的笑,后者脸上挂着冷霜。唐伯虎惊惧不已,忙说自己不过是想起一首旧诗,随口吟诵罢了。

"这首诗要是让王爷听到了,恐怕你是活不过今晚了。"李士实冷冷地说。

"唐寅有错,唐寅有错,请二位宽恕。"唐伯虎惶然拱手,神情哀恳。

刘养正拍了拍他的肩,笑嘻嘻地说:"伯虎兄,我们也不会为难你,你就画两幅小画,写几笔小字,送我们就成了。"

唐伯虎迟疑着,李士实重重哼了声。

"承蒙两位先生看得起,唐寅定当相奉。前日刘先生吩咐的事我完成了,请两位过目。"

唐伯虎的书法果然不同凡响,他们满意地点点头。这不是一场一般意义上的寿宴,这关系到宁王筹谋十年之久的宏图大业,关系到他们日后的飞黄腾达。

唐伯虎捧出一幅山水画和一幅书法,刘养正取了画,李士实拿了书法。看着他们如获至宝的样子,他暗暗痛恨,书画落他们手上,真是暴殄天物。

"唐先生,六月十三日王爷大寿,你这手字算是给王爷长脸了,王爷没白供养你。对了,贺礼早备着,我是好心提醒你。"刘养正笑容可掬。

两人带着请柬离开了。

唐伯虎气虚力乏,索性坐在门口台阶,天空流云飞鸟,眼前花树泉石，皆成空洞。不知坐了多久，直到有声音将他唤醒："唐先生为何坐地上？"

他一看，是娄素珍。娄素珍的侍女送上一卷画，唐伯虎见是他师长沈石田的《樵夫上山图》，便赞好画。

"唐先生，我前几日觅得沈石田先生《樵夫上山图》，心中喜欢，便题了词，想送王爷作寿礼。敬请先生鉴赏雅训。"

唐伯虎鉴赏指点画作佳处，目光落在题词处，不由一怔，"妇语夫兮夫转听，采樵须知担头轻。昨宵雨过苍苔滑，莫向苍苔险处行"。他钦佩女弟子的胆略，她身为女流，贵为王妃，做事行文却比自己这个老师勇毅多了，不免自惭。

"唐先生，南昌近来阴晴不定，忽冷忽热，还望先生留意天象，若有不测风云，及早避离，以免受风寒之侵。"娄素珍望着晴朗明澈的天空说。

唐伯虎觉得奇怪，近来天清气朗风和日丽，并没有阴晴不定之象，王妃何以出此言。两人又说了会儿书画技艺，娄素珍告辞，唐伯虎送到门口。

"唐先生在苏州筑有桃花坞，春时落英缤纷，此时想必已硕果累累了。"娄素珍随意地说。

"简陋小筑，聊以栖身而已。"唐伯虎想，难道她也要在水观音亭植桃吗，想了想又说："明日我想去滕王阁一走，王妃若过来学画，我等着……"

"先生自便。桃花坞里桃花庵，桃花庵里桃花仙。桃花仙人种桃树，又摘桃花卖酒钱。弟子当年若是不入侯门，亦是对这般世外桃源的生活心向往之，一生寄情书画诗文、桃红柳绿，而不是朝堂混沌。"

她留给他一个凄迷忧悒的笑。

滕王阁江湖浩渺,流云缥缈,霞光映照江面,波光粼粼,远处水天一色,近处鸥鸟飞翔,唐伯虎郁闷已久的心胸豁然开朗,心旷神怡。

"……落霞与孤鹜齐飞,秋水共长天一色。渔舟唱晚,响穷彭蠡之滨,雁阵惊寒,声断衡阳之浦……关山难越,谁悲失路之人;萍水相逢,尽是他乡之客……闲云潭影日悠悠,物换星移几度秋。阁中帝子今何在?槛外长江空自流。"

唐伯虎慨然吟诵,此时不再是被豪强胁迫不得已而吟诵,而是情动于衷。情动于衷而形于言,言之不足故嗟叹之,嗟叹之不足故咏歌之,咏歌之不足,不知手之舞之,足之蹈之也。他觉得手舞足蹈也难以表达内心的慨叹,便让随行的小厮备好笔墨纸砚。

他挥笔而泻一气呵成。画中高山峻岭,江岸云树,霞光映波,树石直上天际,临水有阁,一名士子倚阁怅望落霞孤鹜。画意清旷优美。小厮欣然赞叹,问能不能把他也画进去,唐伯虎信笔在士子身后画了一名小童,小厮直乐。他再书题词:"画栋珠帘烟水中,落霞孤鹜渺无踪。千年想见王南海,曾借龙王一阵风。"

小厮吟诵,唐伯虎给他讲解诗句的意思。两人正悠闲,只听得楼梯口一阵急促的脚步,有人喊着"唐先生"跑上楼。上来的是娄素珍的贴身侍女,取出一个布包说是娄妃娘娘送的,要唐先生尽快按药方服用。

唐伯虎疑惑地打开布包,里面是三个枣子两个梨一块当归,药方上写:病中风寒,即刻发汗,加服当归,病体保全。他读了两遍,读出了深意:早离,当归。早离南昌,当归苏州……娄素珍的奇怪言语,刘养正、李士实的阴阳怪气,宁王探询风水之说,惨死在河道的裁缝……眼前浮沉一连串碎片记忆,他的身子摇晃了下,小厮和侍女扶住他。

唐伯虎把《落霞孤鹜图》交给小厮,让他送给在南昌结识的卢姓书生,也算是相识一场的馈赠了。他战栗着走下滕王阁,回首仰望这座楼阁,心里说:这一去,不知何时能再登临。或许三年五年,或许,来生来世……

"危邦不入,乱邦不居,天下有道则见,无道则隐。邦有道,贫且贱焉,耻也;邦无道,富且贵焉,耻也……防祸于先而不致于后伤情。知而慎行,君子不立于危墙之下,焉可等闲视之。"

唐伯虎盯着面前翻开的《论语》。君子不立于危墙之下,不立于危墙之下,危墙之下——他若告知宁王,宁王必不肯放他走;若不告而别,宁王定觉轻慢,说不定会一路追杀……怎么办,怎么办,怎么办?

后背汗濡,他燥热难耐脱了外衣,还是热,又脱了一件。芒种虽过,夏至未至,何以燥热成这样?他脱得只剩下薄薄的亵衣,反正也没人看,就算有人看见,也只当他是痴了呆了癫了狂了——痴了?呆了?癫了?狂了?

晴空蓦地划过一道闪电,紧接着一阵雷响。

他蓦然一惊,抬头望向森然郁葱的庭院,跳过街衢巷陌,山川水陆,直抵目光不可及的遥远的姑苏故里,虎丘的山沧浪的水,寒山寺的钟声到客船,桃花坞桃花庵灿若云霞的桃花林……

他的嘴角流露悲喜莫辨的笑意,拿起桌上的三个枣子两个梨,一

个一个吃掉,吃得津津有味意犹未尽,果核丢在墙角。

翌日早上,南昌街头人头攒动,观者如云,人们挤着围观一桩惊世骇俗的奇事——宁王请来的贵客,娄妃的老师,大名鼎鼎的江南第一风流才子唐伯虎,全身袒裼裸裎,疯疯癫癫奔窜于街头,还嬉笑高呼"我是宁王的贵客"。

坊间传言,唐伯虎裸裎的身材匀称,白净,瘦秀,但几处伤疤触目,那是多年前受考场舞弊案牵连而遭受杖打留下的疤痕。南昌城仰慕唐伯虎才华风流的人们,或唏嘘叹息,或掩鼻侧目……

消息很快传到宁王府。朱宸濠吃惊恼怒,唐伯虎居然还高喊"我是宁王的贵客",真是把历代宁王的脸都丢尽了。他喊护卫快把唐伯虎抓来。

刘养正眼珠一转,赶紧上前:"王爷息怒,唐伯虎也不过徒有江南才子之名,做出此等禽兽行径,王爷若再把他带回来,实在有辱王府的名声。"

"那该如何?就让他在外面糟践宁王府的名声吗?"

"依臣之见,唐伯虎若是真疯了,就让他真疯去。若是假疯呢,也让他真疯去。一个疯子,同他计较做什么呢。"

李士实咳嗽一声:"王爷放过唐伯虎,还会赢得宽宏雅量的名声。区区癫狂之徒,不值得王爷动怒。何况我们还有诸多要务需商议。"

朱宸濠让他们把这桩丢人现眼的事办妥,刘养正便急急出门。

两位幕官为唐伯虎求情,倒也不是因为收受了他的字画,他们只是认为,一旦举事成功,两个人分一碗羹汤,比三个人分能喝到更多。何况唐才子的名声高于他们,他们很早就盘算要把这个自命清高又格格不入的才子踢出局。唐伯虎偏在这时癫狂了,正好顺水推舟,把这艘麻烦的破船推走才好。

刘养正把唐伯虎弄到赣江边的小船。唐伯虎穿上他带来的新衫，蜷缩在船舱瑟瑟发抖，冲他痴痴呆呆地笑，嘴角淌下流涎。那憔悴的形容神情，确实与疯子没有两样。

"唐伯虎，你果然疯了。你好好一个大才子来到南昌，怎么就变成疯子回去呢？令人痛心疾首啊。也好，你疯得恰逢其时，疯得与世无争。这个世道，太聪明太有才的人会活得很难，只有该聪明时聪明、该糊涂时糊涂的人，才能活得游刃有余。你呀，为什么要这么聪明这么有才呢？"刘养正命船夫撑船启程。

船夫划动篙橹向河心划去。唐伯虎仍在颤抖。堂堂江南第一风流才子，半生骄傲清高的世间丹青手，以这种亘古未有的屈辱方式苟且偷生，仓皇逃离。

他望向苍茫浩渺的湖面，岸边起伏的芦苇，余生将如何过下去？如何？

"唐伯虎，你疯得好啊，疯得真真假假，虚虚实实啊。哈哈哈。"岸上的刘养正满意地扬长而去。与他们谋略已久即将掀开的大业相比，唐伯虎的癫狂与否实在微不足道，不值一提。

唐伯虎躺在船舱，在水浪拍打橹声欸乃中，他放声吟唱："酒醒只来花前坐，酒醉还来花下眠。半醒半醉日复日，花落花开年复年……别人笑我忒风骚，我笑他人看不穿。不见五陵豪杰墓，无花无酒锄做田……"

船夫摇摇头，他听闻过唐伯虎的名声，以为那是一个如何才高八斗俊朗有为的大才子，万万想不到是这么个粗鄙的家伙，看来世间名士多虚名。要不是雇主出足了钱，他才懒得送这种人去苏州呢。

李八斤和丘十八回到赣南巡抚府时是鸡鸣时分，比预计提前了一天。李八斤喜滋滋地说阳明先生一定重重有赏。

李八斤问王阳明旗牌为什么还要千里迢迢跑去兵部领用。

"大明旗牌本是授给将领的，文臣不能授予。正德七年，巡抚贵州的右副都御使杨茂元擅自制造旗牌各五，以调度军务。工部得知后，奏称其未请擅造，要予以惩罚，并毁其旗牌。当时皇上考虑到贵州情形特殊，宥恕其罪，夺俸三月。此后就开了巡抚亦能奏请旗牌的先河。"王阳明左手执旗右手持牌，感叹此物来之不易。

丘十八接着掏出兵部密函，王阳明一看密函脸色一变。

李八斤嘀咕说他们提前一天完成使命，有没有犒赏。王阳明没有理他。丘十八拉他到厨房烧了两碗米汤，李八斤说早知这样，该在京师逛两天再回来。

王阳明接到的兵部敕令，称福州三卫军士哗变，命他速去处置。

这是始料未及的变故。如去福州，南昌生变怎么办？如不去，福州生变又如何是好？王阳明思虑再三，宁王寿诞，江西境内官员必定前往祝寿，这是勘察宁王动向的最好时机。虎穴再凶险，也须探一探。他决定先赴南昌再察看一番宁王的动静，如若生变，就当机立断处理南昌事宜，如若无变则赴福州。

翌日天刚亮，梦中啃鸡腿的李八斤被丘十八叫醒，说要护阳明先生再赴南昌，让他快起来。李八斤说鸡腿正啃得香就给搅了，丘十八说等空了给他烤叫花子鸡，李八斤转怒为喜。李八斤打着哈欠说之前他们刚去过南昌，这又要赶去，难道宁王真谋反了吗？丘十八让他最好把嘴缝上，以免半路走漏风声。

王阳明忙完事务回到内署，诸氏在厨房忙碌，心疼他一夜未眠，要他吃过早餐好好睡一觉。王阳明说要马上去南昌,一是按礼节向宁王贺寿,二是探查南昌动静。诸氏略一沉吟,说与他同去。

"夫人,此行有险,你不宜同去,还是在赣州等我吧。"

"夫君且听我说。"诸氏从容道,"按礼节,宁王寿辰,在赣官吏均须向宁王贺寿,你若独自前往,一则不合礼节,再则宁王必然有疑。我与你同行,宁王有所松懈,夫君即可便宜行事。"

王阳明深叹夫人心思慧巧,可还是忧心:"此行实在险恶,我怕到时候不能护你周全……"

"夫君尽可放心,我一妇道人家,宁王若为难于我,只会惹世人耻笑。再者,当年我与夫君过上饶,拜见娄谅先生,我与娄妃有一面之缘,有她在,宁王奈何不了我们的。"

诸氏转身去收拾行囊,王阳明只得由她。出发前,诸氏带上刚做的肉包子,李八斤和丘十八吃得满嘴流油,说太好吃了。

赣江边,天色曈曚,王阳明夫妇和两名护卫坐上赣南巡抚府的官船,往南昌而去。丘十八兼任船夫。身后四十余丈外的江面上,另一艘船也紧紧跟随,船上有一小队灰衣人。

10

宁王府的褫夺

  娄素珍完成最后一笔线条,端详眼前的山水小景画,一个不经意的念想浮上她的心头:唐先生若看到了,会如何评判?

  她依然在意唐先生的审视目光。唐先生授业不长,可于她书画影响甚深。他的到来,是一场意外之喜,他的离开,是难以言喻的仓皇不堪。

  如果不是她要学书画,如果不是当初宁王为讨她欢心把唐先生从姑苏请来,如果她早点提醒他离开,如果以更妥帖完善的方式帮他,他必不会如此无奈决绝地裸裎于光天化日之下奔逃——一名多么骄傲清高的士子,要被逼到何等道尽途穷之地,才会把做人最后的尊严也弃之如敝屣?

  二十年前卷入考场舞弊案而入狱,已令唐先生蒙受巨大的羞耻屈辱。这些年他好不容易捡回一点尊严和脸面,而今更大的羞耻屈辱,把他彻底推向毁灭的深渊。此后他将何以为生?

她不知道他今后将如何度过一个个难以入寐的长夜。她在侯门深宫的南昌，他远在桃花流水的姑苏——但愿，他早早忘记这里的一切。

王阳明，她的师兄，他面临的威胁和危机，较之唐先生有过之而无不及。

那天她目睹宁王为王阳明和孙燧设下的鸿门宴，目睹了一场蛮野强横与有节有义的抗衡。除了碍于内眷礼仪不能出场，更令她倍感羞耻的是，师兄与丈夫，赣南巡抚与宁王，是如此云泥之别的两种人。

羞耻令她无地自容，不敢见王阳明。她只能将一切无以言喻的哀痛归咎于宿命使然。娄素珍再一次潸然泪下。

侍女安慰王妃不要难过了，王爷催了好几回，让她去欣赏官员们送来的各式礼物，再不去王爷要不高兴了。两天后，将是宁王的四十三岁寿辰，江西各地官吏送来的礼物已堆满了几间屋。

娄素珍洗过脸，施上淡妆，让侍女拿出画轴，走出寝宫。

如果祖父还在世，如果那位有着卓越学问旷达才智的理学家还活着，必能想出一个绝妙的万全之策，告诉心爱的孙女该怎么做，告诉她如何保全自己，如何在敬仰的师兄王阳明与同床共枕的丈夫之间，选择一条安然妥当而不是兵戎相见的路，告诉她该如何在凄惶的世道小心翼翼地活下去……

可祖父不在了，她只有靠自己，尽最大的心力，帮老师度过劫难，助师兄避免无妄之灾，竭力说服那个被野心、妄想、执念纠缠的藩王，拉住他一步步迈向厝火积薪的脚步……

朱宸濠站在堆得满满当当的房间里，望着一屋琳琅满目争奇斗

巧的礼物，捋着胡须得意不已。这种被朝贡、被奉迎、被簇拥的盛况，以后应该更多。刘养正、李士实啧啧称奇，称他们活了大半辈子都没见过这些东西。

"江西大小官员对王爷恭敬有加，此乃王爷德政可嘉也。"

"他日王爷举事，必定一呼百应，众望所归啊。"

"此正应了良禽择木而栖，贤臣择主而事。"

"见机不早，悔之晚矣。"

两位幕官你一句我一句。朱宸濠的目光拂过一件件礼物，心花恣意怒放。蓦然目光停住，问还有哪些官员未到礼。刘养正翻阅礼单，说了一些官员的名字，有的还在路上，有的将抵达，接着他念出"王阳明"，朱宸濠的眉毛一抖。

"依我看，他怕是不敢来了。"刘养正干笑。

"他要是不来，就是藐视王爷，理亏在先。"李士实冷哼。

"岂止理亏，是心虚露怯，如此更好，便可确认他有无异心了。"朱宸濠说。

得到江西大小官吏奉迎，是王爷的威仪所系，王阳明不来贺寿，从小处说是失面子的难堪，从大处说，更是怀有异心的证实。二者皆是他不能容忍的。

"他不来，我们办事更利索了。"李士实说。

"没错，他失礼，一是正好落我们的口实，二是我们更无妨碍了。王爷无须为这等人烦心。"刘养正看出其中的机巧。

朱宸濠冷哼一声，继续赏玩礼物。

娄素珍进来，侍女呈上画作。

"爱妃，本王等你好久。快过来看看，喜欢哪一件尽管取就是。"

朱宸濠拉着她,指着礼物很是骄傲。

"王爷,臣妾亦有一件贺礼相赠王爷。"娄素珍让侍女铺开画作,"此乃沈石田先生的《樵夫上山图》,臣妾书写题诗,还望王爷笑纳。"

"好好,名士画作,配上爱妃的书法,真乃珠联璧合。"朱宸濠颇为欣喜。

刘养正、李士实看到题词,倒吸冷气。朱宸濠的目光落在题词上:"妇语夫兮夫转听,采樵须知担头轻。昨宵雨过苍苔滑,莫向苍苔险处行。"读了两遍,喜笑颜开的脸色顿时变了。

"爱妃,题词是何用意?"朱宸濠冷然道。

"王爷,臣妾此诗有感于唐时孟浩然《采樵作》一诗。采樵入深山,山深树重叠。桥崩卧槎拥,路险垂藤接。意思说,采樵的山路桥梁崩坏,要用树木横卧支撑,险阻的地方,还需垂藤缠绕相接。日落伴将稀,山风拂薜衣。长歌负轻策,平野望烟归。黄昏时一起采樵的伙伴离开了,山风吹凉了薜衣。樵夫挂着手杖放歌,望见平野上的炊烟,回了家。"娄素珍温言解释。

"此诗确实不错,为何你题写的意味却不同?"

"王爷,采樵人辛苦营生,采樵妇叮嘱丈夫要知担头轻重,祈愿平安无虞,倘若遇风霜雨雪之时,切记莫要往苍苔湿滑的险象处行走啊。臣妾以为,采樵妇对丈夫的牵挂祈愿,要比采樵人更为深切,王爷以为然否?"

朱宸濠一掌重重拍在画上,脸色铁青。众人大气也不敢喘。

娄素珍神色平静,不惊不惧。当她选择这幅画,题下这首诗,送到朱宸濠眼前时,她就清楚会发生什么。

朱宸濠面对一屋辉煌炫目的礼物的喜悦,消失得无影无踪。他

死死盯着不动声色的娄素珍，屋子里只听得他的粗重呼吸。他宠爱这个妃子，比府中所有妃妾加起来还宠爱。她的书香门第家学身世令他青眼有加，她的才貌更超于其他妃子，可他没想到，她还比其他妃子多出另一种东西——勇气。

她如此胆大妄为地警告他：莫向苍苔险处行。

他需要的是刘养正、李士实这样的奉迎，是大小官员堆满一屋的朝贡，是不久之后触手可及的一呼百诺威仪四海，而不是这个美貌如花的女子看似温柔实则不知趣地告诉他——不要谋逆。

两个幕官大气也不敢喘，宁王妃一旦失宠，血溅宫闱的事并不鲜见。

朱宸濠按在桌上的手青筋急剧抽搐，最终还是忍下了即将爆发的怒意。毕竟明日是寿辰，他不希望在寿辰前日发生不吉的事，就当她是妇人之见吧。

"我自有宏图伟业，不是你妇人之见可以理解的。"朱宸濠让侍女带走娄素珍，"你自当好好梳洗，明日共进寿宴受贺就是了。带王妃回去。"

护卫急急跑来，报京师来使者，带来了皇上圣旨。朱宸濠一惊，皇上怎么这时候突然下旨，难道祝贺寿辰？——应该不会，没听到风声啊。他顾不得娄素珍，仓皇地往前庭赶去。两名幕官紧紧跟上。

娄素珍望着他们如临大敌的惊惶背影，惨然一笑。昨宵雨过苍苔滑，莫向苍苔险处行。是的，她再也挡不住那位王踏向滑湿苍苔的脚步了……

出赣州，过攸镇驿，至皂口驿，达五云驿。王阳明四人日夜不停舟不停桨往南昌赶。

船过一处狭窄江湾，两岸是密林。站在船头的李八斤闻到密林里飘出的一股凶险气息，喊"小心"。诸氏正准备出舱，王阳明握住她的手，诸氏脸上没有半分害怕惊惧，只叮嘱他要小心。王阳明说明白。

两岸的密林像沉默的怪兽潜伏，盯着他们的船。身后江面的那艘船，不知何时已消失了。只有他们的船发出张帆的呼呼风声。

王阳明警觉地察看四周，江面的空气潮湿得要滴出水，水鸟惊慌地掠过。

李八斤的目光在密林睃视片刻，心头一盘算，对王阳明说："先生，我先上岸察看，若有歹人，我将他们引开，你们的船快快驶离就是了。"

丘十八马上说这个主意好。李八斤暗骂，你这贼土匪，还真盼着我被歹人杀死，看来你也不是个好东西。

王阳明略一沉吟说不行，他只有一个人，歹人定是人数众多。在船上打斗是伤敌一千自损八百，歹人一般不会在船上动手，这一处狭窄江湾地势不利，不过很快就会驶出，江面开阔就安全了。

话音刚落，密林里传出杂乱的脚步声，有很多人朝他们奔来。丘十八驶向开阔的江面。

李八斤心急，过了这个村没了这个店，这对他来说是千载难逢的时机。他瞅着船行过几株卧倒江面的枯树，纵身一跃，从船头跳向枯树，稳稳站在树身，随即踩着树干轻捷地跃上岸。他身手灵活矫健，只是弄湿了靴子。

他飞快地奔跑。丘十八看来对王阳明是死心塌地，不可能助他完成大事，那么他需要借助外力。如果这伙人是冲着王阳明来的，他会与他们展开谈判，帮他们达到目的，只要把王阳明交到他手上就是

了；如果这是与王阳明无关的剪径之徒，他会说服他们助自己完成大业。

十来个灰衣人从密林里冲出，手提大刀，与李八斤正面相迎。那伙人朝他扑来，李八斤喊："等等，有话要说。"那伙人不管不顾挥刀就劈。李八斤心里骂他们蛮横不讲理，抽出雁翎刀格倒冲在最前头的两个强盗。

"住手，我有话说！"李八斤吼道。

其中一个蒙面灰衣人闷声喝道："说！"

"你们跟王阳明有什么仇？"

"干你屁事。你要护他，照杀无误。"那人冷冷地说。

李八斤觉得声音耳熟，身形眼熟，只是那人捂着脸面，看不清面目也听不清声音，他继续说："我助你们。"

"你是王阳明的人，为何要帮我们？"

"我是不是王阳明的人，不要紧。我也不会打听你们为何要追杀王阳明。最要紧的是，我帮你们成事，也就是你们帮我成事。"

"你到底想做什么？"

"很简单，我们联手，你们把活人交给我，我把死人交给你们。"

"嗯？"

"我要一个活的王阳明。之后，他的死活与我无关。"

"好主意，你上前一步我们细谈。"那人声音含糊。

李八斤遂大步朝前。就在刚迈出步时，一脚踏入一个被树枝树叶精心掩盖的陷阱，他暗悔自己太急于求成。他眼疾身快，另一只还未失足的脚迅捷蹬向前头一个强盗的身体，借助这一脚蹬力，朝上一跃，攥住头顶上方一根横出来的树枝，身子悬空。再低头朝下一看，脚下的陷阱布满尖细的竹梢。

李八斤怒吼:"杂种,老贼,撮鸟,说好了一起成事,你们出尔反尔说话像放屁——"

他正骂得痛快,那伙人突地阵脚大乱,有人冲进人群大劈大砍,嘴里喊着"狗贼吃我一刀"。他定睛一看,是丘十八。

丘十八像一头疯牛,提着雁翅刀横砍竖劈,全无章法。他这气势就吓倒了一片人。李八斤也不由喊"好身手",全然忘了自己身处险境。江岸传来喧哗,几个灰衣人挟持王阳明和诸氏朝密林深处奔去。

李八斤暗想,这伙人来路不明,若劫走王阳明,到嘴的肥肉岂不让人叼走,这么多年颠沛奔波岂不白费工夫了?他试图借助树枝往上攀缘,无奈树枝较细,且被他攥得下沉,难以攀爬。他只得一点一点往里侧粗壮一点的枝干攀缘靠近。

丘十八边护着王阳明和诸氏,抵挡灰衣人,一连杀退五六人,肩膀吃了一刀踉跄倒地,三人被灰衣人团团围住。

挂在树上的李八斤看得一清二楚,直喊别乱来。一回神,不对,这话分明就是护着王阳明,那些人岂能再相信他想与他们"联手"?他懊恼不已,再一想,那就算他们替自己生祭父亲吧,虽然不如自己动手来得痛快,但能亲眼看到王阳明是如何死的,也不枉然了。

"爹,儿子不能亲手替你报仇,不过也罢,他们马上要动手了,我说给你听,他们是先砍头还是先砍手脚——"他轻声说。

王阳明把诸氏护在身后,对着面前围成一圈的灰衣人,神情淡然,好像面对的不是一伙穷凶极恶之徒,而是一群求知若渴的弟子:"赣南巡抚王守仁在此,各位意欲何为?"

诸氏整了整衣衫,不忧不惧。

领头的道:"我们收人钱财替人消灾,不问你们冤仇曲折,只管做事。什么赣南巡抚赣北巡抚,快快把你的东西交出来。"

王阳明三人一听愣了,他们不是要命,而是要东西?什么东西?

"奉雇主之命,取你旗牌。你若不肯交,便取命。"

"要旗牌,还是要命?"

"快缴,别逼我们动手!"灰衣人抖着手中的刀大声嚷嚷。

他们是来自宁王一方,还是来自福州那边?眼下两边都有隐患,两边都需要用到旗牌。若是两边同时起事,很可能会双双失误。王阳明急速地思考。

"各位且听我说几句也不迟。"他定了定神说。

"行,反正人已落我们手上,且听你还能说出什么子丑寅卯。"

"天下最羞耻的,莫过于被人骂作盗贼土匪。人们最痛恨的,莫过于遭受劫掠之苦。如果有人骂你们盗匪,你们定然愤怒。倘若有人焚烧你们的房屋、抢劫你们的财物、夺走你们的妻儿,你们定会切骨怀恨,发誓报仇不可。这种盗匪天下人没有不怨恨的,你们难道也想成为这种人人唾弃的人吗?……"王阳明神色沉着,言语铿锵。

"世间子民,皆是父生母养,没有人是天生作恶的。你们孩提时,也天真烂漫,你们谋生之初,也想给予一家人衣食饱暖。成为今日的模样,并不是你们的错,错的是让你们走上这条路的人。"诸氏言语温婉轻柔,脸上还带着母亲一般的宥恕微笑。

李八斤想,这伙人杀人不眨眼,能听你们的话才怪呢。完了完了,王阳明这人太晦气了,你死不要紧,我还会被你连累一块儿死。

灰衣人们互相从脸上看到了羞愧之色,举刀的手缓慢低垂。

"守仁曾率兵平汀漳寇乱匪患,痛感做贼是生人寻死路。无故杀

136

一只鸡犬尚且不忍,何况人命关天?轻易杀人,冥冥之中定有还报,殃及子孙后代。你们与守仁并没有杀父之仇、夺妻之恨,又何必苦苦相逼呢?"王阳明慨然道。

"我们只要你手上的东西,你废这么多话做什么?那就连命一块取了。"领头的扑杀过来。

突然,这伙人被横扫在地,哇哇乱叫。

原来李八斤见无法攀缘上树,就使劲摇晃树枝,借助惯性,像荡秋千一样将自己甩将出去,一下子砸向他们,灰衣人如叠罗汉一样纷纷倒地。丘十八趁他们自顾不暇,提刀砍将起来。李八斤从丘十八脸上分明看到那日古战场上殊死一搏的凶猛。他的心念艰难地转了几转,终于站到丘十八一边——这阵势看起来,那伙人占不到什么好处,不如站回原来的阵营再说。

一把雁翎刀,一把雁翅刀,两人背靠背对敌以一当十,愈战愈勇,灰衣人血溅四方,死的死,伤的伤,逃的逃。

李八斤追前几步一挥手,小飞镖刺中其中一人的腿肚。那人当即跪地,正是刚才与他说话的蒙面灰衣人。李八斤挑开他的蒙面,露出一张熟悉的面孔。

李八斤朝左右看了看,压低声音:"我跟你说过,没有我的话,不能动王阳明一根毫毛,你不听?"

"你迟迟不对他下手,还莫名护他,一再阻止我等行动,我实在不解,你到底与我是一伙的,还是跟王阳明是一伙的?"汪大用咬牙恨道。

"放屁,我怎么可能跟他是一伙的?这事三言两语说不清。"

"你说的、你做的,让我怎么相信你跟我是一路人?"

"我要将王阳明带到我父亲墓前,让父亲看着他受死。"李八斤恼羞成怒。

"你以为我会信吗?"

李八斤不禁疑惑:"到底谁指使你们来的?"

"鱼有鱼路,虾有虾路。"汪大用颇得意。

李八斤皱起眉头:"真是宁王?"

"你不助我成事,总会有人助我。"

密林外,丘十八喊李八斤快回来,他已将这伙人收拾干净了,现在快快启程,以免再生事。

汪大用冷笑:"今日你放过我,我也放过你。我再信你一回。你要是一再欺瞒我,我定将你的秘事大白于天下,让王阳明知道,你假扮护卫实则想行凶。"

李八斤陡然一惊,与其留后患,不如斩草除根。

"爹,爹,你死得好冤啊。"汪大用似乎看出他的心思,忽地悲声道。

李八斤愣住。汪大用朝密林深处连滚带爬,骑上马仓皇逃离。他正要飞出小飞镖,又停住。这汪大用成事不足,犯了他爹犯过的错,只怕也不敢去见宁王。

他回到船上,对王阳明说这伙人是宁王派来的。他没有正眼看他们,只怕一对眼,会把刚才的曲折变故泄露出来。

"你忠心可嘉,只是只身犯险,差点酿成祸事。不过该来的还是会来。宁王的人不会轻易放过我们。"王阳明淡淡地说。

李八斤默默地想,误会,都是误会。王阳明误会他,杀王阳明的也误会他,而他无法将个中曲直说给任何一方听。为今之计,走一步看一步,只要能在王阳明身边,夙望终有一日能实现。

过白沙驿，至金川驿，达剑江驿，抵南浦驿，两天两夜后，王阳明一行抵达南昌。

王阳明夫妇带上寿礼走向宁王府时，互相发现对方脸上是共承生死危难、休戚与共的淡然，他们笑着携手跨入宁王府。

朱宸濠听闻王阳明夫妇前来贺寿，一时愣怔。刘养正和李士实也感意外。

他可以轻易诛杀赣南巡抚王阳明，但还不敢对大明都察院左佥都御史王阳明下手。他派人追杀王阳明派去京城的人，是斩其羽翼；派人劫掠王阳明，是想拿到他的旗牌。他其实一直在等着王阳明来贺寿，若来，则证明还有为己所用的可能。他自认是广揽英才的明主，连凌十一、闵廿四、胡十三这样的江洋大盗也要用，何况是王阳明？

去年，孙燧和许逵差点要抓走窜入他家祖陵的盗匪，他惊恐地致信京城要员，要求调走孙燧，哪怕派遣王阳明也行。人才难得，不到万不得已，他还不愿放弃这一枚可用的棋子。现在他找上门来，真的是贺寿，还是来算账？他到底是不要命，还是太要命了？

朱宸濠看着王阳明夫妇款款走来，王阳明轻裘缓带，从容闲适，诸氏云鬟雾鬓，林下风致。他们一步步近前，他紧紧抓着椅背，身子不知不觉局促僵硬，好像进入宁王府的是自己而不是对方。

直到王阳明夫妇来到他面前，作揖贺寿，朱宸濠才清醒过来，发觉手心滑腻，他尴尬地说"请，请"，悄悄往袖子擦了擦手。王阳明不但来了，还偕夫人同贺，礼节比其他官员更上道。他吩咐仆役请娄妃来见。诸氏在，娄妃不能不在。这种人情世故他还得捏着，不能落人一局。

王阳明让两名护卫送上贺礼。贺礼不轻不重，符合赣南巡抚对

藩王该有的礼仪。朱宸濠道了谢,当下言不由衷地寒暄起来。

娄素珍很快出来与师兄嫂见面,彼此欣喜。上一回王阳明与孙燧来宁王府赴一场剑拔弩张之宴,她只能在屏风后默观不出。他们初见时,王阳明和诸氏还是少年夫妇,娄素珍还是烂漫孩童,转眼看朱成碧,不免唏嘘韶华如水。

朱宸濠邀请夫妇俩于两天后参加寿宴时,诸氏对娄素珍低声道,她衣衫有一处脱线,能否缝几针。娄素珍拉着诸氏,向男人们作揖离开。

王阳明带着歉意告诉朱宸濠,因赣南事务实在太多,加上福州哗变,他必须奉兵部之令前去处置,所以不得不缺席王爷寿宴。他还呈上兵部密函给他看,以证所言非虚。

"王爷,是以我送寿礼入府,礼到人不到,望王爷谅之。"王阳明诚恳地说。

朱宸濠与两名幕官对了下眼色,王阳明的突然而至以及这番说辞,都是他始料未及的。眼下他只能凭一贯的判断做出回应了。

"好好,礼到就好,不,人不到就好,不不,人礼都不到亦可。"朱宸濠有点懊恼脑子转不过弯,"国事为重,国事为重,王都堂为大明尽心尽职,当是我等楷模。"

"王都堂有心了,王爷一向宽厚体恤,不会怪罪于你的。"李士实盼着王阳明立刻从眼前消失。

"王都堂素有心即理之说,此次来南昌贺寿,便是有心有理亦有礼,令我等佩服得紧啊。"刘养正也巴不得他快离开南昌,以免碍手碍脚。

过了会儿,娄素珍与诸氏出来,王阳明和诸氏即告辞。

"暑热将至,风雨如晦,阴晴无定,望王爷多保重。"王阳明向朱宸濠作揖告别,朝娄素珍也作了个揖,深深看她一眼,便携手诸氏离开。两名护卫牢牢跟定身后。

朱宸濠的笑容瞬间消失。王阳明送的寿礼,尽到了一名赣南巡抚无可挑剔的礼仪,可他还是感觉对方的言行举动充满了隐秘的威胁,尤其他提到要去福州处置军卫哗变,这更像是一种含沙射影的警告和震慑。

他忽然福至心灵地想到,如果王阳明确实去福州,那么,他这么做是提前斩断了对自己将要坐定的江山的某一种威胁,这岂不是有利于自己的好事?再则他离开更是少了障碍。朱宸濠为自己悟到这一点颇感佩服,脸上又露出笑意。两名幕官看着他阴晴不定的脸,不免愕然。

娄素珍望着王阳明夫妇渐渐远去的身影,目光幽深邈远,仿佛要望向很多年前读书启蒙的韶华岁月……旧日不再,她能做的,唯有让自己的良知好过一些。

黄昏时分,王阳明一行出现在离宁王府水观音亭不远的茶楼。

王阳明慢悠悠地喝茶,他身穿玄青色袍服,头戴四方平定巾,手摇扇子,看起来像是一名行色匆匆的老儒生。

李八斤心里犯嘀咕:朱宸濠要知道有人冒死见娄素珍以打探他的动静,只怕把他生吞活剥的心都有了,这王阳明的胆子未免也太大了。

此时一个念想蹿上他的心头——向宁王告发王阳明,是不是比宁王雇佣汪大用那个没大用的家伙容易多了?他先是被这个念头吓了一跳,接着一喜,如此顺理成章的计谋,上一次来南昌怎么没想

到?这几乎是不费吹灰之力就能办成的。

他一口接一口喝水,整个人沉浸在混沌模糊的亢奋之中,以至于丘十八喊他都没听见。丘十八不耐烦了,索性对他捶了一拳,李八斤吃痛瞪他。

"这么烫的茶你也喝得下?"丘十八指着他面前热气腾腾的茶水。

李八斤一看,丘十八给他和王阳明添的水是滚烫的。王阳明徐徐地喝,他却像牛一般灌水,连烫也顾不得。这时他才感觉舌头被烫麻了,不由尴尬一笑。

"你胡想啥?"丘十八用下巴朝四周一转,压低声音,"我们得顾着周围情况。下楼去等着,提着神。"

李八斤喔喔应声,暗骂这个贼土匪,刚被擒拿时如茅坑石头一般又臭又硬,现在对王阳明却比看家狗还要死心塌地。

约莫一刻时辰后,一顶精致的轿子停在茶楼门口。李八斤迎上前一揖,轻声说"娄妃娘娘请"。娄素珍微微领首,之前诸氏假称缝衣衫和她约定与王阳明见面。

娄素珍让随从退下,对李八斤道了声谢,进入茶楼。李八斤看看随从们的背影,再往楼上看看,神情复杂。

娄素珍上二楼,对王阳明躬身施礼。王阳明单刀直入问宁王最近的动向。丘十八坐在离他们丈把距离的茶桌前,李八斤站在茶楼楼下门口,他们如两尊会转脖子的雕像,沉默地守着。

娄素珍如鲠在喉。师兄问的也正是她想说的。这些年,她郁积了太多难以言表的心事。偌大的宁王府,每个人营营役役于自己的盘算,她的忧虑、郁闷、恐惧被重门深掩……入宁王府以来,世人渴求的荣华富贵越来越多,"春时并辔出芳郊"的美好越来越少,而抱火厝积薪之下而寝其上的危局感,如影随形。从宁王府到水观音亭,从早到晚,从春到冬……

她终于把那些无可倾泻的恐惧,一点一点倾吐出来……

天空阴暗,云层堆积,细碎的雨开始飘落。不远处水观音亭的亭台楼阁水榭,罩在蒙蒙雨水中。娄素珍静静地说,王阳明静静地听。

雨水溅在门口的李八斤身上,他依然缄默如雕像,只是目光警惕地转动。茶楼掌柜喊他进来一点,以免被雨水弄湿,着了凉,李八斤置若罔闻。掌柜觉得客人的随从太实诚了,实诚得有点傻。

李八斤在盘算:现在去宁王府,还是等娄妃离开后再去?或者他去找娄妃带来的那几个随从,让他们捎上一句话。他相信,不消片刻,茶楼就会被围得比细雨还要密集。但这样做,会连累到王妃。这位王妃身上没有贵妇的骄娇之气,她长相清秀柔和,眼神忧伤,身上飘着淡淡的香,还对他道了声谢,她——不该受到无辜的连累和伤害。

还有,丘十八不算好东西,但也不算坏东西,事一起,他必然脱不了干系,以他的个性拼死也得拉自己垫背,这事得避着他耳目才是。不过这人睡觉鼾声像轰雷,还磨牙放屁说听不清的梦话,够烦人的。

再有,这茶楼掌柜似乎也不错,喊他进去躲雨以免着凉,要是在这里大动干戈伤及无辜茶客,破人钱财害人生意,也不妥。

再再有……冤有头债有主,算来算去,这账还得算在王阳明一个人的头上。莫急莫急,不是不报,时辰未到。

李八斤的内心翻江倒海,脸上不动声色,依然如雕塑一般杵着。

王阳明终于确认了一直以来深信无疑的事实——宁王会在近日起事,更可能在两三天内。谋逆行动只会早,不会晚。

娄素珍把了解的所有都告知了王阳明,更多的机密,已不是她这

个不再被宁王信任的妃子所能掌握的。

"师兄,情势危急,南昌不宜久留,你快走吧。"她恳切地说。

王阳明看着眼前柔弱的小师妹。当年,他与娄谅只是一日求学的情分,严谨说来也不算师生,更像是同门。娄素珍那时更是一个未谙世事天真无邪的小女孩。她长大、嫁人、入侯门、居深宫,伴君如伴虎……不堪的时光,把一个原本兰心蕙质、才貌绝伦的女子,变成一个朝不保夕的深宫怨妇。

"师妹,你要好好保重。"纵有无限惋惜嗟叹,王阳明也只能这么说。

"师兄,如果,有一天——"娄素珍想说,如果有一天宁王起事失败——她从不认为宁王会成功——师兄能不能放过那个自命不凡、可怕又可怜的人。她想说,如果她也落到师兄手上,能不能念在旧日情分上,给她一个体面的结果。她还想说——可最终只是轻轻地说:"师兄你也要好好保重。"

王阳明在娄素珍的泪水即将滑落的弹指间,深深地一揖,走向楼下。他不能看到泪水从小师妹脸上落下,那样他可能会无法确定下一步该怎么做,所以他只能硬着心肠当没看见。

诸氏施施然从茶楼楼下出来。李八斤问下一步行程。福建三卫不必再去,南昌已成累卵之危,王阳明稍一停顿,清晰地说出两个字——丰城。

娄素珍望着雨雾中师兄嫂的背影,脸上的泪水无声地跌落。

朱宸濠迎来的,是皇帝收回宁王府的护卫和官田的旨意。

他谦卑顺从地跪伏在地,从喉咙底发出"遵旨"的回应,内心燃起的是熊熊恨意。可他不知道,这其实是内阁首辅杨廷和煞费苦心想出的救他于水火之中的绝计，怒火填膺而不够智慧的他并不能领会其中深意。

来自各地一封接一封揭发宁王谋逆的奏疏，左都督江彬和皇帝的宠宦张永的反复陈述，终于使皇帝一点点清醒过来，开始相信宁王真的起了谋逆之心。

"宁王一再说自己贤能，那么岂不是显得陛下不贤？一再说自己勤勉，岂不是显得陛下不勤？"深谙皇帝心思的张永诚恳地说。

朱厚照想到宁王把儿子送到太庙司香以表忠心殷勤，一再进贡表达鞠躬尽瘁死而后已的忠心，雪片一样飞来的一封封控诉其谋逆的奏疏，他长年荒唐迷糊的心智终于清明起来，进而大惊："臣子们忠肝义胆，为了升官加爵，宁王如此忠心耿耿又为了什么？他再往上升成什么了？我又成什么了？可怕，太可怕了。"

皇帝暂时收敛玩心，急忙召见内阁首辅杨廷和，向老师征求应对之策。杨廷和胸有成竹地提议，陛下应效仿明宣宗树立的平叛典范。

明宣宗朱瞻基即位时，皇叔朱高煦谋反，朝廷迅速平叛，朱高煦被废为庶人。另一位皇叔朱高燧虽有串谋之嫌，但没有行动，后来也主动放弃护卫和府宅。"陛下应该像处置朱高燧那样处置宁王，警诫加褫夺其护卫和官田，斩其羽翼，就难成大器，而不必大动干戈，这样亦能留得明宣宗那般的英名。"杨廷和煞费苦心地对皇帝进言。

杨廷和这番话是经过深思熟虑后跟朱厚照说的，这样既阻止了宁王的谋逆行动，也给了他一个严重警告，更是保全自己——倘若朱宸濠狗急跳墙把自己咬出来呢？

朱厚照对老师是极尊敬听从的，觉得大事化小小事化了不失为良策——说到底这都是朱明王朝的颜面，不到最后关头谁也不愿捅

破最后一层窗户纸,于是同意了这个策略,下旨南昌,收回宁王府护卫和官田。这道看破不说破的惩戒圣旨,给大明王朝留了颜面,给宁王留了一线生机,也给了内阁首辅杨廷和以应有的尊重。

可是没有人把如此隐秘渊深诡谲的内情说给朱宸濠听,这需要极其聪慧的心智方能解其意。朱宸濠不能,他的幕官也不能。陷于狂怒的朱宸濠绝望地想,谋划十年之久的完美计划,业已被皇帝识破,褫夺护卫官田只是第一步,接下去他和儿子们会像倒霉的朱高煦那样最终被杀。

朱宸濠与刘养正、李士实在幽暗的密室共议大事。

时值农历六月,他们全身渗汗。朱宸濠不停地吃冰镇西瓜,还是没有镇住热燥,气得把西瓜砸在地上,弄得一地湿滑猩红。两名幕官一口也吃不到,只能咽着口水抹着汗。

"说,我们现在有多少兵马兵械?"朱宸濠问。

刘养正、李士实你一言我一语禀报。

"前些年招募的死士两万多人,一直在南昌操练武艺。"刘养正说。

"凌十一、闵廿四、胡十三等有四万多人。"李士实说的这些人,是朱宸濠招来的匪帮,也就是丘十八的前同行。

"再加上我们自己的护卫,各县衙的衙役、护卫等一万多人,总计有七万之多,不,八万之多。"刘养正掰着手指头算。

"兵械呢兵械?"

"王爷放心,枪刀、箭矢、盔甲、佛郎机铳等兵器早已备齐,保证人手一件,只等举事。"刘养正很兴奋,就差拍掌欢呼终于等到这一天了。

朱宸濠吃过西瓜的嘴角淌着红水,看起来要吃人一般。

"为什么为什么为什么——"他像中箭的野兽一样嚎叫,"我对皇上忠心耿耿,年年进贡稀世珍宝古器赏玩,他非但不信任我,还加害褫夺于我?都是太祖的子孙后裔,此等放荡不羁的竖子,何以坐定皇位,我宁王何以苟且偷生偏隅一方?老天爷你何以如此不公,何以?"

两名幕官脸色煞白。虽然宁王心怀异志在南昌已是不言而喻的事,可大家都是只可意会不便言传,呐喊嚣叫是大忌,万一走漏风声如何是好?本来,他们打算等兵马兵械再充足一些再动手,可眼下的宁王已成一只暴怒的恶虎,与其被宁王咬死,不如跟着他去啃一块肉骨头。

"王爷,事情有变,兵贵神速,必须马上举事。"刘养正抢先一步说,"明日王爷寿辰,正是动手的好时机,届时把赴宴的大小官员关起来,迫问他们何去何从,如此正好衡量他们对王爷忠心与否。"

李士实觉得他急于邀功实在奸猾,便说:"明日是王爷大寿吉时,不可沾血光之灾,不如趁次日百官赴答谢宴时动手。寿宴也正好验明众官对王爷的诚意。"

"劫杀王阳明的那些人呢?"朱宸濠忽然问。

刘养正说逃回来一个,其余人等没回来,他打算严厉惩处那个叫汪大用的家伙,只是这几天连他的人影也找不到。李士实说王阳明身边有两名高手,飞花摘叶皆伤人,实在太厉害了。

"告诉他们,暂时不要招惹王阳明。让他安安心心去福州办事。"朱宸濠阴狠地说。

两名幕官先是愕然,随后恍悟。现在面临危局,一个王阳明已无足轻重,他们要把江西官场连根拔起,把整个江西放进锅釜煮一煮。

朱宸濠铁青的脸色泛起褚红色,一字一句从牙缝间挤出:"太师刘养正。"

"臣在。"

"拟讨正德檄文。"

"遵旨。"

"先祖创立大明,至今已历百年……"

三颗脑袋凑在一起,嘈嘈切切商议举事大业。满屋弥散汗酸馊味。

娄素珍从走廊经过,在密室前停住,望着从窗纱映出的状如魑魅魍魉的三个身影,他们忽而咆哮,忽而低鸣,忽而哀号。

她无声无息地从密室前飘过。这个时候,师兄嫂应该离开南昌了吧。

11

从丰城到吉安

按风俗，寿宴之后是主人对贺寿众宾客的答谢宴，后面还会有陆陆续续的置酒燕乐。这意味着，六月十三日宁王寿辰后的十四日，还有一场盛宴。

寿宴徐徐铺开，炊金馔玉，歌舞升平，熏香缭绕。江西大小官员悉数到场，坐在铺开珍馐的桌案后满脸堆笑，山呼王爷寿比南山。

他们在味同嚼蜡中度过了漫长的寿宴，走出宁王府后更为惴惴不安——因为第二天他们不得不赴第二场答谢宴。某种意义上，答谢宴比寿宴更不可轻慢，这表明了官员对宁王的感恩。

翌日的答谢宴，菜肴更为丰盛，仪式更为隆重。官员们心里再清楚不过，这很可能是一场蘸血的飨宴。

朱宸濠一手搂娄素珍，一手搂翠妃，其他妃子依次列席。官员们依官职大小陆续向他敬酒答谢，他纵声大笑。娄素珍的笑薄薄地挂在脸上，仿佛随时会被风吹走，朱宸濠已无暇顾及她。

只有一个人看出娄素珍的笑满是哀伤——江西巡抚孙燧。

孙燧的目光移过她的脸,举起酒杯喝了口,这场如坐针毡的酒宴什么时候能揭开它面纱后的真面目呢?按察副使许逵给他倒酒。两人举杯对视,默默颔首。这场奢靡的飨宴上,只有他们是同盟。

一曲既罢,舞女又轻歌曼舞元曲《西厢记》。

"……这玉簪,纤长如竹笋,细白似葱枝,温润有清香,莹洁无瑕疵。这斑管,霜枝曾栖凤凰,泪点渍胭脂,当时舜帝恸娥皇,今日淑女思君子……"

艳词惹得朱宸濠笑逐颜开,问曲儿谁安排的。回话是娄妃娘娘。

"到底是爱妃深得我心,深得我心啊。赏钱,赏钱。"

白花花的银子撒向舞女们,舞女们挤成一团抢钱,朱辰濠笑得前俯后仰。众官员不敢跟着大笑,也不敢不笑,他们的笑僵硬别扭。娄素珍平静如水。

"恰新婚,才燕尔,为功名来到此。长安忆念蒲东寺。昨宵爱春风桃李花开夜,今日愁秋雨梧桐叶落时……"舞曲在继续。

朱宸濠一听这唱词脸色一变,喝令停下。舞女们战战兢兢停住,众官员借酒浇糊涂。许逵与孙燧冷眼看这一场醉生梦死。

娄素珍向朱宸濠敬酒:"王爷为何又怏怏不乐?"

朱宸濠冷哼:"大丈夫志在四海,不是你等女流之辈可懂的。"

"宁王封侯一方,可谓一人之下万人之上,远非黎民百姓所能及。臣妾亦蒙受余荫,感恩皇恩浩荡。王爷若能依从历代宁王的理法规制,守一方疆土,护一方承平,不奢谈四海八荒,怡情于盈尺之地,亦可自得其乐,世世代代永葆福祉无穷,有何不乐可言呢?"

"爱妃啊爱妃,燕雀安知鸿鹄之志哉。"

"王爷,此话怎讲?"

"宁王世代偏居南直隶一隅,盈尺之地,仰人鼻息,无非嗟来之食,难展宏图大志。而天子式辟四方,彻我疆土,受四海之图籍,膺万国之贡珍,内抚诸夏,外绥百蛮,一呼百诺,尽享洪福齐天,九五之尊。这岂不是燕雀与鸿鹄之别?"

"王爷此言可商榷。孔子云,唯天子受命于天,士受命于君。故君命顺则臣有顺命,君命逆则臣有逆命。宋时范仲淹亦有言,居庙堂之高则忧其民,处江湖之远则忧其君。皇上虽位极九五之尊,但时时为江山社稷而夙夜在公,不胜忧烦。何如王爷既能享荣华富贵,又不必担当社稷重责。王爷而今居豫章故郡南昌新府,大可尽享钟鸣鼎食之家,青雀黄龙之舳的颐乐,何苦舍近求远逐末舍本呢?君命逆则臣有逆命,王爷若执意而为,只怕到时候逆命改势,悔之已晚啊。"娄素珍用最温软的声音,说最犀利的话。

一只酒杯砸在地上,应声而碎。舞乐戛然而止,众人屏声息气。一名官员正好喝了口酒,酒水落到喉咙发出响亮的"咕嘟"声,声若咽泉,那官员惶恐至极。几个正嚼食物的官员连咽下去都不敢,憋得满脸通红。

"娄妃醉了,扶她下去。各位继续享用珍馐。"朱宸濠的语气并不太严厉,但脸色发青。

娄素珍和妃妾的身影刚消失,一群盔甲兵士就从四周涌过来,官员们脸色煞白。刘养正称王爷有令,请大家细听。众官鸦雀无声。

朱宸濠起身掸了掸冠冕,清了清嗓子说:"昨日接太后诏书,当今正德皇帝朱厚照在其位而不谋其政,上不能匡国,下亡以益民,尸位素餐,荒淫无度,天子不仁,大明江山壶漏盏裂,是以太后命我即刻起

兵入朝监国,摄行天子之政,以观天命。各位意下如何啊?"他慢吞吞地扫视一圈。

孙燧与许逵对了下眼神,心里说"时候到了"。许逵用只有他们才能听清的声音说:"孙巡抚你先去吧,我追随你就是了。"

在死一般的静寂中,孙燧昂然起身走出宴席,走到朱宸濠面前:"王爷,请问太后的诏书呢?"

朱宸濠看着眼前这个一次次向朝廷奏报他谋反的江西巡抚,很是纳闷——事到如今,怎么还会有这种不识时务的蠢人?他为什么没让这样的蠢人早早消失,以致此时在众人面前令自己难堪呢?

"大胆孙燧,太后诏书在此,此乃皇家密诏,岂可让你看得?"刘养正抖了抖手上一份金黄色纸笺喝道。

"王爷之言便是诏书,你信也得信,不信也得信。"李士实捻着胡须冷笑。

"天无二日,国无二君,民无二主,你等假传圣旨,怎敢称天子威命?"孙燧指着朱宸濠的鼻子,唾沫星子溅到他的脸上。

朱宸濠抹了把脸,两名兵士冲过来,挟住孙燧就往外冲。

"朱宸濠逆贼,狼子野心,怙恶不悛,必遭千夫所指,今日你杀了我,等王师一到就会杀了你全家,只是早晚的事——"孙燧一路怒骂不休。

孙燧被推到宫外惠民门,雪亮的钢刀朝他脖颈劈下的瞬间,他心中说出最后一句话:"伯安,全靠你了——"

血腥味从惠民门飘向宁王府的飨宴,与肉味交融。有官员开始呕吐了。

刘养正展开金黄色纸笺,捏着嗓门念道:"讨正德檄:先祖创立大明，至今已历百年。不意祖宗血脉，孝宗驾崩而断。厚照竖子，乃民间野种。奸宦李广，抱入宫中。张后视如己出，爱如拱璧。遂使草莽无赖，俨然天潢贵胄……"

"还有谁有异议？"朱宸濠怡然地喝了口酒，目光如箭矢扫射众人。

一个魁伟的身影赫然从席间站起，喊道："朱宸濠，孙巡抚乃朝廷所派遣的大臣，你滥杀无辜，残暴横行，必遭天谴！"

"按察使许逵，难得还有你对孙巡抚忠心耿耿，那么本王就成全你，下去陪他吧。"朱宸濠有滋有味地嚼肉，都顾不得抹一下嘴角的汤汁。

兵士又把许逵推到惠民门，还未擦干血渍的钢刀再次落下，又一颗愤怒的脑袋落地。空气中再次飘起比肉菜香还浓郁的血腥味。

"……半岁韶龄，立为太子。十四少年，荣登大宝。此君昏庸无道，不唯豹房纵情声色，斗鸡玩狗。更于宣府营建'家里'，俨然淫窟。滥认义子，一日百名之多；广选美女，载以十辆大车。权柄下移，钱宁猖狂；信任边帅，江彬跋扈。祖制荡然，新法不立……"刘养正继续念"讨正德檄"。

"还有谁有异议？"朱宸濠微笑地扫视众人。

"拥宁王者，立左。拥朱厚照者，立右。"李士实尖着嗓子喊。

有唯唯诺诺者，有义愤填膺者，有无所适从者，有惊慌失措者，有痴呆狂乱者，不一而足。朱宸濠令将所有反抗的拉下关押。剩下的状若泥塑木雕。

"宁王宸濠，乃太祖皇帝正统血脉。现奉太后诏书，起兵讨伐昏君奸臣。大军到处，秋毫无犯；老宜相迎，少当从军。革除正德，民心所向。上下同心，共建勋业；昭彰日月，无愧天地。草檄此文，咸

使闻之。"刘养正继续读檄文。

"即日封李士实为国师,刘养正为太师,事成后二人并拜为左右丞相,爵为上公。凌十一、闵廿四、胡十三等为都指挥使,王伦为兵部尚书……革正德年号,立顺德年号,传檄四方……"李士实中气十足。

"顺我者昌,逆我者亡!"朱宸濠大吼。

留下的官员膝盖一软,如同被割倒的稻穗,齐刷刷地跪在朱宸濠面前,山呼陛下,声音响彻整座宁王府。

朱宸濠捋须大笑,通体舒泰。他还没有坐上皇帝的宝座,已然领略到成为王的威仪,这是历代宁王都无法比拟的煌煌荣耀。怪不得历朝历代都抢着成为王,哪怕弑君也在所不惜。

"可惜啊可惜,少了一个人。"他慢慢敛起笑容,望着檐角阴沉的苍穹,面色阴郁。他又焦躁起来,王阳明真的是去福州而没有异心吗?

船从南昌沿赣江北上,一路江浪颠簸,经过三昼夜疾行,王阳明一行进入丰城县域内。

他们甫一停舟靠岸,就见到岸上有一小堆人,其中一个朝他冲过来。李八斤和丘十八的刀一晃,王阳明说无须惊慌,是熟人。

丰城知县顾佖涕泪交零地奔向他,喊"王都堂你可来了"。

这位正德九年的进士,刚踏上仕途没多久,就遭遇了这场始料未及的谋逆。因受官场浸染尚浅,他还没来得及养成附庸作恶的习气,仍有一腔忠君报国的热血。他一边向宁王送上寿辰贺礼,称遇到不可推卸的要务难以赴宴,一边悄悄召集地方总甲,做抵挡叛军攻袭的准备,与此同时在周边几处码头守候王阳明。在不多的交集中,他凭直觉相信这位赣南巡抚是同路人。

顾佖说孙燧和许逵已在宁王寿宴上被杀，司府县大小官员不从者均被关押，生死未卜，他早有防备侥幸逃命。宁王起兵叛乱，将各衙门印章公函悉数收去，库藏兵械搬抢一空，连囚犯都放出来充当叛军，船只泊满江面，宁王声称很快将进攻南京，此外还有一支兵马攻向京师。丰城县民众四处溃逃，他很快会成为光杆知县了。

德成兄，德成兄——王阳明深知孙燧留在江西必是九死一生，没想到他这么快就出师未捷身先死了。巨大的痛楚涌上心头，他强行按捺下去，现在还不是悲伤的时候。朱宸濠的行动比预料的要来得更快更急。

丰城离南昌太近，是宁王盘踞之地，如同虎口，决不可饲虎。

去吉安。这是王阳明事先想好的第二条路。吉安地处南昌与赣州中间，有进退回旋余地。吉安知府伍文定参与过横水桶冈之役，忠义勇武，是可用之人。

他简单叮嘱了下顾佖，他既然肯与宁王割席，自然懂得该做什么。

一行人来到一处叫黄土脑的码头，王阳明让李八斤和丘十八再找一艘船和一名船夫。两人搜寻一圈，找到一艘躲在芦苇丛的小帆船。船夫说不想招来杀身之祸，宁愿不赚这钱。李八斤斥他胡说八道。船夫说，丰城传闻朱宸濠在派兵追缉一名逃离南昌的叫王阳明的官员，他不能确定他们是不是。

王阳明把诸氏扶到一边："夫人，事已至此。你也清楚了。宁王谋逆在即，江西危在旦夕，我决意平叛，眼下安危难料。你且坐大船回赣州，等候我的音信。"

他恳切地望着诸氏，心头忐忑，她若要誓死相随不离不弃……

这是令他担心大于感动的表白,他不希望夫人这样。

诸氏整了整他的帽子,拍了拍他衣襟的尘埃,神色泰然:"夫君,我回赣州,你只管勇往直前就是,不必为我分神忧心,我自会安排妥当。"

"我让李八斤护你回去——"

诸氏粲然一笑,眉宇间尽是浩然英气:"不必,我会为夫君备好庆功宴。"

王阳明纵有千言万语也难言,他握紧诸氏纤柔温热的手。

李八斤押着船夫过来,轻描淡写地说船夫答应了,王阳明和丘十八坐上小帆船先离开,他陪夫人留在大船,船夫开大船,在他们后面缓行。等过了险境,他再找机会追上小帆船。

"先生,我与你换衣。"李八斤笑道,"我很想试试穿官服是啥滋味。"

王阳明和诸氏对视,明白他要做什么了。

"李八斤,你和丘十八要护卫好先生。我做好肉包子候你们凯旋。"诸氏对李八斤说。

李八斤的喉咙不自觉地咕嘟一声,连忙大声说:"请夫人放心,我们定当舍生忘死,护先生安然。"

小船乘风破浪,李八斤和诸氏的大船随后缓行。

江面浪急风高,正是张帆的好时机,但这是南风而不是王阳明所要的北风。赣江由南向北流入鄱阳湖,吉安在丰城以南,此时是逆风逆水寸舟难行,船上人能看到岸上黑压压的追兵扑来。

王阳明取出线香。他有焚香冥想的习性,便会随身携带一些。丘十八不明白这个火烧火燎的时辰焚香有什么用,难道叛军会等先生焚香思考后再追来不成?

王阳明燃香跪祷,默念南风改北风,以护佑他驱程南下吉安:"皇天若哀悯生灵,许王守仁匡扶社稷,愿即反风。若天心助逆,生民合遭涂炭,守仁愿先溺水中,不枉余生矣。"

丘十八也跟着跪祷:"老天爷你行行好刮北风吧,我以后不再乱骂你瞎了眼行不行?"不消片刻,他惊喜地喊"起北风了"。

王阳明脸上浮起若隐若现的微笑。此前遭遇艰难时刻,他也会以这种玄技助己一臂之力。比如弘治十六年,他应久蒙旱灾之苦的绍兴府佟太守之邀写下祈雨祭文,于会稽山向天祈祷,果然应验;正德五年他任职吉安府庐陵县知县时,县城遭大火,火烧连营焚毁千户,他设坛祈祷,风向改变,大火止息;两年前的正德十二年春平定漳州贼寇时,他屯兵于福建汀州府上杭,亦与当地百姓祈雨,果然大雨连降三日,后来他祈雨的都察院行台大堂被百姓称为"时雨堂"。

他并不真的认为天命神力能解决一切,若不然,他也不会苦苦追寻思想和心灵的学说,以诠释人生的种种疑难杂症。他只是借助这种方式凝神静气,厘清紊乱的思绪,明晰目标和方向,明确下一步要做什么。

借助骤然而起的北风,船鼓起满满的帆,在赣江上疾驶。

大船上的李八斤放松地舒了口气。这时他猛然想到,朱宸濠的兵马已追到眼皮子底下,这个大仇将遂的好时机,再次白白错过了,并且他还急着助王阳明逃离——他娘的我到底在做啥啊?他懊恼地直捶自己脑门。

李八斤按了按腰间的雁翎刀,看到前船的丘十八,也不约而同按了按雁翅刀。两人隔着江面咧嘴而笑。

雁翎刀与雁翅刀一字之差，前者比后者轻巧，后者比前者厚重。雁翅刀刀背厚，刀体重，刀头宽大，刀背上一般有五至九个小孔，孔内有空穿铜环一枚。挥动时环击刀背，连连作响，声似雁鸣，又叫"金背大环刀"。丘十八把铜环敲掉，故挥刀时没有声响，方便行事。李八斤打量过刀，再打量丘十八胡须虬结的面孔、铁塔般粗壮的身躯。丘十八的武艺未必胜过自己，但他孔武有力，粗暴狂野，俗话说"武功再好也怕菜刀"，这土匪癫狂起来，只怕自己不是他的对手……

丘十八突地向他一挥手，一个东西隔江飞掷而来。李八斤伸手接住，是个小布包，包着三块米糕。这是王阳明在与娄妃会面的茶楼买的。

"这叫定胜糕。先生说，慢慢吃，别噎着。"丘十八把手拢在嘴边喊道。

米糕细腻，花纹漂亮，有淡淡的米香。他慢慢地吃，清甜软糯，吃着吃着，嘴里泛出一股苦涩味。他艰难地咽下，猛地给了自己两巴掌，骂了句自己也听不懂的话。这两巴掌太重，他嘴角渗出血，心头却痛快。

身着官服的李八斤跪在船头，脑袋抵在船甲板，身子弯成一张弓，泪流满面。他向父亲的在天之灵跪拜，喃喃地说着父子俩才懂的密语，很久很久……

江风呼啸，巡抚船的船帆鼓张，几只鸟精神抖擞地牢牢站定帆头。

船行二十来里，风速又慢下来，马蹄声清晰可闻。王阳明的小船轻捷，离大船很远了，几成黑点。

从吃下白米糕的那一瞬开始，李八斤的眼睛不知为何发了红。

他走进里舱,把剩下的两块米糕送给诸氏:"夫人,我们都尝尝定胜糕,尝过后,先生自会凯旋。"

诸氏尝了一口笑道:"不错。我多年没做定胜糕了。看来庆功宴上我还得多备一道糕点。"

"请夫人安心歇息,外面无论发生什么事,请夫人都不要惊慌。"

李八斤走到外舱,抽出雁翎刀,喊船夫进来。船夫泊好船进来,见他一手提刀,一手举着酒葫芦喝酒,眼珠通红,一副要吃人的模样,吓得倒退几步。李八斤把刀搁在他耳朵边比画了下,又放在自己耳朵边比画,船夫呆若木鸡。

"我们之间必须有一个人要少一只耳朵,你说,少你的,还是我的?"李八斤喝了口酒,笑着说。

"壮士,为何要少一只耳朵?"船夫结结巴巴。

"因为不听话啊。"李八斤叹了口气。

他突然手起刀落,血花飞溅。船夫惨叫一声,紧紧闭上眼。好一会,船夫战战兢兢地睁开眼,摸了摸耳朵,好好的,那么——再一看,李八斤的右半边脸淌着血,一只带血的耳朵落在船甲板,他眼珠通红,状若凶神。李八斤喝令他将自己绑起来,船夫不敢相信他的话,又摸了下耳朵,完整无缺,没有听错。李八斤焦躁地说快动手。

追兵赶到岸上,喝令帆船靠岸。夜色中几支箭嗖嗖射向船帆,江面也响起嗖嗖的落箭声。船帆如巨大的蛇皮委顿瘪塌,船慢下来,船夫带着哭腔喊"来了"。

追兵冲进船舱,只见一个青年小吏穿着皱巴巴的官服,双手反绑,脑袋扎着渗血的布条,地上有一只带血的耳朵,一只酒葫芦落地,舱板湿漉漉的。领头的追兵一把揪起他衣领,喝问王阳明去哪里了。

李八斤突然号啕大哭。领兵喝令他好好说话。

李八斤说他不知道什么王阳明李阳明，他去两广赴任，途经赣江，好端端赏着风光喝着小酒。突然几个人跳上船，要把他丢江里喂鱼。他再三哀求掏尽盘缠说尽好话他们才作罢，临走还割了他的耳朵，因为没听清他们的问话。他们言语间还有什么"王都堂""宁王"之类的。

领兵撕下他脑袋上渗血的布条，果然只剩下光光的耳郭。

"耳朵，我的耳朵啊，身体发肤受之父母，他们竟然把我的耳朵割了。"李八斤又号叫起来。

领兵的倒吸冷气，喝问那些人去了哪个方向。

李八斤和船夫各一指，这是两个不同的方向。李八斤指的是王阳明离开的方向，船夫指的方向则相反。李八斤恳求他们为民除害，追上那帮凶徒为他报仇，日后他会上报朝廷为他们邀功。船夫暗暗叫苦，这人明明是刚才那官员的随从，他以为定会与自己一样，指一个假方向迷惑追兵，没想到他转头就变脸了。

领兵的高高挥起大刀，吼叫："你们哪个说的是真的？"

李八斤手上绑的绳子其实是活结，能灵活抽出握住身后藏的刀，将袭击者挟持为人质。船夫着了慌，马上改变主意，转而指向吉安的方向，声嘶力竭地说："军爷，他们真的朝那边行船的。"领兵的大怒，要杀掉船夫，船夫磕头如捣蒜。

"军爷杀他不要紧，只是一时半会儿找不着船夫，我没法赴任，耽搁了朝廷要务却是罪责不轻。再说你们公务在身，千万别耽搁了大事。"李八斤不紧不慢地说。

队伍中有人说万一此人真是途经江西的外地官吏，会给王爷招来麻烦。几个人议论片刻,上岸兵分两路,各自朝吉安和另一方向奔去。

李八斤本就抱着拖延追兵的想法,多拖一刻,小船就多一分逃生之机。夫人在船上,不到万不得已他不愿动手。此刻,夜色是小船的最好掩护,被割掉的耳朵是最好证明。

"快赶上先生的船。你把夫人毫发无伤地送到赣州。"他摸着渗血的耳郭,"要是有半点差池——我连自己的耳朵也能割,不在乎割掉别人的。明白吗?"

船夫一个劲儿点头,鼓足劲开船。

王阳明站在船头淌下热泪,心中盛满比赣江更澎湃的悲愤。

孙燧,他的同乡兼好友,已惨死于宁王刀下。"月色高林坐夜沉,此时何限故园心","独夜残灯梦未成,萧萧总是故园情"。四明山川、龙山舜水、烟雨双城……故园心故园情念兹在兹,他不止一次与孙燧怀想他们的余姚故里,遥想解甲归田千岁鹤归的逍遥,而今一切徒然。世溷浊而不清,蝉翼为重,千钧为轻。黄钟毁弃,瓦釜雷鸣。兵祸一起,生灵涂炭……如今,就算不为大明、不为远在京师的皇帝而战,他也要为德成兄讨回公道,为黎民百姓的生死安危而战。

那个小护卫不知怎么样了,他再勇猛,又如何抵挡群狼?自己与此人素昧平生,他却要追随自己,执着得可疑。他很清楚这个小护卫的出现没有那么单纯,但事到如今,以种种行迹来看,他就算心怀叵测,如今亦以生死考验证明了他的忠诚……

丘十八边行船边朝江面张望,颇为李八斤担忧。这家伙机敏狡黠,总有出人意料的鬼点子,可面对群狼纵有三头六臂又如何?倘若他有不测,以后只有自己护卫阳明先生了。丘十八陡感腰间的大刀

更为沉重了。他心里跟生死未卜的李八斤说：如果你还活着，就赶紧跟上来生死与共；如果你死了，也不枉并肩一场，我认你这个难兄难弟，以后年年给你烧纸钱……

丘十八忽听得身后江面水声哗哗，一看，巡抚船紧追上来，船头站着那条熟悉的身影。两船相距一丈左右，李八斤竟纵身跃向小帆船。此刻月黑风高浪急，倘一失足落入赣江，只能喂鱼了。丘十八还没来得及喊"等一等"，李八斤已稳稳落在船头，笑嘻嘻地朝他们作揖，说还好赶上了。

"李八斤，你可平安？"

"阳明先生，你没事吧？"

王阳明和李八斤同时说出，前者欣慰一笑，后者有些许尴尬。

"夫人说，她会在庆功宴上多备一道定胜糕。"

王阳明颦蹙的眉头豁然一展，点点头。

诸氏望着船窗外，夜色茫茫，江风呼啸，小帆船的影子很快消失了。王阳明同样望着夜色中渐行渐远的大船，也无法看到夫人的纤弱身影。

王阳明很清楚，平叛不能输，因为夫人的庆功宴和定胜糕在等着他。

他铺开随身携带的舆图，把在船舱找到的小石子、小木片、果核等搁在上面，移过来推过去，推演一场即将到来的战事。每一步他用了三种以上可能面临的局势：胜、败、平，并熟习于心。

成化十九年，十二岁的王阳明在京师的父亲身边，不肯专心读书，带一帮小儿嬉戏。裁纸做旗帜，众小儿持旗四立，他自封为将居中调度，左旋右转，战阵气势十足。十四岁时他习学弓马，通读兵法，熟习《六韬》《三略》等兵书，还声称："儒者患不知兵。仲尼有文事，必有武备。区区章句之儒，平时叨窃富贵，以辞章粉饰太平，临事遇变，束手无策，此通儒之所羞也。"少年深谙文人不懂武备的尴尬痛点，所以早早学会了骑射。

再一年，他随父亲出游居庸三关，在边塞策马扬鞭，追逐骑射胡人小儿，挽弓射大雕，一时吓得胡儿不敢来犯，慨然有经略四方之志；其时北方干旱，盗贼四起，屡屡攻破城池，劫掠府库。王阳明向父亲请命，称自己要带上万余兵马，削平草寇以靖海内。父亲王华瞪他一眼："你是不是有狂病？区区一个读书人敢说带兵打仗?!"

本朝有两位文臣以战功著称于朝野：一是王越，官至少保兼太子太保，战功威赫，被封为威宁伯；一是王骥，官至兵部尚书，被封为靖远伯。二者皆是王阳明敬仰之士。弘治十二年他赐二甲进士出身第七名，派至工部见习。踏上仕途的第一件差事，就是督造威宁伯王越的坟墓。这种别人以为晦气的差使，反令他喜出望外。因他两年前梦见威宁伯赠剑，醒来道："吾当效威宁以斧钺之任，垂功名于竹帛，吾志遂矣。"为心中名士造坟，自当欣然。

王阳明的造坟之术别具一格，以多年熟读的兵法部署，驭民夫以什伍法，轮流作息，用力少，见功多。闲时让民夫们演习诸葛亮的"八卦阵"，竟将一群民夫训练成了强劲的民兵。坟成后，威宁伯家人将宝剑赠予他，他深喜与梦境相验，欣然受之。此后巡抚南赣汀漳等处，已然铸成一身战功谋略。平定宁王，也将只是无数战役中的一役而已。

放下手中的推演，王阳明的眼中已然有笃定超然之色。

出丰城,过樟树镇,到得临江府。临江街头乱作一团,百姓们扶老携幼奔走哭号,喊着:"宁王谋反了,天下大乱了,活不成了。"一些为非作歹之徒趁火打劫。

王阳明三人被冲撞散开,好不容易找齐后,直奔知府衙署。

衙署门前仆着一具血淋淋的尸身,衙役兵士们惊惶奔走。王阳明听兵士议论,死掉的是宁王派来收临江府印的小吏,戴德孺坚拒不交,小吏傲慢骄横出言不逊,戴德孺索性将其杀了。

一个慷慨的声音从衙署里响起:"我戴德孺誓死坚守临江,迎战宁王,若是战败,我自沉江中,宁死不负国。"

王阳明心中一热,拨开众人上前:"戴知府,王守仁与你共进退。"

戴德孺是浙江临海人,弘治十八年进士。初任工部员外郎,监督芜湖税收,甚有清名,后任临江知府。

"王都堂,你有多少兵马?"戴德孺平静下来问。

王阳明往身后指了指,两名护卫皆灰头土脸,一个肩膀包着渗血的布条,另一个脑袋包着渗血的布条,这三个人要平叛有七八万大军的宁王?

"王都堂,都这时候了,你不必诳言。我们到底有多少人马对付宁王?"

"我王守仁在此,你在此,他们在此,整个临江府的百姓在此,还怕对付不了宁王吗?"王阳明站在大堂中央,声音铿锵,气势沉稳。

李八斤蓦然发现,一向瘦弱的王阳明此刻伟岸如松,威仪无比。他走到王阳明身边,举刀吼叫:"我李八斤在此!"

丘十八也举刀高呼:"我丘十八在此!"

戴德孺愣了愣,这是三个比他还要拼的亡命之徒啊。他也跟着喊:"我戴德孺在此!"

一干兵士衙役齐呼:"我们在此,我们在此,我们在此!"

戴德孺问接下去如何集结兵马迎战。王阳明说兵士们暂时撤退,不必迎战。戴德孺如坠云雾,刚刚一番慷慨陈词,怎么喊过就忘了?

"朱宸濠若是出上策,则会趁兵力强盛直奔京师,则大明社稷危在旦夕;他若是出中策,就会攻打南京,那么南北直隶同样岌岌可危;他若是在江西境内盘踞不出,等到勤王之师四周云集,那他就成了锅釜中的鱼,这是他的下策。他的上策,是我们的下策。而他的下策,则是我们的上策。"王阳明说。

"以都堂之计,我们有什么策略?"戴德孺似懂非懂。

"临江离南昌太近,非决战之地。我们兵马羸弱,尚不能与宁王对峙,是以保存实力为先,令宁王滞留南昌数日,待我们兵强马壮,方与之对决才是。"

戴德孺噎了好一会儿问:"王都堂有何高招,能让宁王滞留南昌而不发兵?"

"给我纸和笔。"

王阳明提笔疾书,笔落纸上沙沙作响,犹如布局千军万马,只待呼之而出。

戴德孺大为不解,难道他给宁王写信求他不要谋反叛乱?王都堂这是急火攻心了吧。王阳明把密函交给两名护卫,让他们速驰南昌,如此这般云云。两人奔出门。戴德孺看得眼花缭乱。

王阳明才说:"宁王没有打过大阵仗,看起来气势汹汹,其实是怯懦的。我们假借公函,在南昌散布平叛军即将驰援的消息,他一定有所忌惮,居守南昌,不敢远出。我现在赶赴吉安,你募集兵士,随时

候命。"

戴德孺震惊而疑虑，王阳明在布一盘很大的棋。这是任性为之率尔操觚，还是深谋远虑高屋建瓴，他无法判定。他只有跟着王阳明一条道走到黑了。

王阳明带上戴德孺派遣的一小队兵马，继续奔赴吉安。他身后的队伍，比离开丰城时庞大一些了。

出萧滩驿，至金川驿，抵白沙驿，经过一天一夜的行船，天亮时，这支蓬头垢面的队伍到了吉安府境内一处码头。

他们刚上岸，还没喘一口气，四周涌出数百名持戈执戟的兵士，还有一群衣衫凌乱的官员。王阳明一惊，难道宁王已行动了？但不太可能，以宁王的秉性不可能就派出这么些人马。

人群中走出一名虬髯客，相貌威猛，朝这支狼狈的小队伍扫了一圈，一时认不出他要找的人，便喝道："王都堂何在？"

"我乃赣南巡抚王守仁。"王阳明站到他面前。伍文定参与过横水桶冈之役，虽不是王阳明直接管辖，但他听闻过此人忠义勇武。

"王都堂，我是吉安知府伍文定，你真要平叛宁王吗？"伍文定一脸凶神恶煞，看不出他是询问还是质疑。

伍文定若是宁王一派，王阳明说是，那无疑将遭毒手。伍文定若是反宁王的，王阳明说不是，同样会陷于危难。

"是的。"王阳明心平气和地说。这不是博弈，不是赌一把，而是源于本性，源于他闳识孤怀的心即理之学，发乎本源之心，本质之心。

伍文定大声喝好，数百名兵士也齐声呼号，声震云天。

伍文定是弘治十二年进士。他臂力过人，擅长骑射，言谈激昂。

最初任常州推官，善判决狱案，行事果敢。正德朝受刘瑾陷害入诏狱，贬为民。刘瑾败后起用到嘉兴，之后又任吉安知府。朱宸濠谋逆的消息传到吉安，吉安人心惶惶，衙役兵士蠢蠢欲逃。伍文定当场斩杀了一名小吏，方定人心。

王阳明精神一振，从告别孙燧到此，他的心情是沉郁凝重的。在还没有掌握千军万马之前，旗牌也是徒有虚名。此时此刻，他从兵士们面有菜色的瘦削脸庞上，从他们中气十足的呼号中，感觉到扑面而来的浩然士气。

吉安府以及周边府衙的大小知府知县七嘴八舌问，朱宸濠下一步会进攻哪一个方向？都堂如何调兵遣将？他们接下去怎么做？

"宁王进攻的方向是南京，我已派人去南昌，让宁王在南昌等上十来天，到时我们再起兵发马。"王阳明徐徐道来。

犹如在沸水中浇了一盆冷水，喧哗凝结，众人看王阳明的目光错愕无比。

"王都堂，我们苦苦固守于此，你怎么说出此等话？"伍文定好不容易劝下蠢蠢欲逃的官员们，迎来寄予莫大期望的赣南巡抚王阳明，结果对方给出了这种话。眼前若不是如假包换的大明朝都察院左佥都御史、赣南巡抚王阳明，他真要暴跳如雷了。

王阳明开始解释这么做的理由。他的娓娓讲述中，官员们褪去急躁，微弱的笑意浮上脸。

回到赣南巡抚府的诸氏，让衙署主事照常处理日常公务，将家中事务安排定当，即命仆役收集大量木柴，团团围住她住的厢房，不留出路，只留尺余小窗。

仆役愕然问为何要这样做？诸氏说只管按吩咐做就是。仆役们只得照做，把厢房围得状若木堡。

诸氏隔着小窗对众仆役说："先生南昌平叛，倘若凯旋便罢了。倘若失利，你等即向木柴浇油点火，不得有误，不得救我。"

"夫人，这怎么行？"仆役们大为惊慌。

"先生为国平叛，我不能助他一臂之力，也不能因败局而遭辱，只求烈火焚身自求清白。从现在起，只需将先生消息传递于我，将每日饮食送至窗前，其他一概勿扰。你们只管照常做事，恪守规矩。切记，切记。"诸氏说罢挡住小窗，安安静静地禅坐，默祈上天佑护先生平安。

仆役们悄然离开。赣南巡抚府的人经王阳明长久以来心智启发，朝夕熏染，都明白先生是与众不同的，夫人自然也不俗。

12

兵者诡道

进南昌城时,李八斤慌慌张张的神情和动作,很快引起守城门的兵士的注意。他携带的秘密公函,很不幸也被搜到了。

被搜出密信的李八斤恐慌不已,一再声称进城前有人给了他一点碎银,让他把信送去南昌府。他哀求官爷放过,家里上有八十老母下有三岁小儿要养。五个兵士押着他往城里走,他惶恐而顺从地一路哭泣。

他和丘十八事先计划,等队伍经过约定的脂粉铺门前,他装摔跤,丘十八则制造一场混乱引开兵士们的注意力,他便趁乱逃离。

李八斤一路泪水涟涟,他混迹江湖多年,对这套装疯卖傻把戏太过熟稔,把江湖上听来的各式人间悲情都揽在身上,添油加醋,以至于忘了意欲何为,不觉过了脂粉铺,急得蹲在屋顶的丘十八连拍大腿低声痛骂。

李八斤猛然回神,收脚不及,暗暗叫苦。此时离宁王府还有一个

街口，进了宁王府大事露馅且不管，自家性命定是难保。想到这里，他就地一摔，两个兵士骂骂咧咧揪起他。他就势抽出兵士的腰刀，左右一格劈倒两个。兵士们纷纷抽刀逼过来，街上鸡飞狗跳，胆大的三五成群围观。

李八斤扫了眼，眼下只有五个兵士，两个已各吃一刀倒地，他对付剩下的三个绰绰有余。他挥刀与之搏杀，没过几招又有两名兵士倒下。他正准备对付剩下的那个，猛然间脑子一抽，若都杀光了，谁去宁王府报信？

一迟疑，那兵士狂奔而去，边逃边吹哨子。李八斤还在回味这一场痛快的杀伐，暗想送密函的事差点毁了，不由自嘲一笑。他逃进一条小巷，琢磨着跟丘十八会面后如何扯一个谎。小巷前头，一队兵士挎刀站定，有十来人。他回头一看，身后也有十来人。他抬头看两侧，是森然高不可攀的墙。

队伍押着五花大绑的李八斤回到刚才那条街，经过脂粉铺时，他不动声色地朝上扫了眼，瞥见一张狰狞的面孔对他龇牙咧嘴，状似要生吞活剥他。他赧然一笑，很是不好意思。

丘十八看着李八斤被押走，恨不得冲上前把他暴揍一顿。他不觉得自己是聪明人，可这家伙比最蠢的猪还要蠢。他坐在屋顶，一时无计可施。

朱宸濠发现，兵士搜获的是提督两广军务都御史杨旦写给兵部的公函。

信中说，他奉兵部指令，已率四十八万兵马奔赴江西。沿途传阅这一公函的各州府，必须备好四十八万兵马的粮草，如若有误，一律严惩不贷。公函口气强硬地提到,朝廷早已觉察宁王朱宸濠有叛乱企图,所以在江西境内要害处均设有埋伏,一旦宁王轻举妄动,即对其进行严厉打击。他此次来江西正是要与王师里应外合,云云。

朱宸濠想到刚被褫夺护卫官田的屈辱,再想到朝廷对他的暗算,惊恐之余不无庆幸——幸亏还没有出兵,不然必遭迎头痛击。

刘养正和李士实看后连连摇头,一口咬定这是反间计,如此绝密的兵部公函哪会这么巧被他们搜到呢。

"那你们解释解释,我的护卫和官田是如何被褫夺的?"朱宸濠拍桌喝道。

两名幕官不作声,这事他们也想不通。不管怎么说,褫夺不是好兆头。

兵士们则一口咬定他们如何机警地在纷乱的人群中找出那个可疑的信使,搜出公函。那信使还砍伤了四名弟兄,现在等候发落。

朱宸濠不耐烦地挥手,让他们将信使关入宁王府内狱,他此刻哪有心思管这等芝麻绿豆小事。

"提督两广军务都御史杨旦,当年是刘瑾的死对头,对朝廷死心塌地。只会读死书的庸才,若不是这个消息拦截得及时,我们遭人暗算还不得知!"朱宸濠拍着桌案雷霆咆哮。

两人顿时面如土色,半响小心翼翼地问什么时候起兵南京。

"一动不如一静,我们且在南昌停留数日。我们按兵不动,他们师出无名,也不敢造次,还不把这四十八万大军活活熬死了。"朱宸濠得意地笑。

两名幕官对了眼,从对方眼神中看出"不可信"三个字。

"王爷万万不可啊,杨旦从两广赶来,还需十天半个月,我们趁此

袭击南京,正是最好的时机。"刘养正使劲摇头。

李士实捏着信瞅了好久,正色道:"王爷,公函的字迹与王阳明颇有几分相似。依臣看来,此为王阳明假借杨旦之名发的伪文,意在吓唬我们。"

"对对对,我看着也眼熟。王阳明心窍狡诈不比常人,王爷切不可上当啊。"刘养正附和。

"你们怀疑本王的判断吗?你们如此急着要本王去送死,到底有何居心?"朱宸濠怒不可遏。这两人违逆上意,无疑在质疑他明智的判断。

两人再不敢多言,找了个借口灰溜溜跑掉。

朱宸濠把屋内的瓶瓶罐罐摔了个痛快,大骂朱厚照、王琼、杨廷和、张永、钱宁、江彬、王阳明、杨旦……有朝一日他定鼎天下,定将这些人食肉寝皮锉骨扬灰。

李八斤挨了一顿暴打后被推进牢房,趴在地上好一会儿才缓过气。

牢房里还有四五个人,沉默地给新来者让出仅供容身的地盘。屋子阴暗,臭气熏天,铁栏高墙,只有一个巴掌大小的窗,插翅也难飞。想到自己为杀王阳明而来,结果可能因王阳明而死,他觉得比几年前在赌场输了一把银子还憋屈难受。

把真相告诉他们?告诉朱宸濠那封信是假的,是王阳明的离间计,实际他手上只有少得可怜的百把号人马,一个病歪歪的官员你真指望他能带兵打仗吗?要不使一些诈术你真以为他能挽弓射箭吗?上当了上当了,宁王啊,咱们做个交易,我把真相告诉你,你抓到王阳明,把他交给我,你做你的皇帝,我呢,大仇得报归隐江湖,咱们各自心愿了了皆大欢喜,岂不乐哉?李八斤奋力摇动栏杆喊快来人,他要见宁王。

他叫喊了好一阵子,一个狱卒摇摇晃晃过来,大骂惊扰他打瞌睡,见宁王有什么屁事。他张着嘴,盘算了一堆的话乍然混沌,一个字也想不起。

狱卒一鞭子抽来,狠狠甩在李八斤扒着栏杆的手上。他陡然吃痛忙缩手,手背已有一道血痕。狱卒骂骂咧咧走开。

李八斤小声骂了一堆撮鸟杂种王八蛋等。同牢者冷眼旁观,他觉得丢脸,也懒得理会他们,便在墙角坐下。他刚蹲下身,有人大叫,他扭头一看,才发现墙角还有人。李八斤来气了,此刻逃出还一筹莫展,但对付这些人还是绰绰有余,便破口大骂怎不让开。那人叹气说等他死了自然让人。

李八斤听声音有点熟,便把那人拉到稍亮一点的巴掌窗下,借着微弱光线眯眼一瞧,发现此人是之前光顾过的酒馆的店主,当时他在酒馆醉倒,醒来已是日暮时分,他扔了五文钱抱走一坛酒,结果酒坛还在跟汪大用打斗中砸碎了。

店主不认得他,李八斤便说之前光顾过他的酒馆。店主忙拱手喊"客官",多了几分亲热。李八斤问他因何被抓,店主把他带到稍远几步的角落,低声说起。

前几日,店主老婆与隔壁柴行店主老婆起了口角,当街骂将起来。这种街坊口角一般只是相骂不动手,后来柴行店主老婆骂猪头,酒馆店主老婆依礼回敬,也骂猪头,说她全家都是杀千刀的猪头。酒馆店主老婆正骂得痛快,忽地十几个执甲兵士奔来,一伙冲进店铺打

砸,一伙将她摁住要带走。店主吓坏了,跪地询问为何要抓人,队正说宁王路过,从轿子里听见有人骂杀千刀的猪头,这"杀千刀"和"猪头"犯了大忌,所以她得去挨杀千刀了。酒馆店主再三乞求,脑门磕出血,求放过老婆,家中还有老母小儿,他愿代过。队正动了恻隐之心,放了他老婆抓了他,这便是他入狱的缘由。

"宁王朱宸濠就是江西阎罗王,宁王府附近的民宅陆续被他兼并,他看中的店铺、生意、良田、民财,皆掳为己有,遇有反抗者皆屠之。进了宁王府内狱等于进了阎王殿。我们原本早就死于屠刀之下,只因宁王还喜欢把人犯积攒起来,一次杀个痛快。"酒馆店主讷讷地说。

李八斤惊怒不已,说会帮他逃出这阎王殿。话音一落,周围倏地围上一圈人,小声说"好汉救救我们"。他的脑袋一下子大了几圈。

天色暗下来,酒馆店主贡献了一枚鞋钉,李八斤拿鞋钉撬门锁。多年行走江湖学的伎俩没有白费,片刻,门锁开了。他从靴底夹层抽出小飞镖,有过不下五六次越狱经历的他,对此经验老到。两名狱卒在长廊尽头喝酒,外面还有多少人暂且不管,先出这道门再说。李八斤带着悄无声息的五人,一步步趋前。

"救救我们,好汉也救救我们!"旁边牢房的人犯攀着栏杆小声喊。

李八斤停下脚步,从依稀光亮中看到一条条伸出栏杆的胳膊,一张张近乎溺水者捞到救命稻草一般的哀恳面孔。他想说不行,他不是神兵天将,再救更多的人是死路一条,一个都别想活着出去。身后那几个推着李八斤往前走,生路只有一条,走的人太多,会有人被挤出去的。

李八斤等人又走了几步，牢房中突然有人高喊"有人越狱了"。一个狱卒奔来，另一个往外奔去，一边敲响报信鼓。顷刻间，外面涌进十几名提刀兵士，从长廊那头逼将过来。

李八斤往身后看了看，那些手无寸铁的人犯一个个像霜打的倭瓜，唯有酒馆店主攥着块石头，全身抖得厉害。他手中的小飞镖也不觉低垂。十二年江湖行走，这一回栽了，且栽在他原本想杀死的王阳明身上——若不是为他办这一趟差，怎会遭此大劫？

"放过他们，越狱是我的主意，与他们无关。"李八斤朗声道，又加了一句，"是我挟持他们，逼他们跟我走的。"

他可以拼个你死我活，可身边这些可怜人是无辜的。

"你倒是好汉，敢作敢当。可惜进了宁王府，一个个都在阎王簿上勾了圈。"队正冷笑，上来五六名兵士将李八斤擒住，一脚踢进牢房。

这回李八斤被单独关押，其余人挨了一顿毒打后被关进别的牢房。队正称他们明天会痛痛快快死于宁王刀下。他接过狱卒递来的鞭子，走向李八斤，准备好好赏这个挑事者一顿饱鞭。这家伙害他差点丢饭碗，不，丢性命。

队正推开牢房门时，突然嗅到异样的凶险，屋顶轰然巨响，垮塌出一个偌大的洞，接着一条粗硕长绳垂下，跟着一声暴喝"快抓住"。李八斤稍稍一愣，旋即抓住长绳，整个人腾空，离地，飞天。

队正和兵士们奔过来，试图抓住李八斤的脚。李八斤凶猛地挥脚，重重踢中队正的额头，队正倒地，顿时额头涌血。兵士们眼睁睁看着人犯消失在屋顶。

奔过几条街后两人歇下来。李八斤在丘十八严厉的目光下低头，

承认自己差点误了大事。接着他说起酒馆店主和那些人犯,说宁王喜欢把人犯积攒起来杀个痛快……丘十八听着,攥刀柄的手顿时青筋毕露。

离开南昌前,两人乔装一番又潜回宁王府。他们爬上牢房外一棵茂密的大樟树,潜藏了约莫一刻钟,人犯们如一串螃蟹被拉出来,跪在空荡荡的场地上。一个衣着华贵的中年王爷被众兵士簇拥着,走到场地中间叉腿坐下,扶着手中的大刀,细细打量眼前待宰的人犯,似乎在揣摩如何下手更利索。

李八斤一眼发现那个酒馆店主,跪伏在地瑟缩着。一场无妄之灾,活生生毁了一个安分守己的商人和他的家庭。他清楚地听见自己的牙齿格格作响,丘十八眼中愤怒的火焰正向宁王喷射。阳光从树叶间隙落在李八斤眼中,他眼前一片白花花,瞬间又一片血茫茫。宁王挥刀如舞,那些人哼也没哼一声,一个个倒在酷冷的刀舞下。

"刀刃开了血光,这一场征战必定如蛟龙得水,游刃有余,哈哈哈。"宁王仰天放声大笑,惊飞了树枝间的飞鸟。

两人离开南昌城时,李八斤拉着马缰望着天:"我在酒馆醉倒,他替我盖了一块薄毯,他是好人,不该死。杀千刀的,朱宸濠该死,该死。"

"朱宸濠一日不擒,江西一日受难。所以,阳明先生要平定这个乱臣贼子。我们定要护好先生,不能有分毫差池。"丘十八说。

李八斤的脑袋"嗡"一声,此前所有的异心杂念蜂拥而至,一波一波重重捶击着他,令他脸色发白。丘十八以为他在狱中挨打禁受不住,便说阳明先生很快会为他报得入狱之仇,朱宸濠的好日子快到尽头了。

此时的王阳明坐在吉安知府衙署，写起了真正的奏疏和公函咨文。

首先是写给朝廷的《飞报宁王谋反疏》。"臣于本月初九日，自赣州启程，至本月十五日行至丰城县，地名黄土脑。据该县知县等官顾佖等禀称，本月十四日宁府称乱，将孙都御史、许副使并都司等官杀死……"

念及孙燧，王阳明痛彻心扉，强忍悲痛继续奋笔疾书，并详细禀报如何在吉安募兵，如何平定朱宸濠的作战策略等，"日望天兵之速至，庶解东南之倒悬，伏望皇上省愆咎己，命将出师。国难兴邦，未必非此……"

一封封要求各地勤王的咨文调令，密集地发向两广、布政司、各衙门和府县等。《咨两广总制都御史杨共勤国难》，送往两广总制都御史杨旦，列举唐朝忠臣名将郭子仪为国尽忠的例子，力邀共勤国难；《行福建布政司调兵勤王》发往福建布政司，《预行南京各衙门勤王咨》发至南京各衙门，谋划南北夹攻叛军的策略；《案行南安等十二府及奉新等县募兵策应》，令江西南安等十二府及县调集士卒，《调取吉水县八九等都民兵牌》，调集吉水八都、九都的民兵，颁布《牌行吉安府敦请乡士夫共守城池》，要求吉安府各县乡村的民夫壮士守城御敌……

王阳明没日没夜地书写咨文调令，派遣兵士快马加鞭往各地送信。

伍文定筹备粮草兵械火炮，对各地陆续招来的壮丁加紧日夜训练。

两人眼珠通红，头发蓬乱，精气神倒是十足。

王阳明的沉疴似乎也好了，很久没有咳嗽了。

李八斤和丘十八从南昌回来,李八斤向王阳明一通吹嘘办事如何手脚麻利,丘十八直摇头。王阳明让他们歇几天再去办个事。

丘十八在吉安知府衙署兼起门丁的差事。李八斤被派到厨房当伙夫,他很高兴,因为有得吃。

晚间,李八斤蹲在王阳明书房外的树上,啃着鸡腿,静静地看着昏黄灯光下那奋笔疾书的身影。他清楚地记得,当年父亲说过,那回他和汪卫挟持在杭州圣果寺养病的王阳明,也是趁着他身边无人。此时的吉安知府伍文定日夜操兵,府里有用的人都派出去了。此刻他若是将王阳明挟持,或一刀毙命,也无人察觉。

他看了看昏黄的灯光,闭上眼。

"是。倘若没有靖难之役,没有兵连祸结,没有连年征战,没有千里白骨,我们何尝会颠沛流离?我赵家世代忠厚,读书行商,又怎么会沦落到今日助桀为虐的地步?是朝廷,是大明,是朱家皇帝,是朱家兄弟叔侄子孙争权篡位、尔虞我诈,把天下百姓害到这般苦难田地。""我先丧妻后失子,孤身一人,还想着有朝一日体体面面南归。如今,什么都没了,好了,轻松了,好啊。"赵店主说。

"为了不再有靖难之役,为了天下不再有颠沛流离的可怜人。我算是知道阳明先生为何要这么做了。"丘十八说。

他睁开眼,朝昏黄灯光下看了看,又闭上眼。

"宁王朱宸濠就是江西阎罗王,宁王府附近的民宅陆续被他兼并,他看中的店铺、生意、良田、民财,皆掳为己有,遇有反抗者皆屠之。进了宁王府内狱等于进了阎王殿。我们原本早就死于屠刀之下,只因宁王还喜欢把人犯积攒起来,一次杀个痛快。"酒馆店主讷讷地说。

"朱宸濠一日不擒，江西一日受难。所以，阳明先生要平定这个乱臣贼子。我们定要护好先生，不能有分毫差池。"丘十八说。

他再睁开眼，对着灯光处喃喃地说："我会杀掉你的，有朝一日，我一定会杀掉你的。"

"喂，你咋像鸟一样蹲在树上，快下来。"丘十八在树下喊。

李八斤敏捷地跳下。丘十八说他刚放衙，买了壶酒，问有没有下酒菜。李八斤说有有有，跑进厨房弄了块卤肉。

两人回到寝舍，丘十八喝了两口酒吃了一块肉后，烦恼地说他碰到了曹二，就是当日在古战场抓他的那哨长。此人升营官了，率数百军卫从赣州赶来，愈发骄横。两人乍一照面，曹二像恶狼一样瞪着他。

李八斤拍拍胸口："十八哥你无须担心。我李八斤别无所长，难以与曹二正面匹敌，但我有的是暗算之技。他若欺凌于你，我定会让他叫苦不迭。"

丘十八直摇头："我丘十八最不喜暗箭伤人，那是小人之为……"

李八斤一下子把满嘴酒水肉末喷出来，喷了丘十八一脸一身。

"好兄弟，十八哥，我们第一次相识是何时何地？你在古战场用暗箭射阳明先生，知道是谁把那支箭打落下来？"李八斤嘎嘎大笑。

丘十八抹着脸，疑惑："难道，是你？"

"正是小弟，哈哈哈。所以你说最不喜暗箭伤人，岂不是可笑之至？"

丘十八颇为尴尬："我不过，偶尔为之嘛。先生日夜为平定宁王而操劳，我也不想多事，让他分心。江山为重，天下为重，我亦奈何不了曹二啊。"他忽然激动地抓住李八斤的手："当日我若射中先生，便

是铸大错了。你救了先生，就是救了我，也是救了这个朝廷啊。"

李八斤置若罔闻，呆呆怔怔。丘十八正诧然，李八斤忽然激动地让他把刚才的话再说一遍。丘十八以为这人没喝两口酒又发酒疯了。

"江山为重，天下为重，我懂了我懂了。"李八斤兴奋，为自己终于找到还未对王阳明下手的充足理由而兴奋。

在去吉安的船上，他跪在船甲板上向父亲的在天之灵恳求，再给他一段时间，等到王阳明平定朱宸濠后，他再动手。至于为什么要等到那时候，他脑中模糊，道不出所以然，只觉得似乎应该这样。现在他终于弄清楚其中的纠结了。他不是不想杀王阳明，也不是没有能力杀王阳明，而是看在江山社稷的分上，暂且放王阳明一马。等到平定朱宸濠之乱后，他还是会找王阳明算账。如此，父亲亦不会怪罪于他了。李八斤心上沉甸甸的石头落地，身心一轻，把杯中酒一饮而尽。

"你刚才蹲树上，说要杀谁？"丘十八冷不丁问。

"保护王都堂，若有人暗算于他，我定会杀了他。"他眼皮也不眨一下。

丘十八沉默片刻，叹气："我本是鄱阳湖渔民，靠捕鱼养家糊口，可恨渔霸横行，官府苛捐杂税，我才上山为匪。若是太平盛世，谁愿意做盗匪？"

李八斤默默地想，要是我爹好好活着，穿上飞鱼服佩上绣春刀，我跟着享尽荣华富贵，才懒得做刺客呢，又没薪俸又没好吃好喝还生死难料。

"阳明先生治下的南赣，日渐安居乐业。天下若都是先生这样的好官员，百姓才有活路啊。愿此次平叛后，我们都能过上好日子。我回鄱阳湖打鱼，到时娶妻生子，早打鱼，晚狩猎，岂不快哉。"丘十八无限憧憬。

李八斤呜咽起来，丘十八吃惊地问他怎么了。

"你娶妻生子，好不逍遥快活，可怜我无父无母，孤苦伶仃，江湖漂泊，无以为家啊。我不活了不活了，呜呜呜——"

"哭啥，此次平叛后我带你回鄱阳湖，咱兄弟有福同享有难同当，有我捕的鱼，定有你喝的鱼汤。"丘十八安慰他。

李八斤一骨碌跪地，拉丘十八也跪下，对着夜空说："皇天在上，后土在下，我李八斤和丘十八——"他心里说其实我叫王小七，"二人二姓，义结金兰，以后有福同享，有难同当，如有违背，乱箭穿身，不得好死。"

丘十八愣了愣，也跟着说了遍。

"因事出匆促，未备三牲五鼎，待日后诸事齐备，歃血为盟，恭行大礼。"李八斤又说，心里想的是到时把真相跟丘十八说了，正正经经义结金兰。

丘十八笑道："我丘十八不过盗匪而已，也值得你结拜？"

"大哥与我患难与共，恩同再造。大哥，受小弟一拜。"李八斤恭恭敬敬真心真意地磕了个头，又敬上一杯酒。

王阳明带着一帮人抄写了一天告示。傍晚出来时，这些人额头鼻尖沾着墨水。王阳明又把一封公函交给李八斤和丘十八，让他们再跑一趟南昌，如此这般交代一番。两人带上公函和厚厚一沓告示，带上一小队人马再赴南昌。

朱宸濠揣着杨旦的密信忐忑了几天，四处打探也没见什么动静，疑虑自己是否中了圈套。此时兵士们又呈来一份密函，这回是从丘

十八身上搜到的,当时他傻乎乎地打听宁王府幕官刘养正、李士实的下落,说赣州有人捎密函过来。

丘十八说罢老老实实地伸手过去,让他们绑上。兵士们中间流传着上回抓了个信使,结果大闹宁王内狱,死了一名队正的事。这回他们谁也不想吃亏,再说这信是捎给宁王幕官的,没必要节外生枝,于是他们缴了信让他快滚。

信是王阳明写给江西境内各府县的通告。信中详细地说,除了两广军务都御史杨旦的八万先锋已达赣州,兵部也已调集各路人马挥师而来。湖广先锋六万已达黄州。太监许泰率边军四万,从凤阳走陆路奔南昌。刘晖、桂勇领边军四万,从徐州、淮安走水路进南昌。王阳明本人起兵十万,率先锋两万已屯驻吉安……这些兵马分道并进,克期夹攻南昌。

朱宸濠将这封信与杨旦的密函一对照,发现与前次提到的各要害处设置的埋伏点严丝合缝,人名真实,路线翔实,行程合理,他再一次恐慌而庆幸。

王阳明还告谕各府县,如果朱宸濠坚守南昌拥兵不出,那么各部师出无名,对朱宸濠亦是束手无策,只能静待时机;如果他离开南昌,那必将陷入重兵包围,王师对他的夹攻将易如反掌。

朱宸濠越看越焦虑,看到最后几行字,整个人几欲爆裂。

信中说刘养正、李士实二人身在曹营心在汉,前几回已收到他们效忠朝廷的密函,他日会向朝廷论功请赏,当务之急要设法诱朱宸濠离开南昌。信中还提到凌十一、闵廿四、胡十三等递交的投名状,他们也表示要临阵倒戈向朝廷表忠。

王阳明,王阳明,原来他没去福州,原来他一直盘算着对付自己——

朱宸濠保持着仅存的冷静，牢牢攥着信，嘶喊把两名幕官叫来。两名幕官恰好跌跌撞撞进来，他们分析了各处打探来的情报，一合计，认定所谓两广四十八万大军以及王师来袭，根本是子虚乌有。

"王爷，快快离开南昌，向南京进发。"刘养正人还没进，就远远地喊。

"王爷，这是王阳明的阴招。前次密函意在拖延我们的时间，他们尚在募兵，我们再不举兵就来不及了啊。"李士实带着哭腔。

朱宸濠把信掷向他们的眼鼻。两人看后大呼王阳明狡诈，两封信前后呼应，牢牢锁定他们滞留南昌不出。

"倘若是真的呢？我十年辛苦盘营岂不是毁于一旦？你们——"朱宸濠的嗓子都吼哑了，"我待你们不薄，你们到底得了王阳明多少好处，竟然与他里应外合陷害于我，还有凌十一这些狗匪——"

两人大呼冤枉，他们脑肝涂地为王爷做事，到头来王阳明的一封伪信便让王爷质疑他们的耿耿忠心，真是冤比窦娥。

朱宸濠其实也不确信两名忠诚的幕官真投靠了朝廷，可在极度的焦虑之中，他觉得身边每个人全身都布满密密麻麻的疑点，每一个疑点都在不断膨胀。

几名兵士跑来，举着一堆乱糟糟的纸，说大街小巷贴满了这种告示。告示内容是揭露宁王要谋逆，朝廷各路平叛兵马行进的路线，还有鼓动宁王的人马倒戈投降，必将获得奖赏，等等。

朱宸濠把告示撕碎扔在地上，踩着碾着吼道："还要离开南昌吗？还要向南京进发吗？还要去送死吗——"

吼声还没完，又有几名兵士跑来，抱着一堆湿漉漉的木牌，说江

面飘满这种牌子,兵士们抢夺后四下逃散,兵力少了很多。朱宸濠抓过一看,木牌上书"谋逆者持此牌即免死"。他顺手砸向两个一脸生无可恋的幕官,一个砸中脑壳,一个砸中鼻梁。

"离开南昌离开南昌,说,你们有何居心?是不是一心要本王送死?"跟着木牌砸过来的,还有朱宸濠愤怒的唾沫星子。他连肠子都悔青了——王阳明来祝寿时,为什么不狠心要了他的命?他竟然还指望着他为己所用。

两名幕官连抹脸也不敢,齐声说一切以王爷旨意为上。一个暗暗痛骂可恶的王阳明,一个偷偷痛骂自己草率行事。

一切安排停当,王阳明才歇息下来。身心一宽,顿时剧烈咳嗽,咳得头痛欲裂喘不过气。

李八斤哼着小调啃着鸡爪从书房外经过,一听就跑进来,又是拍后背又是倒热水,王阳明才缓过气来。李八斤说他去药铺买梨膏糖,王阳明让他去校场把伍知府叫来。

李八斤跑到药铺,跟小伙计要止咳梨膏糖。小伙计拿出几罐形状不一的问要哪种,他咬咬牙说要最贵的,小伙计说二钱银子。他往怀里一摸,一文钱也没有。小伙计冷冷一笑把药膏放回去。李八斤很难受,悻悻地朝校场走去。

校场喊声震天,杀的杀,砍的砍,射箭骑马,刀光剑影。他东张西望想找人问伍知府在哪儿,突地两手被人擒到身后,有人吼叫:"什么人?"他一看,曹二率几名兵士抓住了他。他忙说阳明先生派他过来找伍知府。

曹二打量他两眼,阴恻恻地笑:"原来是你,一个鸡鸣狗盗之辈摇身一晃,居然成了王都堂身边的人。"

"我是阳明先生的好友举荐来的,名正言顺,有何不妥?"李八斤想起丘十八说起这个曹二愈发骄横,心中极是反感。

"是你死乞白赖留在王都堂身边的,狗皮膏药。"曹二一脸不屑。

"能做狗皮膏药是我的荣幸,可见我乃有用之人。曹哨长,不对,曹营官,你得跟我学学,要紧紧追随王都堂,做一块上等的狗皮膏药啊。哈哈哈。"

曹二拎起皮鞭朝他甩来。李八斤抬头看到伍文定过来,挣脱兵士,推了曹二一把,大喊着"伍知府"奔去。

伍文定听后便马上回府,李八斤跟在他的马后屁颠屁颠跑,对曹二做了个鬼脸。曹二恼怒而无奈,对伍文定行礼,顺便连他也敬上了。等他们走远,曹二忽发现腰间佩戴的一块祖传护身玉不见了。这块玉随他征战多年,每每护他死里逃生。他突地想起刚才李八斤推了他一把,顿时嚎叫"该死",又不敢追上去盘问,只能眼睁睁看着他耀武扬威地离开。

李八斤到了药铺,把那块玉佩拍在柜台上,傲慢地让小伙计取出十罐上好的梨膏糖。小伙计忙把玉佩呈给掌柜的,掌柜的鉴别后如获至宝,亲自取了十二罐梨膏糖,说两罐是送的,还让小伙计帮送回去。李八斤说不必,要小伙计以后不要狗眼看人低,要了个竹篮,提着篮子大摇大摆走了。

伍文定来到王阳明的书房,擦着汗水说正要向都堂汇报,练兵差不多了,随时可以举兵。王阳明问目前有多少兵马粮草,伍文定说外地军卫还没有消息,只有江西境内的兵马日夜赶来,加上他手上的也就两万多兵马,与宁王的十万大军相差甚远。好在我军士气旺盛,正

是一鼓作气之时,应尽快举兵。

"伍知府,你继续好好操练军卫,举兵且缓。各路军卫暂且驻守南昌外围,不要轻举妄动。"王阳明说。

伍文定瞪着豹眼大为不解:"王都堂,早先我们无兵无卒,你虚张声势,号称各路大军将至。现在我们手上有兵马了,虽为数不多,但士气振奋,足以与宁王抗衡,你为何又畏缩不前呢?"

"早先我们势单力薄,只能虚张声势无中生有,示强于敌,让朱宸濠不敢轻举妄动,缓其出兵,从而赢得调兵遣将的时间。现在我们兵强马壮,但仍逊于叛军,故须保存实力,示弱于敌,诱叛军主动出击,我军则伺机而动,一举歼敌。"王阳明细细道来。

伍文定回想这段时间王阳明不停地散布各类伪文,宁王原本大肆进攻的行动迟迟不见动静,看来果然奏效了。如今又来这一出"示弱于敌"的计谋,他不得不佩服王阳明果然是出了名的"狡诈专兵"。

"心动,行亦动。心不动,行亦不动。凡事在心,则无往而不胜。朱宸濠心虽动,行却不动,如此身心分离,必难举逆乱。不过他虽一时滞留南昌,但不会太久,下一步会向鄱阳湖进发……"

两人又商议了一会儿,伍文定走出书房。

李八斤拎着一篮梨膏糖进来,说先生为国事日夜操劳,咳喘病又起,征战在即,他弄些药帮着调理身体,又殷勤地举起一罐问伍知府要不要。伍文定说他好样的,叮嘱要护好都堂,日后必将论功行赏,便离开。

李八斤这辈子还从来没有被当官的夸过。以前江湖漂泊,他见了当官的都绕着走,要是不小心碰撞到还会挨鞭子。如今两位官爷待他和颜悦色,还说要"论功行赏",这是祖坟冒了青烟啊。要是父亲还活着,准会替他高兴。当年父亲奉命追杀王阳明,亦是想要"论功行赏",只不过阴差阳错被"论罪受死"……

他进书房,把梨膏药放在书桌。王阳明问他哪来钱买药,他说有个结拜兄弟在吉安开药铺,送的。

王阳明脸色一沉:"甘泉先生来信我已收悉,你身世可怜,故甘泉先生举荐你。但你是燕赵人氏,怎会有南直隶的结拜兄弟?你是否仗着巡抚府的势力,掳掠商户?"

李八斤跪倒在地:"冤枉啊先生,我是真金白银买来的。"他定了定神,发挥多年行走江湖的诡辩之术:"我自小父母双亡,母亲留有一块玉佩给我,我再穷再苦也不舍卖掉。后来我以苦力为生,再后来又得湛先生留用。湛先生南归前又举荐我为先生做事。我虽跟随先生不久,每见你日夜操劳咳喘不止,实在难受,所以卖掉了母亲留给我的玉佩,换来十罐梨膏糖,喔不,十二罐,两罐是药铺赠送的,不信你可以去打探。先生,冤枉啊,我此心可比日月啊。"

王阳明脸色和缓:"你这是何苦啊。"

李八斤慷慨激昂:"先生以江山为重,以天下为重,以苍生黎民为重,区区一块玉佩算得了什么,我李八斤的身家性命都可以奉上。"

王阳明说过几天将迎来恶战,让他早点歇息。

李八斤欣喜,今日惩治了曹二,又得伍知府夸奖,更讨得王阳明信任,可谓一举三得。

赣南巡抚府内署一切如常。仆役把食物递到木堡小窗,兴奋地告诉诸氏,两广军务都御史杨旦的四十八万兵马将抵南昌,阳明先生看来不日将得胜归来。

诸氏先是一喜,思忖片刻淡淡地说有数了。

以她与夫君三十年相濡以沫的相知来看,这四十八万大军,极可能只是先生的兵术。若如此,说明夫君的境况极为不利。仆役觉得诧异,为什么这等好消息夫人听了却好像不怎么开心呢?

13

从吉安到南昌

  朱宸濠在南昌过着如坐针毡的日子,每天派出兵士打探江西境内军情,回禀消息不一,有的说大军埋伏,有的说连人影都没有。

  苦熬半个月,他连敌军的头发也没找到一根,终于确信——所谓勤王之师根本就是子虚乌有。反间计。他暴怒不已。

  他召来刘养正、李士实和授都督、都指挥等一堆马前卒,号令立即举兵鄱阳湖,再顺流而下围攻安庆。他没法向他们解释半个月来的煎熬,他们更不会自找没趣询问。随后他直奔后院娄素珍寝宫,大喊娄妃快随本王走,娄素珍问去哪里?

  "太后娘娘宣旨,召亲王携妃子前往南京祭祖,我们速去速回。"朱宸濠怕她不肯去便这样说。

  娄素珍面对这张霸道骄横的面孔,知道逃不过了,问其他人呢?朱宸濠恼怒地说只带她和儿子们还不够恩宠吗?娄素珍说要整理行装,朱宸濠只好答应。

娄素珍进内室取了笔墨纸砚，带了几件随身衣物。她很清楚，从离开宁王府的那一刻起，她就走上了不归路，身外物也就不必累赘了。

登船前，朱宸濠设坛祭江，以佑大捷，将抗拒不从的瑞州方知府的脑袋砍下当祭祀之礼。祭祀时案几忽地断裂，方知府的脑袋骨碌碌滚下。朱宸濠大惊，命丢入江中。船队正要开拔，天象大变，云气如墨，雷电大作。前船上朱宸濠的宗弟朱宸㴦竟被雷电劈死，兵士们哗然。朱宸濠又惊又怕，李士实说不过是天象变化而已，没什么好怕的。

一连串意外搞得他郁闷不乐，遂饮酒解忧，梦中揽镜自顾，愕然发现发白如霜雪。他惊醒问刘养正、李士实，李士实称宁王贵为亲王，梦见白头，即是"皇"字，此行必得大位。他遂转忧为喜。

朱宸濠留下一万余名精兵驻守南昌，率领六万余兵马出征。他放出风声，大军号称十万之众。浩浩荡荡的船队离开南昌，驶向鄱阳湖。

时人谓之"杀气凄凄红日蔽，金鼓齐鸣震天地。艨艟压浪鬼神惊，旌旆凌空彪虎聚"。

安顿好四个儿子，娄素珍望着船舱外的烟水蒙蒙，想起三十年前初遇王阳明之时。

那时她还是小女孩，听不懂祖父与王阳明之间的一问一答，只是觉得此人听祖父讲学的神情是那么崇敬欣喜，就像一个跋山涉水唇干舌燥的人喝到了雨露甘霖。他还亲切地叫她"小师妹"。

后来祖父娄谅亲授她以琴棋书画身心学问，她学来亦如逢雨露甘霖，方感同身受师兄渴求学问的心境。再后来，她听说师兄得祖父"圣人可学而致之"的格物致知之学后，回家格竹七天七夜而病倒，觉得师兄真是性情中人,倘若与其谈论学问,必是谈笑风生妙趣横生……再再后来,她嫁给了宁王朱宸濠,一入侯门深似海,从此他们成了两个世界的人。

而今他们更是兵刃相见的敌人——只要她一天是宁王妃,他们只能被迫为敌。可他们本不应这样的,就像她与老师唐伯虎,原本也该是善始善终。

娄素珍泪眼蒙眬,望向浩淼圹埌的水面,祈愿唐先生逃离是非之地后安好。再不济,也要比与天下万民为敌、遭后人唾弃要好过吧。

朱宸濠望着旌旗猎猎杀声震天的船队踌躇满志,令护卫摆上酒菜壮行色,喊娄妃出来陪酒。过了好久娄素珍才过来,他不快地问何以如此缓慢,娄素珍说刚给王爷写了一幅字,朱宸濠说快拿来看看。

"金鸡未报五更晓,宝马先嘶十里风。欲借三杯壮行色,酒家犹在梦魂中。好诗好诗,爱妃为本王写诗壮行,真是有心,不枉本王素来宠爱于你。"朱宸濠其实无心细品诗意,只觉得"壮行色"三字是好话。

"王爷若是行正义之师,臣妾定当为王爷欢欣鼓舞,只怕王爷壮志终化为泡影梦魂——"

朱宸濠怒目圆睁,娄素珍的神色忧伤而勇敢。

"娄妃,你仗着本王宠爱于你,一而再再而三地扫本王的兴,你以为本王不敢惩戒你吗?"

"臣妾实为王爷、为累代宁王的英名而忧,故大胆进言。"

朱宸濠将酒菜扫落在地,走出船舱,站在船头,对着苍茫的湖面厉声喝道:"速速前行,延误军情,杀无赦。"

出鄱阳湖,占南康,据九江,直指安庆,朱宸濠的队伍一时所向

披靡。

安庆,是南京与南昌之间的重要据点。攻下安庆,犹如拔下南京的门牙,届时沿长江顺流东下,取南京便是探囊取物。两京制的大明,南京虽已贵不如北京,毕竟还是太祖开国的首府,大明的第一张颜面。在南直隶的老臣旧部乃至民间百姓心目中,南京依然是一座威仪八面的大明朝堂。

攻取南康和九江对朱宸濠来说易如反掌,但安庆没有前面两城那么好攻取了。

安庆知府张文锦和都督杨锐是两块难啃的硬骨头,一点也不把兵临城下的叛军放在眼里,连杀数名守城不坚的官兵,喝令死也要守住安庆。

滚木、礌石、火炮、石弩、弓箭暴雨一般喷向宁王的大军。杨锐派人在城墙四周竖起"剿逆贼"的大旗,令兵士们站在城头日夜咒骂:"宸濠反贼,王师马上就到了,到时候剿灭你全家!反贼反贼,千反贼万反贼,千刀万剐的大反贼……"

刘养正和李士实煞费苦心劝说朱宸濠放弃安庆,直袭南京,南京若得手,何愁降伏不了区区安庆。朱宸濠因前面吃了盘踞南昌不出的暗亏,对两人的进言听从多了,觉得他们说得有理,准备绕过安庆直取南京。

此时兵士前来禀报安庆城头的状况,朱宸濠怒火中烧,小小的安庆官吏竟然如此恶毒攻击,让他一刻也忍受不了,决定先攻下安庆杀了杨锐。举事以来,官吏们只有唯唯诺诺俯首称臣的份,他无法容忍任何一个官吏对他的冒犯。

刘养正和李士实叫苦不迭,他们好不容易说动宁王放弃鸡肋般的安庆,先坐上南京的正位。安庆府这一招分明是拖延之计,瞎子也能看出其心叵测,可他们没法让宁王意识到自己比瞎子都不如。

此时的朱宸濠被怒火烧红了眼珠和心胸,他们只要说出一个拂逆的字眼儿,快刀就会朝他们后脖颈砍下来。两人害怕像被祭江的方知府那样连脑袋都被丢入赣江,只得缩回脖子,咽下苦水,默默退下。

朱宸濠坐上旗船,停泊于附近一处叫黄石矶的湖泊亲自督战。望着城池上下胶着的厮杀攻守,之前占南康、据九江的威仪失去一大半,他焦灼不已。他叫来船工问泊船处之名,船工如实答"黄石矶"。他倏然眼冒凶光,二话不说抽出佩剑杀了船工。可怜船工到死也不明白自己死于何因。

兵士们心惊胆战,杀人到底得有个理由啊。刘养正和李士实会意对视,黄石矶,王失机,这岂是宁王能忍受的不祥之言?

朱宸濠吼叫:"区区安庆尚不能攻克,还指望能攻下南京吗?"

他跳下船,亲自搬运土石,填平战壕,以示攻克安庆的决心。官吏随从们也不得不跟着吭哧吭哧出苦力,可怜这些以笔为器的官吏,不一会儿就大汗淋漓蓬头垢面。

安庆城固若金汤。除了兵士,众多百姓也参与守城。青壮年上阵杀敌,老弱妇孺生火做饭,连石头土块也成了武器。城头摆了很多铁锅烧水,叛军来袭时,石块滚滚,滚水披头,火龙盖脑。登上云梯的叛军死伤无数,哭声震天。

更有甚者,城头雨点般射来的箭头还带着让他们就地逃逸的劝降书。面对如此软硬兼施的对手,一些叛军开始逃跑,士气大为低落。

城上城下烽火连天,两军始终处于反复较量的状态。

消息传到吉安府,伍文定催促王阳明快快举兵解安庆之急。

王阳明站在舆图前久久不出声。这张舆图都快被他看烂了,难道还能把朱宸濠给看败了?王阳明要他召集各知府知县通判推官都指挥使等前来议事。

一干人等聚集后,王阳明说朱宸濠已攻向安庆,这时候他们应该救安庆,还是攻宁王的老巢南昌,众人一致认为该救安庆。安庆一破,南京必定岌岌可危。

伍文定胸有成竹:"叛军已连攻南康、九江两城,目前遭遇我安庆守军顽强抵抗,士气低落。我军士气正扬,与安庆守军里应外合,必能将其击溃,救南京倒悬之难。"

"南昌是朱宸濠的老巢,盘踞多年固若金汤,实难攻下。"

"朱宸濠旨在南京,就算南昌不保,他也在所不惜。"

"安庆危在旦夕,解安庆之难迫在眉睫。"

众人纷纷发声。李八斤殷勤地倒上一圈茶水,心里想,阳明先生一定另有高明计谋,才不会像你们这些人出平庸无奇的点子呢。

"我以为应先占南昌。"赣州府知府邢珣朗声道。

众人诧异地望向他。王阳明用鼓励的目光示意他说下去。

"朱宸濠倾巢东下,我们宜快速进兵,先占南昌,断贼后路,他必返兵救援,我们趁此南北夹攻,陷朱宸濠于困境而全歼之。"邢珣侃侃而谈。

他是弘治六年进士,博通经史,熟读兵书,正德初年授南京户部郎中,后转任南京刑部郎中。他也是刘瑾的受害者。刘瑾被诛后他任赣州知府,之前随王阳明参与过桶冈之役。

当下众人议论纷纷,认为战略甚通,可实际战术极险。

王阳明静静地听他们说完,喝了口梨膏糖水说:"邢知府的战略甚好,我也正有此意。目前我军合多少兵马?"

"三万四千余兵马。"伍文定此时不像刚才胸有成竹,有点心虚。

"嗯?"

"实际,只有一万四千余人可参战。"伍文定的声音更轻了。这支由老弱病残者凑成的勤王之师,已逃遁很多人。

王阳明淡然道:"让它成为二十万,也必须让宁王知道我们有二十万。三万余兵马编成十三哨。"

众官员瞠目,是他们听错了,还是王都堂说错了。

王阳明指着舆图继续说:"诸位请看,南昌、南康、九江均在安庆以南,后二城已被叛军占据,南昌更是叛军老巢,我军若是直奔北首的安庆,南昌叛军和安庆叛军必会回兵死斗,令我军腹背受敌。更不用说,我军此去安庆路远迢迢疲惫不堪,不比叛军以逸待劳。我军攻南昌则不一样了,朱宸濠绝不肯放弃数代宁王祖荫地,必定会回兵救援。此时他们路远迢迢疲于奔命,我军则以逸待劳,而安庆之危自然可解。"

众人顺着王阳明的指向和分析,发现这一着果然独辟蹊径,一个个啧啧称奇。

"朱宸濠挥师北上,对南京志在必得,必定带走精兵强将,留守南昌的无非是虚张声势的空架子,正是我军攻城擒敌的良机。邢知府与我不谋而合,各位以为然否?"

这岂不是著名的围魏救赵之计?岂不是上上乘的兵家计策?众官员再也没有二话,齐刷刷向王阳明作揖,说一切听凭都堂指挥。

李八斤悄悄笑了。他不懂用兵打仗,可他懂下棋,听着先生有

条不紊道来,觉得这是博弈高手才会布的棋局。虽然棋局与战局不同,可当一个人心中布下一盘大大的棋局时,他会离战无不胜攻无不克越来越近。天底下怎么会有如此智慧之人,先生的额头似乎还有一只天眼,能看到很多,看得很远,看清别人藏匿的不可告人的秘密……他忽觉后背阵阵发凉。

晚上李八斤和丘十八密谋一番后,来到王阳明的书房,一进屋两人就跪地,恳求先生出征一定要带上他们。王阳明拿笔在纸上涂涂画画出兵线路,似乎没听见,两人耐心地跪地等候。

王阳明放下笔,看着他们:"你们是我的私人护卫,征战由各路军卫兵士统一部署,如何随我出征?"

"先生乃千军万马的主帅,若有不测,必动摇三军之心。我们虽算不得武功盖世,亦可护先生左右,避不时之险。"李八斤朝丘十八使眼色。

"当日我说过,阳明先生有本事就去对付江西最大的土匪,你还问我谁是江西最大的土匪。我本是顽劣的土匪,是先生教我重新做人。我这个小土匪此次请求出战,就是想亲手灭了那个江西最大的土匪。"丘十八理直气壮。

多年戎马倥偬,王阳明见过太多为战而战的莽夫士卒,他们不知何为敌,何为仇,何为正义之战,何为莫名杀戮,很多只为求一口温饱,就不明是非不辨黑白烧杀掳掠。丘十八懂了,这个当过土匪的莽夫已懂得了粗浅的做人之道。

心即理,人人皆可为圣贤。若千千万万的人懂得这个理,天下便再也没有无谓的纷争杀戮了。王阳明颇为唏嘘。

李八斤听得丘十八的话,内心翻江倒海。他鼓动丘十八见王阳明，理由是他们要在此次征战中大显身手，把那骄横的曹二比下去，再一个，他想把时不时浮现的心虚心悸压下去。丘十八自然万分愿意。他随口而诌，丘十八却是发自肺腑。

回到寝舍，他坐在床上发愣。丘十八催了几遍都没回应，骂他一句就睡。

李八斤想，父亲当年追杀王阳明，到底是秉公还是枉法？朱宸濠起事谋逆，阳明先生率兵平叛，到底秉公，还是枉法？如果父亲是好人，那么王阳明必是坏人。可一个坏人怎么会念江山、念天下、念苍生黎民呢？如果王阳明是好人，那么父亲必是坏人。可父亲怎么可能是坏人？如果是，那么是谁把父亲变成坏人的？大明？皇帝？刘瑾？锦衣卫？大红飞鱼服钦赐绣春刀？从每年二十两银子增加到上百两银子的巨大诱惑？……

李八斤抱着欲裂的脑袋继续苦苦思索。

倘若王阳明真不该被杀，那么老天又怎么会把自己推到他身边，害得他杀也不是，不杀也不是。这十二年来江湖漂泊游游荡荡的日子，其实也不赖，可老天阴差阳错让他果真遇到了王阳明，难道，难道……

李八斤眼神恍惚，一个全身罩着光亮的人影在夜色中浮现，朝他飘来，身影熟悉之极，父亲，是父亲——

"小七，刀从来都是用一回短一寸，从来没有一把刀会长个头。所以，不要轻易用刀，尤其是对一个好人。"王二郎的声音还像以前那样略带沙哑。这一回，他把临死前还没说完的话，完整地说了出来。

"我知道，爹，我知道。"李八斤哽咽着说。

"你遇到王阳明，是代我偿还当年的追杀之错，老天让你承接父

亲曾经的过错孽债。你要好好护卫王阳明。"

"偿还当年的追杀之错?"李八斤全身一凛。

"好好用刀,重新做人——"王二郎的身影和声音渺然飘远。

原来,这就是他遇到王阳明的真正原因。

原来,十二年来他一直背负着护卫王阳明的天赐使命。

原来,世间的一切恩怨离乱纷争终有可追可解的渊源。

原来,丘十八那么一个顽劣的土匪,都能被阳明先生教化得重新做人。

原来,他弄错了,险些铸成弥天大错——

李八斤扑倒在床上,像一匹中了箭又拔出箭得以疗伤的兽,发出低低的痛快淋漓的哭声。

正德十四年,绿树阴浓夏日长的七月,王阳明从吉安府举兵,直指南昌。

各府衙知府知县奔赴而来,齐聚于丰城县樟树镇。军卫兵士黑压压一片。

王阳明举行誓师大会,称此次出征为正义之师,叛军为非正义之师。道高一尺,魔高一丈。冤业随身,终须还账。朱宸濠谋逆多年冤业深重,如今已到算账还账之时,所以此战必大捷而归……

"第一哨:吉安府知府伍文定。统部下官军兵快四千四百二十一名,进攻广润门,就留兵防守本门,直入布政司屯兵,分兵把守王府内门。第二哨:赣州府知府邢珣。统部下官军兵快三千一百三十余名,进攻顺化门,就留少量兵力防守本门,直入镇守府屯兵。第三哨:袁州府知府徐琏……第十三哨:抚州府通判邹琥、傅南乔。统部下官军兵三千余名,夹攻德胜门,就留兵防守本门,随于城外天宁寺屯兵……"王阳明调兵遣将,进攻屯守,指挥若定,一一摆布停当。

一路大军迅猛破袭了埋伏于丰城县为南昌作防守的一支叛军,首战告捷。大军士气高涨乘胜追击,隔日就抵南昌城外。

王阳明令在城外三里处安营扎寨,当日不急于攻袭。伍文定心知他又有出其不意的点子,便问何时发兵。王阳明说定于亥时,当下让大军养精蓄锐。

"王都堂,我们已兵临城下,将至濠边,士气昂扬,何不于白昼起兵,偏要等行动不便的深更半夜?"

"我已派人进南昌城张贴安民告示,喻晓百姓关门闭户,守备兵士弃械倒戈,从逆官员投诚抚民。之后,我们起兵不迟。"

战事一起玉石俱焚,百姓必会遭殃,这是明摆着的事,王阳明还是顾念百姓的存亡。伍文定感慨,自思若能学得王阳明之万一,亦是上天有德了。

李八斤和丘十八带一小队兵士溜进南昌城。他们如同疾风掠过南昌的街头巷尾,所过处,墙上多了一张张告示。告示内容除了安民劝降,还声称勤王之师有二十万之众,守军若是执迷不悟负隅顽抗,必杀无赦。

南昌守军本不多,闻讯赶来的守军发现,只要这些诡异身影闪过,墙上便会多出一张张劝降告示,正欲追赶,却听得多处告急,只能东奔西突气喘吁吁。

他们离开时天还没暗,南昌城老百姓纷纷关门闭户,只有鸟雀惊惧地飞过南昌的上空。城楼守军呆若木鸡地看着远处诡异的身影从雉堞坍塌处爬走,觉得面临的将会是一场难以抵挡且不会持续太久

的战事。

深夜时分,王阳明大军沉沉地压到南昌城门外。城墙固若金汤高不可攀,看起来守备极为森严。

"此次攻城,只可胜,不可败,一鼓而附城,再鼓而登城,三鼓而不克诛伍长,四鼓而不克斩将。"王阳明在阵前厉声号令。

李八斤、丘十八站在他身边,握紧各自的刀,警惕地观望四周。

第一阵鼓点擂响,十余路军卫兵士嘶喊着冲向城墙,几十架登云梯齐齐架在墙脚下。第二阵鼓点擂响,大军如蚁群般爬向城墙。几十名兵士扛着巨大的木桩狠命撞击城门,喊杀声响彻城墙内外。

登上城楼的兵士与守军激烈搏杀。守军力不从心地抵挡,随着登楼大军越来越庞大,守军纷纷倒戈。城门那边忽然传来消息,说城门大开,不必登城楼了,大军瞬间如潮水涌入城门,长驱直入直捣黄龙。

城里一片空巷,家家闭户,更没有抵抗的守军。原来前段时间满城发布的勤王大军即将抵达的消息,白天的安民告示,使得从逆官员和守军纷纷逃命,南昌早已是一座不设防的城。

叛军官员随后也束手就擒。王阳明令封府库,守关防,搜获被朱宸濠劫走的各府县官印公文,释放被抓的官员,安抚百姓,打扫战场,并再三严令兵士不得扰民。有几个胆大妄为的兵士仗着得胜掳掠抢夺商号,王阳明闻讯大怒,称此等行径与宁王逆贼有何两样,喝令立即斩首,以儆效尤。

李八斤看到曹二和几名兵士冲过来,揪起几个抢劫的兵士,推到街上。一个兵士嚎叫冤枉,曹二手起刀落,那兵士人头落地血溅大街。

曹二得意扬扬地擦着滴血的大刀,目光骄横地朝四周扫视,似乎在问哪一个还想试试。李八斤与曹二的目光在空中相撞，彼此互不相让瞪着对方。李八斤心里说你敢对我试一试？曹二的神情似乎也在说，终有一天我会对你试一试。

城中忽地火光大起，直冲半空。兵士报宁王府失火了。王阳明急令救火。

火是宁王府内眷嫔妃们烧的，他们见大势已去，索性投火自焚。王阳明抵达时已来不及灭火救人，但见宫阙烧成灰土残垣，昔日繁华徒成烟云。

王阳明派李八斤、丘十八搜索了一圈，不见娄素珍的遗体，他稍松了口气，想定是被朱宸濠携去了。他吩咐将自焚的宁王内眷用棺木收殓，好生安葬。他们亦是无辜的受苦者。

站在已成废墟的宁王旧宫，闻着刺鼻的焦土气息，王阳明想起不久前在这里与孙燧共赴的鸿门宴，彼时钟鼓馔玉，宁王骄奢淫逸，娄素珍幽寂凄伤，他陡然生出物是人非的感喟。

"师兄，情势危急，南昌不宜久留，你快走吧……师兄，如果，有一天——你也要好好保重。"

忽闻空中隐隐的低语。王阳明朝四周看去，眼前只有灰飞烟扬，铺天盖地的凄怆悲凉。

李八斤跟在王阳明身后。宁王府虽已人去楼焚，他还是不敢懈怠。不知先生为何要在废墟上走来走去，望着断垣残壁伤神。他不是平叛宁王抓反贼吗，为何要为反贼伤心难过呢，反贼死光不是更好吗？

伍文定跑来说，朱宸濠已得知南昌老巢被攻，派了大批兵马从安庆赶来救援。

"那么我们就坚守南昌,作壁上观,又可休养生息,等朱宸濠的疲军从安庆赶到,我们以逸待劳将其一网打尽。"伍文定信心十足。

王阳明摇摇头说错了。伍文定只能用眼神表示疑惑,这不就是他之前的主张吗,怎么又改主意了?

"不可胜者,守也;可胜者,攻也。善守者,藏于九地之下,善攻者,动于九天之上,故能自保而全胜。叛军如今进不能得逞,退没有回路,气势越来越沮丧消沉。南昌一战我们消耗的兵力不多,气势正强,可趁势追击,出奇制胜,不战而溃敌。这就是先人有夺人之气也。"

伍文定眼前一亮:"那,我们下一战——"

"鄱阳湖。"王阳明说出三个字。

赣南巡抚府。仆役跌跌撞撞地奔向诸氏的小窗,喊:"夫人,出大事了!"

"慢慢说,不要惊慌。"诸氏打开小窗。她在缝一件青灰暖袍,夫君很早说要回余姚故里,此役若胜,夫君穿上暖袍,双双归乡,此役若败,她则着袍自焚。

仆役说朱宸濠进攻安庆,双方死伤很大,先生的兵马越来越少了。诸氏脸色一变,缝衣针戳中手指,她浑然不觉。仆役说后来先生围魏救赵攻打南昌,宁王回救不及,先生已攻下南昌了,说罢嘿嘿笑起来。

"好,这乃是我夫君所为。"诸氏也笑了,这是她闭关以来第一次笑。

仆役喜滋滋地说是不是该准备庆功宴了。

"为时尚早,届时我自会吩咐。"诸氏幽幽地说。

14

治国若烹鲜

　　安庆久攻不下，南昌又失守，朱宸濠急火攻心昏厥过去。医士和刘养正、李士实又拍又喊，总算把他弄醒过来。

　　朱宸濠一醒来就朝外冲。两名幕官忙拉住，问王爷去哪里。

　　"南昌，立刻回救南昌。传凌十一、闵廿四。"朱宸濠大吼。

　　"不可，万万不可。"两名幕官同声惊叫。

　　"王爷，别管南昌了，安庆守军已疲，我们只待数日就能攻下，便可直取南京。"刘养正说。

　　"王爷，攻袭南昌是王阳明的围魏救赵之计，我们若回救南昌，必被其反噬，不如直奔南京，半壁江山亦能得手。"李士实说。

　　"南昌乃我历代宁王祖荫地，惨淡经营百余年，南昌若失，我根基何存？有何面目见列祖列宗？王阳明狡诈专兵，伪文欺我军情，毁我宫殿，灭我家眷，我十年苦心经营将成泡影，将其碎尸万段也难解我心头之恨！"朱宸濠狂吼，"安庆留守部分守军，其余随我南下。凌

十一、闵廿四速遣千余人前锋,抄小道直奔南昌。"

"王爷万万不可啊。"刘养正追上去哀求。

朱宸濠拔出佩剑劈下一旁的桌角:"谁挡道,当如此。"

两人看着朱宸濠怒发冲冠的背影,相对欲泣。良禽择木而栖,良臣择主而事。他们自认是良臣,却遇上这么一位冥顽不灵又愚不可及的主。现在他们被绑上同一艘千疮百孔的船,除了跟着一起沉沦,还能有什么法子?

娄素珍安抚过哭泣的儿子们,在营帐内画桃花源。一朵朵桃花从她笔下绽放,灿若云霞。在人仰马翻兵荒马乱中,她唯有为自己营造一片表象的世外桃源。

朱派濠冲进来,大喊:"爱妃快随我回南昌!"

娄素珍还没放下笔,朱宸濠撞倒画案,笔墨纸砚落地,纸上的桃花顿时泯灭。他不管不顾,拉起她朝江边的船奔去。

娄素珍回头望了眼地上的凌乱,心里明白,这一生她不可能再遇见桃花源了。

王阳明让李八斤拿来黄酒,再拿一碟茴香豆。李八斤犹豫着,王阳明问他为何不动。他说昨晚听他咳嗽了好一阵,担心喝酒伤身子。王阳明说快快备好,把伍文定等人也叫来。

李八斤备好酒菜,请来伍文定、邢珣、徐琏等人,退出营帐外。

酒过三巡,王阳明以茴香豆作兵阵,商议战略:"目前我方兵力号称与朱宸濠相当,实则数量远少于敌方。各地援兵迟迟不发,朝廷也不发一兵一卒。朱宸濠大举回援,气焰嚣张,我们一则迎敌,再则也要将兵力用在刀刃……前方适才来报,朱宸濠已派出一支千余人先遣军回援南昌,我们须时时防范,诱敌为上……"

伍文定生性勇毅,敢杀敢拼,最痛恨自不量力的人还向他炫耀武力。须得狠狠煞一煞朱宸濠的骄横气势才是,他暗暗盘算。

李八斤在四周溜达一阵,忽见营帐前的树丛晃过几个人影。他轻捷地跟上去。那几个人影来到一处湖泊的芦苇丛,芦苇丛里又闪出另外一个人影,他怕碰到芦苇发出动静,不敢再追。好在他们停下,双方围拢说话。

"你说的话可是当真,宁王真是这么说的?"一人问。

"这是刘太师和李国师传给我的宁王旨意,说你们若能策动内应,传递信息,待宁王夺得天下,必将高官厚禄封荫三代。"另一人答。

"如今宁王大势将去,王阳明士气正扬,你们劝降是不是太迟了?"问的那个人疑道。

"非也,宁王仍气势强盛锐不可挡。况且,宁王若举兵不成,无非是大明的家事,皇帝都不在乎,外人又能如何?若是成功,你我便是一等一的功臣了。曹二,你已收受宁王这么多财物,再推三阻四就不仗义了。"答的那人冷哼。

李八斤听得惊魂,这分明是曹二与汪大用的对话。这俩家伙什么时候勾搭上的?这曹二虽只是小小的营官,可他若怂恿其他哨长营官倒戈,其危不可小觑。此时他只有一人,难与他们对决,况且那汪大用也会狗急跳墙,把自己的底细给抖出来。若回去向王阳明禀报,只怕来不及,人证物证俱失,曹二也会抵赖。

李八斤正着急,忽觉肩头一重,暗叫不好,扭头看,是丘十八在拍他。两人默契地一点头,朝芦苇丛扑去。

十来个人慌忙逃窜,有人往湖岸逃去,有人跳进芦苇丛。两人顾不得他人,李八斤揪住曹二,丘十八搦住汪大用。那两人没防有人偷袭,旋即束手就擒。仇人相见分外眼红。李八斤和丘十八交换手中的俘虏,各自拉到一边绑定,面对昔日的宿敌和对手。

李八斤瞪着汪大用:"你一次次追杀阳明先生,果然受叛党所指,实在可耻之极。"

汪大用冷笑:"你投靠杀父仇人王阳明,我投靠宁王,人各有志,各求其主。有何不可?"

"你我父亲死于刘瑾之手,王阳明也是被刘瑾所害,我们共同的宿敌是奸佞刘贼,事到如今你怎么还糊涂至此?真是不知好歹混淆黑白的混账东西。"李八斤怒骂。

"刘瑾已死,我上哪儿寻仇?我父当年若杀了王阳明,岂不是能取得封赏厚禄?只因杀不了他,我父才受连累而死。所以王阳明必须死。"汪大用叫嚣。

"有我在,你动不了阳明先生一根毫毛。"

汪大用的双目喷火,牙齿格格作响,忽大喊:"快来人,王小七要杀王——"

李八斤眼疾手快点住他的哑穴。汪大用只能发出沙哑的啊啊声。

"杂种,我一次次放过你,念在你我父亲旧识一场,你也命苦,我姑且不杀你,本想你改邪归正,可你还是执迷不悟……"

另一边,丘十八对付绑在树上的曹二。

"昔日古战场上,你视我如草芥,肆意践踏欺凌于我。后来幸得阳明先生教我重新做人。知道我为何心甘情愿追随王先生吗?我就是为了有朝一日堂堂正正站在他身边,叫你这个狗眼看人低的东西,不敢小觑我。"丘十八抡起一把芦苇朝曹二狠抽。

"我乃堂堂大明营官,你个土匪莽夫竟敢动用私刑,快快放了我。"曹二狂傲地吼叫。

丘十八狠啐一口:"你还有脸自称大明营官?阴谋作乱,勾结逆贼朱宸濠,阳明先生定会将你斩首。"

曹二心里最清楚不过,攻陷南昌城的那天,正是自己指使那些兵士肆意抢劫珠宝铺,他还拿到了最大的夜明珠。所以他就迅速斩落兵士的脑袋以灭口。他憋屈地挤出笑容:"大哥手下留情。曹二当日愚昧无知,多有得罪。我腰带上缝有一个好物,求大哥拿走,留小弟一条贱命——"

丘十八一掌打去,曹二的脑袋一歪,嘴里吐出一颗带牙的血。

"贱畜,你当人人都是你等见利忘义的小人?还记不记得,当日我在赣南巡抚府刑房,你把我当死狗一样踢。我说过,你有本事跟我在战场决一死战,乘人之危算什么本事。当时你骂我还想上战场,能不能活到明天还不知道呢。记得吗?"

曹二浑身抖得如筛糠。

"走,跟我去见先生,他自有发落……"

李八斤还在气势汹汹地怒斥开不了口的汪大用,汪大用朝他身后一瞪眼,脸上露出一抹喜色。李八斤不及躲闪,被身后的木棍击倒。来人用刀子割断汪大用的绑绳,两人朝湖岸狂奔而去。丘十八奔来,那两人已不见踪迹。丘十八扶起李八斤,李八斤捂着生疼的脑袋,指着曹二说别再让他逃了。

两人把曹二扔在王阳明面前。

　　李八斤禀明情况，丘十八把他缝在腰带的夜明珠取出，夜明珠的绸囊上印有商号名字。曹二供认不讳。王阳明审问得知他还不及勾连其他哨长营官。

　　"尔曹一则勾结奸佞，贪图荣华。再则贪生怕死，畏首畏尾，无担当无勇毅，若是战败，亦会如此苟且。尔等之辈，损我大军风纪尊严，岂可留得？"王阳明怒不可遏，令将其拖下去当众行刑，以儆效尤，又吩咐伍文定将此事传遍全军，若有心怀叵测者必严惩不贷。

　　行刑的兵士高高举起寒光闪闪的刀。曹二感觉脖颈一松，硕大的头颅飞出身体，还未闭合的眼，看到了比他砍下别人的脑袋还要猩红的漫天血花。

　　李八斤起夜小解，见营帐门口一些兵士朝着南昌方向眺望，指指点点议论纷纷。他过去打听发生了什么事。

　　值夜兵士说伍文定率五百奇兵，去迎战朱宸濠回援南昌的先遣军了。李八斤眉头一皱，按王阳明之前部署，伍文定以"诱敌"入鄱阳湖为上，何以这会儿跑去南昌"迎敌"？再则先遣叛军有千余人之多，他五百兵力能对付得了吗？再一打听，兵士说伍知府说了，眼下兵力不足，他的五百雄兵足以对付从安庆赶来的疲军。李八斤暗想"没好果子吃了"，便紧了紧裤腰带跑回营帐，叫醒丘十八。

　　两人一合计，认为伍文定急于取胜，想先灭掉朱宸濠的气焰，情理可解，可万一未取胜呢？李八斤不免为伍文定着急，丘十八说着急也没用，他这两天也听说了，一些知府知县通判对王阳明的"先人夺人之气"方策有异议，他们不想行军疲惫，就想在南昌坐等叛军，所以伍文定八成是被那些人唆使的。

"这事非同小可,我去跟阳明先生禀报。"李八斤说。

"你我是先生的私人护卫,战事轮不到我们操心,我们只管护卫先生的性命安危就是了。再说他很晚才睡,别惊动他了。"

李八斤暗想伍文定是好人,就是性子急躁了些,到时还得替他说两句好话。

一早,没睡安稳的李八斤跑去看王阳明,还没进营帐,就听见他的呵斥从内传出,隐隐听见"各执己见""一意孤行"等语。他没敢进去,就在营帐外候着。过了会儿,几名灰头土脸的官员从里面出来,悄没声息地走掉。

李八斤去伙房煮了碗梨膏糖水进营帐,王阳明背对着他在看舆图。

"先生该喝梨膏糖水了。嗯,我听闻伍知府率兵突袭朱宸濠的先遣军,想必是为了替大军进攻鄱阳湖扫清路障吧?"

"擅自行动,扰乱方策大略。不可取,实不可取。"王阳明脸色铁青。

"先生,您喝糖水,消消气。"

王阳明喝过糖水,舒了口气。

"先生,我有点不明白,叛军先遣军来袭,我们迎敌有何不当?"

王阳明缓缓述来,李八斤听懂了。

伍文定此次迎战先遣军,即相当于王阳明征战朱宸濠的演习。伍文定若是胜了,则众军在南昌作壁上观坐等叛军之策是对的,王阳明趁势追击出奇制胜的"先人有夺人之气"之策是错的,这样一来,作壁上观的想法会越来越多,结果会陷整个战略部署于死地;伍文定若败了,则证实王阳明之策是对的,但代价是损兵折将,可能导致战局由胜转败。可战事并非演习,伍文定无论是胜是败,皆会陷整个战局于不利。他的首要职责是诱敌入鄱阳湖,而不是其他任何行动。

李八斤一惊,王阳明以一己之力,面对诸多官员对他独树一帜的攻敌之策的质疑,需要多大的雄心胆略?甚至连一向站在他身边的伍文定,都受不住别人的唆使而擅自行动。不知道王阳明这么多独特的想法是怎么来的,又是如何坚守的,最后往往又惊人地正确。

他到底读了多少书、悟了什么道、修炼了何等本事,才达到这等境界?李八斤觉得自己不知道的事太多了,但知道,阳明先生说的一定是对的。

这是个奇人,与天下很多很多人不一样的奇人。

李八斤看王阳明的目光,多了以往没有的一种神色——崇拜。

他犹豫了下又说:"先生,伍知府为人忠义,此次定是一时意气……"

王阳明看了他一眼说有数,让他出去。

"先生,战事繁杂,您得养好身体。"李八斤退出去。

伍文定果然折兵两百战败而归,跪在王阳明面前谢罪。王阳明盛怒之下要将他军法处置。伍文定自知坏了大计,甘愿受罚。邢珣、徐琏、戴德孺等人求情,称大战当前正是用人之时,恳请都堂酌情处置。

王阳明喝了几口糖水,缓了缓神,念及伍文定一向忠义,大敌当前姑且宽宥。

接着他摆开桌上的笔墨砚台花生豆子作兵阵,又跟他们推演,坚守南昌即是坐等敌方来歼,伍文定此战即是明证,为何要"诱敌"而非"迎敌",何为诱敌之长,何为迎敌之短。我军虽然人数不敌敌军,但兵贵善用而非人数。道义上,朱宸濠是叛军,窃国者心怀叵测道义两亏,我军则是正义之师,有天道人道助之。再则,南昌已为我军占据,朱宸濠以己之目光衡量我军之长短，定认为我们小胜即骄，固守南昌不出，我军唯有出其不意方能制胜，等等。

前有实战明证，再晓之大理，鞭辟入里，伍文定深以为然，众官员彻底心服口服，一致声称此后一律奉都堂的指挥是从。

众官员离开，伍文定仍不动，王阳明让他回去歇息备战。

伍文定脸色燥红："都堂，文定有负您的信赖，深感愧疚。我必将功赎罪，不负都堂厚望。"

"你若有错，我也脱不了干系。日后行事还须多思虑才好。回去吧，硬仗还在后面。"王阳明端起梨膏糖水碗，问他要不要喝。

伍文定连忙摆摆手，作揖致礼："谢都堂宽宥。"

"你要谢，就谢它吧。"王阳明举了举手中的梨膏糖水碗。

伍文定不明所以，王阳明轻咳一声又喝了口。伍文定看看门外有所悟，走到营帐外，对李八斤一抱拳说"谢了"。李八斤忙还礼，诚惶诚恐地说"不敢"。

李八斤望着伍文定的魁伟背影，觉得这个武将县令有趣得紧，他忠良耿介，有勇缺谋，有时不免陷于局促，一旦认识到做错了，亦勇于担当责任，能屈能伸，绝不推诿诡辩。对这样的人他一向佩服得紧。

翌日，呐喊声雷鸣般四起，百舸争流，千舟竞发，王阳明的大军向鄱阳湖浩浩荡荡开拔。

王阳明站在鄱阳湖西侧黄家渡的船头，目光透过芦苇丛，望向浩渺江湖。大战前的湖面，静寂得如一匹光滑的丝绸。更远处有几艘渔船悠悠飘动。

距此一百五十多年前的元代至正年间，鄱阳湖有过一场浩荡的

战事。彼时湖面火光冲天,兵士的尸体漂满湖面,大半个鄱阳湖是猩红的。此后多年无人敢捕鱼,更无人吃鱼。

那是还没成为大明太祖的朱元璋与陈友谅的战争。朱元璋手上是二十万兵力,陈友谅则有六十万大军。陈友谅"联巨舟为阵,绵亘数十里,旌旗戈盾,望之如山",处于鄱阳湖上游,据有利地势。朱元璋兵力不及且处于鄱阳湖下游,只能靠拼死厮杀才与陈友谅死伤相当。朱元璋之后以数艘船只满载柴薪火药,火攻陈友谅船队,陈友谅最终败于鄱阳湖。朱明王朝就此登场。

如今又一场战事即将拉开。与王阳明对阵的是朱明的子孙,可王阳明不是陈友谅,更不想成为陈友谅,相反,他为了大明江山而被迫与朱明子孙对阵。

风起鄱阳湖。这一座湖山,实是血雨腥风是非成败之地。

李八斤和丘十八守在王阳明身后。湖面不时有鱼跃出,水花四溅。

"十八哥,你在鄱阳湖捕了多年鱼,哪种鱼最好吃?"李八斤问。

鄱阳湖东南面那个叫清风村的小村落,是丘十八老家。多年前,他在鄱阳湖上撒网捕鱼,过着勉强填饱肚子的日子。后来渔税越来越重,卖掉所有的鱼还倒欠渔霸一笔税钱。有一天夜里,他终于跟着几名邻居上山为匪了,至少官府无法向土匪收税。不知道那两间临湖的旧草房还在不在,小渔船是否破漏得不像样子,父母的坟冢是不是长满青草,左邻老翁右舍老媪还在不在人世……

丘十八眉头一扬:"当然是最有名的鄱阳湖银鱼了。样子像玉簪,又白净又细嫩,鲜掉你的小舌头。"

李八斤咽口水,朝湖面瞧来瞧去:"怎么捕捞银鱼,你教教我,煮着好吃,还是蒸着好吃?"

王阳明察看好湖面情况说回去。

"想吃银鱼吗？我做给你们吃。"他们在湖岸走了一段路，王阳明忽然说。

大战在即，先生还有心思做鱼？不会是刚才听见他们闲聊故意说的吧。李八斤忙说自己胡说八道。

"伍文定派人送来了鱼，银鱼趁新鲜才好吃。"王阳明顿了顿又说，"你们跟我这么久，还没吃过一顿好的。"

王阳明打了两个鸡蛋，倒入银鱼碗，撒入细盐料酒，再细细打散。油锅发热后将银鱼蛋液倒入，复用铲子轻翻。临出锅前撒一撮葱花。接着又做了一道银鱼汤。他的动作娴熟如老厨。

银鱼雪白，蛋面金黄，葱花碧绿，品相尤为喜人。李八斤一尝，果然细腻香滑鲜美之极。丘十八诧异，先生的厨艺，既不输自己这个会鱼的七种做法的鄱阳湖渔夫，也不输他领兵打仗的本事，他到底还有什么不寻常的能耐啊。

"乾若会稽笋，色比荆州银。熟宜煨粟米，饮助拥炉人。"王阳明有滋有味地吃着银鱼，吟起宋代梅尧臣赞美银鱼的诗。

李八斤心里嘀咕，先生不像面对一场汹汹的战事，更像来鄱阳湖休沐散心。

"要是没有朱宸濠捣乱，在鄱阳湖垂垂钓、烹烹小鲜还真是乐事啊，古人咋说的？"李八斤想起说书先生爱说的那句古话，"治大国，治大国——"

"治大国若烹小鲜。"丘十八不比李八斤多认几个字，这话也听过。

"对对，治大国若烹小鲜。先生，治大国跟烹小鲜有啥关系？"

王阳明喝了口银鱼汤:"这话出自老子的《道德经》,字面之意是说,治理国家如同烹饪食物。"

"那,治国不是很简单吗?十人八九会烧菜做饭。我虽不太会烧,但我很会吃啊。"李八斤嘿嘿地笑,又吃了口银鱼炒蛋。

王阳明微笑:"治大国若烹小鲜,油盐酱醋配比要恰到好处,不能太咸,也不能太淡,不能过,也不可不及。火候要得当,不可太猛,也不可太弱。不能翻炒过多,以免肉质散碎;也不可翻炒过少,以致焦锅。所以《诗经》毛传说,烹鱼烦则碎,治民烦则散,知烹鱼则知治民。"

"就是说,烹鱼不能多翻,不然鱼肉会散碎;老百姓不能多搅扰,不然民生会不安。原来,烧菜还有这么深的道理啊。"李八斤略有所悟。

丘十八心里一叹,他会鱼的七种做法,可从来没有想过,烹小鲜与治理国家有相通之处。所以他只能是打鱼狩猎当土匪的丘十八,阳明先生才是读书悟道治国平天下的阳明先生。

"大捷后,请容我为先生做一席地道的鄱阳湖湖鲜美食。"丘十八诚恳地说。

王阳明微笑着点点头。

饭后他们再去湖边察看敌阵的夜间动静。

"治大国,若烹小鲜。以道莅天下,其鬼不神;非其鬼不神,其神不伤人;非其神不伤人,圣人亦不伤人。夫两不相伤,故德交归焉……"王阳明望向暗沉沉的湖面低吟,远处隐隐千帆张扬,近处的水鸟低鸣掠过湖面,消失在萧萧作响的芦苇丛。

两人似懂非懂,又觉得入心入耳。这世上,有人生来是烹小鲜的,有人生来就是治大国的,有人把好好一锅小鲜搅成乱粥,那就得有人收拾这一锅烂摊子。

起风了。湖边的芦苇轻轻起伏,先是窸窸窣窣,再是嘈嘈切切,继则嘶嘶啸叫,漫天芦苇风起云涌。湖面也由波澜微漾,而波涛翻滚,而澎湃汹涌,最终如千军万马咆哮而来,一浪一浪击打湖岸,仿佛要将他们吞噬入湖。

王阳明深吸一口潮润的湖气:"风起于鄱阳之湖,浪成于微澜之间。一切,该开始了;一切,也该结束了。"

15

风起鄱阳湖

朱宸濠的船队浩浩荡荡，风帆蔽江，前后绵延数十里，兵士呼喝聒噪。所到之处，江上的渔船早已逃遁无影。

刘养正的头发白了一大半，李士实的胡须全白了。他们搜肠刮肚，也想不出一个既不惹怒朱宸濠，又能劝他直驱南京的好办法。他们只能眼睁睁坐着船进入大夜弥天的鄱阳湖。

两个愁眉苦脸的幕官，不约而同想到一百五十多年前那场鄱阳湖大战。

"当年鄱阳湖之战，太祖奠定大明江山，这一战说不定也能赢。"刘养正的话其实自感虚浮。

"世道轮回，今时今日只怕难逃一劫。"李士实悲声道。

刘养正惊惶地左右张望，小声道："李国师莫出此言，万一被王爷听见，我们更不好过了。"

"你我已坐上漏水之舟，随时有倾覆之厄。我李士实一生堂堂正正,致仕后本可颐养天年,想不到落得如此穷途末路。"

"李国师不必悲观,我军兵力雄厚,王阳明不过聚集一帮乌合之众——"

"刘太师,事到如今你还要骗自己吗?"李士实又狠狠一戳。

刘养正无言以对,艰难鼓起的勇气很快如被戳破的水囊,瘪塌下去。两人望着船舱外渐渐发白的湖光山色,内心的恐惧泛滥漫溢。船队的呼喝声此起彼伏,听起来俨然如得胜归朝。两人互相看了眼,发现对方脸上流露的是心照不宣的苦笑。

朱宸濠目不转睛盯着前方黄家渡驶来的数十艘船只,凌十一、闵廿四、胡十三称船队正是王阳明部。朱宸濠浑身发热,眼珠发红,紧紧咬住牙根。

王阳明,正是这个小小的赣南巡抚王阳明,诡计多端,狡诈善兵,害得他不得不从安庆赶回来。要不是此人,他此刻早已直取南京,坐上留都的宫殿。他非常后悔心慈手软,没能早早要了王阳明的命,以至于留下今时祸患。

朱宸濠瞪着越来越近的对方船队,吼道:"船队加速,全力开拔。袭击贼军,擒拿王阳明!"

船舱里,娄素珍将一件白衣撕成细长布条。

朱宸濠冲进来,娄素珍将手中的东西塞到身后。朱宸濠没顾上她的神情,摸了把匕首揣上,叮嘱她不要出舱。他会护好儿子们。娄素珍的嘴唇动了动,也想叮嘱几句,又觉一切徒然。他但凡能听得她三言两语,也不至于落到今日的地步。

走到船舱口的朱宸濠又转回来:"爱妃,此番大捷在望,登基之日,便是爱妃封后之时,也不枉爱妃多年来忠诚追随。"

娄素珍笑了,笑容惨淡。朱宸濠无心与她多言,匆匆出去。

娄素珍望着他的背影。这就是多年前"春时并辔出芳郊"的那人吗?这就是她期盼的夫妻举案齐眉吗?兰因絮果,终有算时。

她自小熟读诗书,翰墨丹青双绝。到头来发现,笔墨诗文并不能让她过得更好,连坊间不识字百姓的寻常光景也不及。在这场属于男人的摧枯拉朽的争雄中,一介女子如何全身?

她举起手中的布条,它细长柔软,没有半点杀伤力,但不久会成为保护自己的武器。她继续撕着,漫天的呼号嘶喊声中,裂帛之声细微无闻。

黄家渡湖面的数十艘船,正是伍文定迎袭朱宸濠的船队。

伍文定莽撞迎战朱宸濠的先遣军,差点闯下大祸,这回他铆足了劲,非要与对方拼个死活不可。两军相交,箭阵乱发,没几个回合,伍文定就落了下风,掉转船头就逃跑。朱宸濠闻报大喜,令乘胜追击。

刘养正劝道:"王爷,几个回合敌军就逃逸,其中有诈。"

朱宸濠不屑道:"上回我先遣军大胜敌军,这一回敌军仍不敌我军,只需乘胜追击,狠狠煞一煞王阳明的骄气才是。"

"臣恳请王爷三思——"

"三思你个娘。凌十一、闵廿四、胡十三,给我冲。"

刘养正跟李士实诉苦,李士实冷哼拂袖而去,懒得听他唠叨。刘养正对着茫茫湖山暗叹,老天爷,我为何投了这么个冥顽愚痴的主子。昔日屈子大夫报国无望而投江,难道我刘养正也要步其后尘吗……

伍文定船队惶惶败走。朱宸濠部全力追赶,战线拉长,船队首尾不顾。

蓦地四周呐喊阵阵,鼓声震天,湖面前后两翼突然冒出一大圈船队,数不清的船只密密麻麻叮住朱宸濠的船队,如同千百只蚂蚁咬住垂死挣扎的青虫。本就首尾不顾的朱宸濠部愈发乱作一团。朱宸濠大骇,令兵士拼死抵抗。

这是王阳明安排的诱敌深入计。

鄱阳湖刀光剑影,血色弥天,尸身浮湖,哀鸿响彻湖山。

刘养正往船舱深处逃去,却见李士实早已躲在舱底瑟瑟发抖。刘养正窥望舱口外被纷纷斩落于水的兵士,暗想到底是投江而死呢,还是等着被俘。

他从角落摸了瓶酒,颤着手拧开瓶盖,一口一口往嘴里灌。李士实不知何时爬到他身边,虚弱地说给我一口。他喝了口,连连咳嗽,上气不接下气。刘养正厌恶地瞪他一眼,想,咳死了算你这老家伙有福了。

李士实哑着嗓子吟道:"七碗清风自里边,每随佳兴入诗坛。纤芽出土春雷动,活火当炉夜雪残……"

"李国师,你还有心思吟诗?"刘养正惊诧,都死到临头了老家伙还吟风弄月。

"陆羽旧经遗上品,高阳醉客避清欢。何时一酌中霖水?重试君谟小凤团。"浑浊的老泪从李士实的眼角淌下,"昔日我与李东阳、箫显联句《咏六安茶》,一时成名句,流传甚广。若我不入这一趟浑水,致仕后喝茶作诗吟风弄月,何至于今日之不堪?"

刘养正垂首不语。无论学识还是资历,他都逊于李士实。年轻时他自视甚高,屡屡怀才不遇,后得宁王青睐,本以为平步青云,未曾想终究还是落入无法自拔的泥淖。哪像李士实,死到临头还能记起

几桩名士风流逸事。倘若他不入这一趟浑水,今日会是何等模样?他亦有一手出众的书法,在坊间甚有名望,亦能以笔墨度日,若得一众喝彩逢迎,也好过今日穷途末路……

江面一阵泼响,几条鱼不安地蹿出水面。鄱阳湖翻江倒海,早把它们惊得难以安生。一条鲤鱼突地跳进窗口,落在他们面前,扑棱棱地跳跃。

两名幕官愕然。要是往日,鲤鱼跳跃实乃大吉兆。现在他们一动不动,彼此心照不宣——此时就算龙王爷跳上船,也是无力挽狂澜于既倒了。

"涸辙之鲋,涸辙之鲋也。"李士实颤声。

刘养正打了个寒噤。没错,他们正是两条涸辙之鲋,尽管置身于浩渺江湖。李士实颤着手把鱼捧回湖面,鱼跃入湖中消失无踪。刘养正趁机拿过酒瓶,李士实夺过,刘养正再夺回。两人死死抓着酒瓶不放,恶狠狠瞪着对方。刘养正蓦感辛酸,松开手。李士实喝掉最后一滴酒,将酒瓶砸在地上。两名末路幕官缄默相对,兀自抹着老泪。

朱宸濠兵败如山倒,急令船队退守鄱阳湖东岸的八字脑,同时令将九江、南康的守军悉数调出,以补充损兵折将。

早有防备的王阳明部趁机而入,迅速收复九江、南康两城。

至此,朱宸濠已无兵可援无路可退,唯有背水一战。

夜色降临,双方暂且按兵不动,伺机而发。

一箱箱金银财宝搬到船头,船舷吃水线立马沉了几分。兵士们的目光如苍蝇逐臭,牢牢盯着它们。

"杀敌勇猛当先者,赏千金。杀敌负伤者,赏百金。不战而退却者,杀无赦!"朱宸濠吼道。

欢呼声响起,颓败低迷的兵士们眼里射出耀眼的光,就是战死了也能给妻儿老小换得不愁饥寒,横竖一条命,值得。兵士们血红着眼哇哇乱叫又杀过来。

骤然而来的杀戮,使得王阳明部数十名兵士伤亡,队阵连连后退。坐定指挥船的王阳明喝令伍文定出阵。

伍文定拔剑而出,在船头画了一条线,吼道:"越过此界者,斩立决。"

两名不知死活的兵士刚从阵前逃来,脚底一溜就过了界。伍文定手起,剑下人头落。兵士们大惊失色纷纷冲向阵前。仍有三五个兵士从阵前逃回,伍文定再次血溅船坞。这下所有的兵士们拼命冲向敌阵,与其死于伍文定剑下落得个战场逃兵的名声,不如战死沙场赚几个抚恤金。

伍文定身先士卒奋勇杀敌,兵士们愈战愈勇,两部呈激烈绞杀状。

突然一阵雷霆巨响,朱宸濠部的水师船队射来铳炮,王阳明船队这边的湖面激起巨浪,被击中的船只一时众多。伍文定的胡须被铳炮火屑点燃,哧哧燃烧。兵士惊呼,伍文定仰天长啸,岿然不动,连抹一把胡须都没有。

站在王阳明指挥船上观战的李八斤直跺脚。丘十八从船舱出来,喊先生找他有事。他说伍知府快烤焦了,丘十八说焦不了。

王阳明让他们用竹竿扎起白布举到船头。李八斤一看白布上书"宁王已擒,我军毋得纵杀"。

李八斤纳闷,他刚才明明见朱宸濠在船头蹿来蹿去活得好好的,阳明先生这也太会吹了。他小声问丘十八啥意思,丘十八说他白跟先生这么久,先生的雄才大略还不懂。李八斤醒悟,这不就跟当初他

们去南昌城散布兵家计谋差不多嘛。

两人来到船头高高举起招降旗,兵士敲响鸣锣齐声呼号:"宁王已擒,我军毋得纵杀。宁王已擒……"

朱宸濠的船队分散,首尾不接,不知真假,顿时阵脚大乱。

此时铳炮从王阳明部呼啸而出,掠过血色湖山,射向朱宸濠部。这是王阳明的撒手锏,箭在弦上,不到关键时刻轻易不用,此时一触即发,发出最致命的一击。接二连三的铳炮击沉了朱宸濠的护卫船,朱宸濠的船也载浮载沉。

借着漫天的烟屑,朱宸濠率余部逃向鄱阳湖岸边的樵舍。

王阳明望着樵舍方向,湖面静寂,仿佛不曾有过弥天烽火,而这也正是战事的可怕之处——风起风落,生死寂灭,如水流风过无痕。

烟水茫茫处有隐隐的琵琶声飘来,如歌如诉。他抚须长叹。

娄素珍坐在船头抚琵琶,江风掀动她的衣衫翻飞。真是一座好湖山,前人的鄱阳湖诗章依然不废江河。

宋代苏东坡吟:"鄱阳湖上都昌县,灯火楼台一万家。水隔南山人不渡,东风吹老碧桃花。"杨万里赞:"半篙已湖心,一叶恰镜面。仰见云衣开,侧视帆腹满。天如琉璃钟,下覆水晶碗。波光金汁泻,日影银柱贯。"最大气的是宋代周弼的诗句:"鄱阳湖浸东南境,有人曾量三十六万顷。我昔乘槎渤澥间,眇视天潢坎蛙井。浪何为而起于青云之底?日何为而碎于泥沙之里……"

倘若她不曾嫁与朱宸濠,倘若她是男儿身而不是身不由己的弱女子,她也会像苏东坡、杨万里、周弼一样,泛舟江湖,诗剑吟啸:"胸中八九吞云梦,似此蹄涔亦何用。安得快意大荒之东东复东,指麾鱼鳖骑苍龙。"

倘若这个时候她乘槎浮海至天河,俯首藐视人世间的刀剑纷争,看到的是否正是一片聒噪纷乱的"坎蛙井"?

琵琶断弦,娄素珍惨然一笑。

湖面忽地传来轻呼,"娄妃娘娘,娄妃娘娘"。娄素珍循声望去,只见一片偌大的荷叶在幽暗的湖面飘动。再看,有人躲在荷叶下。

"娘娘勿惊,阳明先生派我来的。"那人低声急切地说。

娄素珍一看,正是师兄身边的小护卫。李八斤说,是阳明先生要她随自己逃离。原来世间还有人记得她。她泫然泪下。

"娘娘,前方芦苇荡有小舟,你快随我离开。"李八斤催促。

"小兄弟,谢谢你。素珍已身不由己。请你转告师兄,素珍感恩于心,唯有来世再报。"

"娘娘,你好好一个书香门第的女子,何苦为那逆贼而舍生,快随我走吧。"李八斤紧张地观望四周。丘十八的小船藏在芦苇荡,只等他发出水鸟的叫声就来接应。

"来世,我只做娄素珍,再也不为他人之人。请你转告师兄,只求死后给我一个清白身。小兄弟,你快走吧。"娄素珍低声而决然道。

李八斤眼见巡逻的兵士朝这边过来,只得隐入荷叶下。游了一段,他掀开荷叶看去,娄素珍依然坐在船头,身影萧瑟如苇。他叹了声隐入水下。

"野鹰兀兀平沙上,折苇萧萧古渡头。满眼荒寒底处所,令人肠断五湖舟。"娄素珍低吟范成大的诗,望着湖面上泛起波澜的水影,心中的悲恸掺了些微暖意——这苍凉的人世,至少还有人记得她。

血色湖山萧萧古渡,不久后会归于静寂,当后人泛舟鄱阳湖时,

会记得这里有过的血腥厮杀吗?只怕唐先生的画笔,也画不出满眼荒寒吧?

幸亏唐先生远离了,幸亏他没有看到这一幕。

她想过有一天造访桃花坞,赏满园桃之夭夭灼灼其华,与师兄和唐先生在桃花树下喝桃花酒,赋桃花诗,画一抹残红散绮霞……如今,只能等来世了。

苏州城北桃花坞。桃林里红红绿绿的桃子挂在枝头,风中轻晃。几只鸟雀飞来偷偷啄食。一阵风过,被鸟雀啄过的桃子扑扑落地,又被树下觅食的鸡叼去,继续啄噬。桃子已坑坑洼洼。

唐伯虎在院子的梦墨亭挥毫作画,此刻他的心没来由地忽地一颤,好似一块石头从悬崖落下深谷,骨碌碌没个着落。手上原本竖画的笔横向一处,错了笔,画面显得突兀奇怪。

从南昌到苏州,从威赫的宁王府到落寞的桃花坞,唐伯虎以为远离了那场梦魇。但他没想到,坊间关于他与宁王之间的沉瀣勾连传得有鼻子有眼。同时,宁王谋逆兵败的风声也飘到苏州上空。这意味着,一旦宁王失势,他也会是臭名昭著的叛党。

他去市集买菜,菜贩子不肯卖他;他去茶楼酒馆,茶客们哄然离开,或在角落睨视于他,弄到后来店家求他不要上门了……他无力辩解,只能默默离开。

喝酒、喝茶、画画、写诗,见仅有的几个密友,如此度日。好在苏州毕竟离南昌远,世事悾惚,人也是健忘的,没多久人们不再谈论他,或者说遗忘了他。他不再卖画,而是以画换酒。酒可换唐伯虎的画,这样的消息在苏州城里不胫而走。求画的人又络绎不绝了。

只有他心里清楚,"不使人间造孽钱",才是以酒换画的真正想法。

他不明白刚才的心头一颤从何而起,也许有人惦记他,也许有人憎恨他,也许有人又拿他的旧事当茶酒点心咀嚼,可又能如何?从二十年前的弘治十二年开始,他已是被人反复咀嚼的话题了。他重新描绘画错的一笔,几笔铁钩银划,画面又有了别样意境。他自嘲地摇摇头,画错的画能补救回来,可走错的人生,如何补救?

柴门外有人在敲门,他蹒跚地走到门口。

门外是一个衣着光鲜肚腩腆凸的胖财主,身后仆人挑着两个酒坛子。

"唐先生,这是去年春上酿的桃花酒,苏州人都知道您不爱钱,就爱喝这酒。"财主谦卑恭敬地笑,期期艾艾地想请唐先生为他母上大人画一幅寿桃。

唐伯虎闻到坛身飘出的酒香,同意了这桩交易。

胖财主又提出,寿桃要画得大一点圆一点红一点,如此方能彰显富贵人家气象。唐伯虎漠然点头,一句话也不肯多说。胖财主拱手致谢,定了取画的日子便匆匆离开。放在多年前,他绝对不肯与这般俗人打交道,连多看一眼都觉得腌臜。如今,"不使人间造孽钱"——酒总还是要喝的。

他打开酒坛。酒水哗哗,酒香漫溢,他有了几许隐秘的喜悦。

"桃花坞里桃花庵,桃花庵里桃花仙。桃花仙人种桃树,又摘桃花换酒钱……"他提起笔,笔墨间小蕊嫣然,春色暄妍,隐隐还有血色弥天。

16

风定鄱阳湖

鄱阳湖樵舍的指挥船上,朱宸濠盯着阴黯天色中七零八落的船队,要刘养正和李士实尽太师国师之责,力挽狂澜。

两人没有像以往那样争着贡献锦囊妙计,他们像失水的瓠瓜,蔫头耷脑畏畏缩缩,站都站不稳,更别说出主意了。刘养正说,王爷撤吧,李士实闷声不响。朱宸濠摔了个杯喊"滚"。两人立马滚了。

朱宸濠又叫来凌十一、闵廿四、胡十三,他们倒是义薄云天,叫嚷着要与王阳明决一死战。朱宸濠问他们有什么反败为胜的绝招,他们气势汹汹地说先杀过去再说。

朱宸濠很绝望。正是因为他们徒有莽夫之勇而缺少王阳明的机巧狡诈,这场谋划才一再吃大亏。莽夫之勇有何用?当年楚霸王更勇,还不是垓下悲歌?他无比后悔,没有更早一点招揽到像王阳明那般狡诈的谋士。他的指挥船已被击破半边,连一块平稳的甲板都没了。他需要一个绝地反击、绝处逢生、置之死地而后生的高明战略,可这一群饭桶——他悲伤得快要大哭了。

"你们看看,看看,出发时浩浩荡荡的船队,现在七零八落,如何与敌军抗衡,难不成拼成一块铁板吗?"朱宸濠指着船队吼叫,突地眼前一亮,死死盯着残存的船只,手指激动地抖着。凌十一们茫然地看着这位越来越不可靠的王,捉摸不出他到底有何用意。

朱宸濠用尽一生的智慧,终于想出一个绝妙主意——他命令众人用铁索将船只串连起来,连舟为方阵,这样就拥有了一块独一无二的水上阵地,可为船,可为陆地,进退皆可,出入自如。他觉得这简直是天才才能想出来的绝妙战略。

有人说如此或有风险,朱宸濠霍地抽出剑。众人跑开,照他说的去做了。

躲在船舱偷窥的刘养正看着兵士们忙碌地连舟为方阵,不可置信地瞪大眼,他要冲出去阻止这天底下最愚蠢的做法。李士实拉住他问什么时辰了,刘养正说,七月二十五日子时。

李士实掐指一算,叹息:"宁王谋逆十年之久,王阳明起兵仅四十余日,便风卷残云势如破竹,令宁王弃甲曳兵土崩瓦解。正所谓,见机不早悔之晚矣。"

"李国师,非你我愚钝,而是王阳明太过狡诈,专事旁门左道。"刘养正不满他长别人志气灭自家威风,辩解道。

"罢了罢了。时运不济,命运多舛。冯唐易老,李广难封——"李士实扯起袖子揩老泪鼻涕。

刘养正讨厌他动不动掉书袋子,还吟诵王勃的诗,把自己比作冯唐李广。可再想想,他没说错啊。

"愚不可及愚不可及,居然把船只连起来,到时候如何逃得脱。"

刘养正急得团团转。要是会游水,他早就跳进鄱阳湖潜逃了。

"时也,命也,运也。"李士实望着船舱外那帮人,他们兴高采烈大呼小叫,好像不是在搭战船而是在搭一座唱戏的画舫,他苦涩地笑了。

王阳明望着朱宸濠的船队忙碌地铁索连舟,惊讶得不敢置信。李八斤疑惑朱宸濠是不是要在湖上唱大戏。

"李八斤,看过《三国演义》吗?"王阳明问。

"先生,我小时候常听说书先生讲三国,我喜欢这个故事。"

"想看火烧赤壁这一出戏吗?"

"火烧赤壁?好啊,难道朱宸濠要唱大戏?有趣,真是有趣。"

王阳明让他把伍文定、邢珣、徐琏、戴德孺等人喊来。众人先是讶然而笑,接着慨叹不已,经过短暂的商讨后他们随即散开。

幽暗的鄱阳湖上,两支船队各自做着要将对方一举全歼的最后准备。

翌日,天色曈曚,烟水纷缊。娄素珍在梳妆打扮,镜子里出现她楚楚动人的脸庞。片刻,镜子里出现一张阴沉沉的脸,两人目光交接,静默着。

朱宸濠露出一丝僵硬的笑,把她搂起来:"爱妃,我们尽享世间荣华富贵的日子不远了。"

娄素珍神情木然:"不远了。"

朱宸濠抬起她下巴:"对本王笑一个。"

娄素珍的嘴角一牵,露出一个艰涩的微笑。

"好好等着本王。"他一甩袖子走出船舱。

娄素珍走到案几前,提笔书写:画虎屠龙叹旧图,血书才了凤眼枯……

朱宸濠站在船头,船头有一张桌,桌上一侧摆一堆银子,另一侧搁一把大刀。当下生死存亡之际,他要再一次杀鸡儆猴——谁是忠勇者,谁是无能者,嘉奖冲锋陷阵的勇士,也要杀几个儆儆贪生怕死之徒。

他指着一个软瘫在甲板的官员,喝令将他斩首并扔下湖。兵士刚拎起官员的后衣领,突然有兵士惊呼"起火啦起火啦——"

湖上怎么可能起火?荒唐……他回头一看,敌军的火器火箭齐刷刷朝船阵射来。船身一触即燃,木料毕毕剥剥燃烧,一时浓烟霭霭紫焰烘烘,船只尽焚旗幡作灰。兵士们纷纷跳水。

剩下的兵士拼命划船,庞大船阵犹如老迈的水牛,缓慢地移动。

朱宸濠如梦初醒:"火烧赤壁,火烧赤壁,刘养正、李士实你们这两个饭桶,出来,给我滚出来!为何不早提醒我?为何不早提醒我?"悲怆的嘶吼冲出弥漫的硝烟,在湖上久久回荡。

娄素珍把笔掷入湖,用长长的布条裹住自己,身体旋转,一小步一小步艰难地挪到船舱口。她望了一眼江上的火光硝烟,水天如墨,还望见一条小船朝她的方向急急划来。她脸上露出决绝的笑,纵身跳入湖中。

"娄妃娘娘,你为什么要这么做啊?"李八斤再一次划船过来,痛心地喊。

除了李八斤,没人看到火光冲天中夹杂的这小小一幕,更多的官

员、兵士接二连三跳水。娄素珍之前叮嘱过儿子们,她在船上,他们也在,她在湖中,他们也跟随。宁王世子们见母亲跳湖,也哭着接连跳下湖。鄱阳湖血色连天,风声呜咽。

船舱里,一张淌着残墨的宣纸寂寞地飘荡,发出微弱的窸窸窣窣声,上面是娄素珍写的最后两行诗句——迄今十丈鄱湖水,流尽当年泪点无。

船阵熊熊燃烧,落在船舱、漂在湖面的尸身越来越多,朱宸濠脱下冠服,扒下兵士衣裳套上身,跳过几艘空荡荡的船往岸上逃。他正四处张望,忽见芦苇丛中有一艘小渔船,一个戴斗笠的渔翁悠然垂钓,全然不被火光刀兵所惊。

他惊喜地喊渔翁过来。渔船慢悠悠过来,他把两锭银子塞到他手上说快逃。渔翁没作声,划动小船驶离。

朱宸濠瘫坐船舱,长长吁了口气。这时才想起娄素珍,想起带出来的世子们,想起翠妃和其他妃子,想起离开南昌的前呼后拥叱咤风云,如今的狼奔豕突孤家寡人,不由悲从中来。他不是没想过输,但没想到输得如此之惨,就像被人从赌场赶出连底裤都输掉了的赌徒。

"客官去何处?"渔翁问道。

朱宸濠失神,去何处呢?湖山浩渺,天大地大,当年太祖以寡胜众,鄱阳湖一战定鼎大明江山。而今他堂堂大明王孙,在鄱阳湖输给一名南赣小巡抚,日后如何去见太祖?都怪那可恶的王阳明,当年他贬谪贵州龙场怎么就没被刘瑾派去的锦衣卫杀手杀死呢?

"去没人的地方,去找不到我的地方,快,越快越好。"朱宸濠又掏出一锭银子扔到渔翁面前,让他加速划船。

"客官闲着也是闲着,我讲个鄱阳湖小故事给你听听?"渔翁慢吞吞地说。

朱宸濠此时怎敢得罪这个掌握他命运的渔翁,便可有可无地说好。

"鄱阳湖东南首有个清风村,村里有二十二户人家,他们以打鱼砍樵为生,过着尚能糊口的日子。最靠湖的一户人家,母亲早逝,父子俩相依为命,儿子叫丘十八,因为他生下来,家里只有十八合米了。那年渔霸收渔税,每斤鱼要收税五成。渔民说太重了求减一点。第二天他们收税七成。渔民们怒了。第三天官府小吏带来渔霸,这回要收税九成,说再不缴税把渔船渔网都砸了。渔民跟他们打起来,一个被他们打死,十三个被抓走。被打死的是丘十八的爹,因为他冲在最前头……"渔翁一边摇船一边说。

朱宸濠打着哈欠,眼皮越来越重。

"丘十八的爹临死前跟儿子说,天底下只有一种人官府不敢跟他们收税,那就是土匪。丘十八就跟当土匪的邻居上了山。开始他觉得丢脸,后来有人说,知道苛重的渔税是谁让收的吗?是江西最大的土匪,他横征暴敛,掳夺百姓田产,结交江洋大盗,还有谋反窃国之心,咱跟他比不过是小巫见大巫。客官可听说过这个江西最大的土匪?"

朱宸濠觉得这故事有点耳熟。多日来疲于奔命,他眼皮滞重哈欠连天,懒得再想,很快睡着了。渔翁无声地笑了,加快船速。

小船转了几道湖湾,顺风顺水到了王阳明的船阵。朱宸濠睡得快,醒得也快,他仰起身,惊恐地看到王阳明的战旗在风中猎猎作响。

朱宸濠跳入湖中,不想湖水只到小腿。兵士们把他从水里捞起来。摘下斗笠的渔翁牢牢摁住他,像手法老练的渔夫叉住一条鱼。

"我叫丘十八。"渔翁冷冷一笑。

朱宸濠发出绝望的嚎叫,声音在湖面传得很远,惊飞了芦苇丛中的鸥鸟。他抬头仰望,王阳明坐镇的指挥船如泰山高耸,如天穹压顶。那个看起来被风一吹就会倒的瘦削身影,如泰山上的巨石,有着强大的压迫感,仿佛随时会把他砸个粉身碎骨。他已无所逃遁于天地之间。

风凛凛,江渺渺,王阳明想起在江西任过职的李梦阳笔下叙述太祖鄱阳湖之战的诗句:"太祖平陈日,楼船下此湖。波涛留壮色,天地见雄图……血染犹丹草,骨沉空白芫。汀洲夜寂寂,霜月鬼鸣鸣……英谋协睿算,勇奋想长驱。剑瘗神仍王,舟焚势与徂。康山巍庙在,忠武激顽夫。"

此时此刻,恰如彼此彼刻。

王阳明的胸臆如江潮涌动,终化为澎湃诗情,《鄱阳湖捷》油然而出:"甲马秋惊鼓角风,旌旗晓拂阵云红。勤王敢在汾淮后,恋阙真随江汉东。群丑漫劳同吠犬,九重端合是飞龙。涓埃未遂酬沧海,病懒先须伴赤松。"

正德十四年六月十五日,王阳明于丰城骤闻宁王谋逆,此时他手上无一兵一卒。之后抵吉安谋平定。向各府县募兵士、调民兵壮丁,誓师勤王,守安庆、拔南昌、决战鄱阳湖,至七月二十六日生擒宁王朱宸濠,及后扫平余寇,前后不过四十三日,鄱阳湖交战则七日,"盖自起兵至破贼,曾不旬日"。

其间向各地求援至战捷,朝廷无一援军,连禀报宁王谋反的奏疏都没得到回音,仅凭号称二十万、算起来只有三万四千余、实际只有一万四千余参战兵力,"以万余乌合之兵,而破强寇十万之众",实为大明乃至前朝所罕见。

回到南昌都察院,王阳明写下《江西捷音疏》《擒获宸濠捷音疏》和恳求对平叛有功人员加以嘉奖的名单,派快马送至北京。与奏疏一并呈上的,还有《乞便道省葬疏》,希望朝廷批准自己回乡省亲,安葬祖母。

之后他安抚民生,遣散临时招来的兵士,抚恤勇士,处理堆积的公文,调遣官吏,打开中门为弟子讲课。他言语从容,思辨清晰,丝毫不提刚经历过的那场惊心动魄的战事,好像他只在讲课间歇出门打了一场猎,捕获了几只野猪野兔,无须夸夸其谈。

朱宸濠坐着槛车被押解进南昌,这与出发前浩浩荡荡的场面相比,无疑有云泥之别。他望着昔日跺一跺脚都会摇三摇的南昌城,街头行伍肃立,钢刀出鞘,盔甲锃亮,百姓指点窃笑喧哗,他心中的悲愤恼恨蜂拥而至,面上仍是不屑一顾的冷笑:"这是我老朱家的事,用得着外人如此费心吗?"

兵士喝令他老实点,朱宸濠怒气冲天说要将这个不知天高地厚的小子满门抄斩。兵士们笑起来,就像笑一个输得一无所有仍红着眼珠子要扳本的赌徒。

朱宸濠被押至王阳明堂前,仍嚷嚷这是老朱家的事用不着外人费心。

王阳明一言不发看着他。他想起惨死的孙燧和许逵,想起师妹娄素珍,想起许多丧生于朱宸濠刀下的官员,想起因这场战事而殃及的无辜百姓。他的眼神像锐利的刀,把朱宸濠身上跋扈的锋芒纷纷削落。

"王都堂,我可以尽数削去我的护卫,降为庶民,这样总行了吧?"朱宸濠仍有不甘心的傲慢,这小巡抚不太懂老朱家规矩。

"有国法在。"王阳明简单地说。

朱宸濠的脸色顿时萎黄。他看了一圈,兵士肃穆冷峻,都察院森然,他就算是一只鸟,也飞不出昔日是他的家天下的南昌。曾经,有人一再伸出手,要救他于水火泥淖,可他一再拒绝……

他落了几滴泪,哀恳道:"阳明先生,娄妃是一位贤妃,她一开始就劝我不要起兵,可我未纳苦谏,害她投水而死,还望先生好生安葬她——"

王阳明再也抑制不住愤懑,高声说:"你还有脸提娄妃?"

那天李八斤眼睁睁看着娄素珍跳水,带兵士们跳入湖中,打捞起用布条包裹身体的娄素珍,为此,他深深自责尽职不力。

"昔日商纣王听妇人之言而灭亡,我却因不听妇人之言而灭亡。但凡能够听得她只言片语,我也不至于落得今日的地步,追悔莫及,追悔莫及啊。"朱宸濠悲从中来,这是他一生中对娄素珍最真诚也是最迟的忏悔。

李八斤按着雁翎刀怒视朱宸濠。他为仅有数面之缘的王妃哭过,就像失去了亲人。此时若不是丘十八按着他,他真会一刀劈了这狗王爷。

"娄妃怎么会嫁了你这个不是东西的东西!"他恶狠狠地骂。

王阳明离开大堂,不想多听朱宸濠的一句话,怕自己会立刻起杀心。

"嗜欲深者天机浅,嗜欲浅者天机深。"李八斤听见他丢下一句话。

狱中的朱宸濠，此后每至进食，就跟狱卒多要一份饭菜，祭祀娄素珍。

"贤妃，用膳了。今日有炙蛤蜊、炒大虾、烹河豚、烧鹿肉、金齑玉脍，冰桃雪藕……"他喃喃地画饼充饥，"吃吧吃吧，多吃点。"说着呜咽起来，"你跟我享福甚少，受累甚多。我有负贤妃，有负贤妃啊……"

很多时候，他静静地靠在墙角，一遍又一遍苦苦回想举事以来的每一处细节，以及历代宁王的起起落落，到底是哪些失误导致了宁王世系的落败。有一回他突然惊觉，倘若当年所谓"靖难之役"，手握重兵的先王祖朱权没有被燕王朱棣"事成之后，平分天下"之诡言所蒙蔽，而是趁势而为，夺得天下，胜者将是先王祖朱权而不是朱棣，那么数百年后，他极有可能面临朱棣的子孙对他的杀戮征讨。他会是远在京师的朱厚照，朱厚照则会是今日落败的朱宸濠。

千百年史书从来都是如此不动声色地书写，每一页史章都渗透着骜骨成丘、尸横遍野的血腥味。这个重大省悟，让朱宸濠全身悚然，僵成了一具行尸走肉。

诸氏在缝暖袍的最后几针。她的女红一向精湛，这次精雕细琢缝得很慢。

这时她听见有许多凌乱的脚步声传来，夹杂欣喜若狂的呼声："夫人夫人，先生打胜仗了，先生平定宁王朱宸濠了，宁王被俘获了！"

诸氏等仆役们安静一些，问是不是真的。

"真的真的，夫人，千真万确。"

"真的，整个江西都在传这起大事。"

"夫人,先生四十余日平定宁王谋逆,人人都说先生是天兵天将下凡。"

仆役们叽叽喳喳眉飞色舞。

"撤走木柴。"诸氏朗声说。

仆役们七手八脚撤走木柴。诸氏迈出幽居四十余日的厢房,但觉天地明丽敞亮,花木芳香清逸。她自闭幽居的这些日子,心内焦灼,身体还是无恙的。先生却在刀锋箭阵中死生交替,他是如何度过这些艰难时日的啊……她心疼不已。仆役们说这回该准备庆功宴了,诸氏略一思索说此役奇捷,有人为之欣喜,也会有人为之嫉恨。风虽定,波未静。

"我们做一桌酒菜相贺,权当为先生庆功。我代他多喝几杯。"诸氏把暖袍的最后一针仔细缝好,打上线结,笑着说。

王阳明将娄素珍安葬于南昌赣江南岸,仪规尽到了对宁王妃的礼数和对小师妹的同门之谊。

三十年前的弘治二年,十八岁的他与娄谅先生讨论"圣人可学而致之"之学,深以为然,自是奋然有求为圣贤之志。那时娄素珍还是个未谙世事的小女孩,倚在门框边偷听讲课,一脸天真无邪,满眼好学求知。他逗趣地喊她"小师妹",考她学问,冰雪聪明的她对答如流,他赞叹不已。其实按长幼辈分来算,王阳明是娄谅的弟子,娄素珍是娄谅的孙女,则他的辈分大于她。

彼时的他,怎么会想到有一天小师妹会卷入一场惨痛变故,且与他息息相关。若能改天换命,他多想回到三十年前,告诉她要避开命运前方的一个噬人大坑。也许当时他还没有学透"圣人可学而致之",

难护小师妹以命运周全……

赣州传来消息,说夫人回府后将自己关在厢房,木柴围合,仅容小窗递消息和饮食,说先生若胜则好,先生若败,则焚火烧身。直至平定宁王的消息传至,夫人才离开厢房。仆役也才敢把此事告知于他。

这些女子,苦于时世,不能像男人一样征战沙场,可她们的骨子里一样有英烈刚毅的品质,没有人天生愿意为谁而殉难,她们只想用微薄的力量,维护最后的体面和尊严。今时战败的若是他,夫人也会像溺水而亡的师妹一样殉道。三皇五帝定国开疆,为江山权杖名利而起的战事,最后却由女人们承受水深火热。

王阳明在娄妃墓前伫立良久,泪水从眼角落下……

王阳明结束讲课送走弟子后咳嗽不已。李八斤送上梨膏糖水,劝先生不要太过勤奋讲课。

王阳明喝过笑道:"李八斤,俗话说近朱者赤,近墨者黑,你随我多时,可曾读过我的诗文?"

"我,我是先生的仰慕者,常读先生的诗文啊。"李八斤大言不惭。

"那你读几句来听听。"

李八斤的目光朝书案乱转,见摊开一本书法册页,便觑着眼磕磕巴巴地念:"我爱龙泉寺,寺僧,僧,僧——"后面的字他不认得了。

"我爱龙泉寺,寺僧颇疏野。尽日坐井栏,有时卧松下。一夕别山云,三年走车马。愧杀岩下泉,朝夕自清泻。"王阳明悠悠念道。

"先生,这诗啥意思?"

"这是我十多年前写的,念故里余姚的龙泉山龙泉寺,它在我宅

第瑞云楼前面,我常去山林寺院游走,坐井栏,卧松下,看岩下泉朝夕流泻。千岁鹤归,思乡念亲甚深矣。"王阳明眺望窗外的云山渺渺,神情怅然。

"余姚有啥风光,有啥好吃好喝的?"

"龙泉山,秘图山,余姚二山下,东南最名邑也。美食嘛,闽广荔枝,西凉葡萄,未若吴越杨梅……"王阳明追忆远乡时,神情疏朗明快多了。

"杨梅?我吃过我吃过,酸酸甜甜,天下第一果品,原来出自先生故里。如今已平定叛乱,先生赶紧整理行装回乡省亲,我护卫前往。"李八斤心里痒痒的,恨不得拔腿就走。

"风生于青蘋之末,浪成于微澜之间。"王阳明沉声道,眉宇间忧虑重重。

李八斤不懂这话的意思,不好意思再问,只得挠头顾自琢磨。都打胜仗了,先生怎么还心事重重?他还怕啥啊?

伍文定进来说,一干叛党已抓,问接下去是送南京还是北京?江西没了巡抚,一堆烂摊子,朝廷有何打算?还有……王阳明说捷报奏疏已飞马报京,现在等朝廷回音,暂且做好日常事务就是了,急不得。

伍文定忧心忡忡:"王都堂,我只怕善后事务节外生枝。"

王阳明望向帝都的方向,烟尘茫茫处,藏匿着变幻莫测的诡谲风云。一大群飞鸟从晨雾弥漫的邈远天边飞来,远远望去,犹如一阵风沙来袭。

这一幕陌生而熟悉,遥远而咫尺,似乎不久前见过。他长久地遥望。

唐伯虎提着一小坛酒走在苏州街头。经过一处说书摊，见人们伸着脖子听说书先生讲得头头是道，也驻足听着。

"……那安王被王明仁打得落花流水春去也，竟丢下珍妃逃之夭夭，实为无情无义之极。那珍妃乃理学之后，书香门第，冰雪聪慧，才貌双全，琴棋书画无一不绝，曾拜江南第一风流才子唐不凡为师。可怜这好女子，为免遭战祸涂炭，跳水而尽，一代才女，瘗玉埋香……"说书先生舌生莲花，悲情溢于言表。

为免口舌之祸，坊间奇谈人物往往用化名，听的也心知肚明。唐伯虎初听饶有兴趣，愈听愈惊疑不已，这说的不就是——

他拉过一个听书人问说的是什么书。那人眉飞色舞说讲的南昌宁王朱宸濠的故事，他谋划谋逆十年之久，被赣南巡抚王阳明仅区区四十余天打败了，朱宸濠的爱妃娄素珍和好多人跳水而死，世子国师太师等一干乱党死的死，抓的抓……说着那人惊讶地叫你不就是唐伯虎嘛？大家快来看，江南第一风流才子唐伯虎……

唐伯虎拎着酒坛落荒而逃，冷不防撞上路边石阶，酒坛碎裂，酒水洒了一地。他顾不得心疼，急急离开。

他回到桃花庵，关闭柴门，身子贴着门板颤悠好一会，才跟跟跄跄回到书房。他拿出一幅画铺开，画中仕女在桃林摘桃花。他凝神片刻，提笔绘色。仕女与他记忆中的娄素珍重合，旧时言犹在耳——

"先生，弟子有一事欲请您释疑解惑。"

"王妃请讲。"

"世间凡事皆可更改。技艺意境，加以苦练，自然有一日会精进。可人性中的愚顽痴迷，如何点化？"

"这个——"

"'春时并辔出芳郊,带得诗来马上敲。着意寻芳春不见,东风吹上海棠梢。'我自以为可结庐人间……可人间的另一面,满目山河空念远,落花风雨更伤春。"

"春荣秋枯乃是万物规律,人间草木皆如此。秦宫汉阙,都做了衰草牛羊野,不怎么渔樵没话说——"

唐伯虎的泪水落在画中,他继续蘸墨绘色。

"唐先生,南昌近来阴晴不定,忽冷忽热,还望先生留意天象,若有不测风云,及早避离,以免受风寒之侵。……唐先生在苏州筑有桃花坞,春时落英缤纷,此时想必已硕果累累了。"

"简陋小筑,聊以栖身而已。"

"桃花坞里桃花庵,桃花庵里桃花仙。桃花仙人种桃树,又摘桃花卖酒钱。弟子当年若是不入侯门,亦是对这般世外桃源的生活心向往之,一生寄情书画诗文、桃红柳绿,而不是朝堂混沌。"

画中的娄素珍渐渐丰盈,对着唐伯虎嫣笑。一阵风吹过,画中桃花飘飘扬扬,桃林里的桃子落在泥沟。

"可怜这好女子,为免遭战祸涂炭,跳水而尽,一代才女,瘗玉埋香……"

说书先生舌生莲花,悲情溢于言表。

唐伯虎拿过桌上的酒瓶,仰首喝了口,一边作画一边放歌:"酒醒只在花前坐,酒醉还来花下眠。半醉半醒日复日,花落花开年复年……"

17

押俘杭州行

夏末秋初的紫禁城，天气还很热，兵部尚书王琼与大臣们站在乾清门外聊天，一边用手帕擦汗，脸上喜形于色。

正德皇帝朱厚照长驻豹房和宣府，他对皇宫和大臣们有一种与生俱来的厌恶，要求将奏章公函一件不少都送到宣府，但绝不愿他们接近自己一步。王琼最近一次觐见皇帝是三年前，而有些大臣都快忘了皇帝长什么样。尽管如此，他们还是不得不十几年如一日到紫禁城，上奏下达，为大明操碎了心。

王琼这些天心情舒畅，在大臣们面前慷慨陈词。

"当初我派伯安镇守南赣，正为今日做准备。伯安果然不负我望，区区四十余天就平了朱宸濠十年谋逆之乱，有他在，反贼手到擒来。"王琼捋须大笑。

"王阳明早年因刘瑾所害，贬谪贵州龙场，卧薪尝胆悟道修心，遂得心即理、知行合一之说。此次平叛，果真是身体力行'知是行的主

意、行是知的工夫'之说了。"

"大司马深谋远虑,慧眼识才,高人,真是高人啊。"

众臣纷纷奉迎,王琼心花怒放。

内阁首辅杨廷和与其他大臣经过他们旁边,杨廷和冷冷瞥他一眼走开。王琼趋前作揖问好。杨廷和后退了一步,厌恶地瞪他一眼。他一向不喜为人圆滑的王琼。

王琼笑容可掬:"首辅近来可好?皇上常年不坐朝,宫里大大小小的事还要有劳首辅多操心啊。"

杨廷和瞪他:"你还笑得出来?"

"喔,王阳明刚刚平定宁王,这天大的喜事,我为何不能多笑笑呢?哈哈哈。"

"张忠、许泰、江彬这些混蛋给皇上出主意,要皇上御驾亲征宁王。这等丧心病狂的主意都想得出来。"杨廷和愤怒的唾沫星子溅到王琼的脸上。

王琼知道朱厚照很荒唐,但没料到荒唐到这个地步,他半信半疑:"首辅从哪里听来的街谈坊议?"

"你一向眼观四方耳听八路,这一回怎么就听闻闭塞了?亏你跟江彬交好多年。这回你是搬起石头砸自己的脚,害惨的是你的王阳明。真是沆瀣一气。"杨廷和怒气冲冲拂袖而去。

王琼看着杨廷和踉跄的背影,心中一沉,适才的欣喜一扫而光。

皇帝御驾亲征,这种听起来很风光的事,实则给地方和百姓带去的是负荷苦难,而这偏偏是正德皇帝的喜好。两年前的应州大捷让皇帝尝到甜头,对于御驾亲征这事一发不可收拾。这回,随心所欲的皇帝,将指挥棒指向了刚刚经历过苦难的江西。

王琼望见紫禁城飞檐翘角的上方,层层叠叠的灰云铺满天空,如同黑幔,罩住了整个煌煌禁城。他长叹,觉得自己真是五更天唱小曲——高兴得太早了。

李八斤端着梨膏糖推开书房门,王阳明一边看信一边咳嗽,咳得气喘力虚。李八斤把碗递到他手上,催他快喝。

王阳明面色铁青,把信摔在书桌。李八斤问他为何生气。

"皇上要御驾亲征,亲率六师征讨宁王,此刻万余兵马已南下了。"

"什么?宁王不是抓了吗?"李八斤以为自己听错了。

擒获朱宸濠的捷音疏,没有等来朝廷的批复,恳求回乡省亲的奏疏,倒是等来了不允的回音,而始料未及的"御驾亲征",却如晴天霹雳从天而降。

王阳明喝了口糖水说:"江西遭宁王盘剥多年,本就民生凋敝。皇上决不能来江西,给江西百姓带来无妄之灾。"

"朝中的忠臣良将不劝劝?"

"皇上说,再言之,极刑。幸得大司马捎来快信,不然我事到临头还不得知。"

"先生,我们快想办法阻止皇上南下吧。"

"李八斤,磨墨。"

王阳明奋笔疾书:"……亲征反贼朱宸濠之举危险至极,请圣上立刻中止。今宁王已被擒,臣将亲自率军,押解朱宸濠前赴阙下……"

晚上睡前,李八斤跟丘十八喝小酒说起这事,说皇帝的脑子一定坏掉了。

"八斤,还记得我怎么当土匪的吗?"丘十八说。

"官逼民反嘛,我要不是碰到阳明先生,死缠烂打要跟随他,恐怕现在也是非偷即盗。"

"自古官匪本一家,做官的做土匪的,捞的都是不义之财,今天是官,明天是匪,乱着呢。那宁王看起来是皇亲国戚,其实就是江西最大的土匪。"

李八斤琢磨了下表示反对:"阳明先生可是个好官,我从来没见过比他更好的官。十八哥,这叫出淤泥而不染,出官场而不沾。"

"世道黑白颠倒,总有一些宵小陷害忠良,先生平定宁王未必是幸事。"

"你的意思是说,先生不但无功,还会被人陷害?太没天理了。"

"皇帝就是天理,皇帝说是天,没人敢说是地,皇帝说是地,没人敢说是天。现在皇帝歪了心眼,手下那些大臣太监能好到哪里去?"

两人默默地喝酒。八月大热之际,可他们感觉凉飕飕的。平定乱党的喜悦没尝到多久,他们很快感到捷音背后的阴云弥天。

"大捷后,我本想为先生做一席鄱阳湖湖鲜美食庆贺,只怕他现在没心思吃了。"丘十八一脸憾意。

"先生要押朱宸濠北上,我们尽心护卫就是了。"李八斤嚼着豆子。

"朱宸濠是死是活跟我们无关,可先生的安危,由我们说了算。"丘十八口气硬邦邦地说。

正德十四年八月,一南一北两京的水陆路上,两支队伍朝着相对方向缓慢而坚定地行进。

北上的是大明都察院左佥都御史、赣南巡抚王阳明,带着随身护卫李八斤、丘十八和数十名精兵强将，押着宁王朱宸濠，出南昌，过赵家围，过瑞虹，至贵溪，达弋阳，方向是南京。

昼夜兼行的王阳明，焦虑的是能不能赶在皇帝到南昌之前阻止他。这名以不务正业闻名天下的皇帝每前进一步，便对江西多一分威胁。

南下的是大明正德皇帝明武宗朱厚照，带着太监张永、张忠，安边伯许泰，平虏伯江彬等宠臣，跨正阳门，出顺城门，过卢沟河，至良乡县，抵涿州，目的地是江西。万余兵马旌旗猎猎，尘烟滚滚，所到之处百姓无不退避三舍。

弘治中兴，明孝宗朱祐樘给儿子朱厚照留下了一笔可观的江山财富。朱厚照生性聪明，崇文尚武，精通音律，善作曲赋，有倚马可待的才思文笔，甚至还懂释道儒和异域教宗，对任何事物都充满了跃跃欲试的兴趣。

此时的朱厚照有一个名声赫赫的头衔——奉天征讨威武大将军镇国公。

若没有几桩声震朝野的战功，如何对得起这等威名？所以南下是他无论如何要办的大事，哪怕地方官员一路不停上书劝谏打道回京，他都置之不理。

其间，这支万余兵马的浩荡王师，因一支小簪子耽搁了不少时日。

朱厚照有一个宠爱的刘妃，他本想出行时带着，英雄美人是何等千古佳话。不过皇帝还是多了个小心思，怕万一出征不利累及美人，就特意把她留在京郊潞河，等候去留。临别时刘妃以一支玉簪为信物。于是皇帝挥师南下，妃子依依送别，多情伤离别。没想到朱厚照春风得意过卢沟桥时，把揣在怀里的玉簪颠掉了。他令按兵不动，找

了三天三夜还是没找到,只得继续南下。

大军到了京畿南大门涿州,王阳明的《江西捷音疏》《擒获宸濠捷音疏》送达眼前。朱厚照见捷报如见噩耗——叛党都抓了,他还亲征什么?可开弓没有回头箭,此时班师回朝太丢脸了,"奉天征讨威武大将军镇国公"以后还有什么威名?再说这捷报可信与否,还得亲自验一验。

与公文奏疏同时送到的,还有王阳明的私信,"先于沿途伏有奸党,期为博浪、荆轲之谋""诚恐潜布之徒,乘隙窃发,或有意外之虞,臣死有遗憾矣"……王阳明苦苦劝谏,称路途太过凶险,实在不是适宜出门的黄道吉日。

威武大将军笑了笑,声称"元恶虽擒,逆党未尽,不捕必遗后患",令大军继续南下,把王阳明的奏疏塞到旮旯里。

队伍到了山东临清,朱厚照觉得前路无忧了,便欣然派兵马回潞河接刘妃,大军原地驻跸。不料忠贞的刘妃没见到玉簪,坚决不肯跟来人走,"不见簪,不信,不敢赴"。朱厚照反而心花怒放,爱妃真是忠贞不贰啊。他不顾万余大军,带了几个随从,乘舸昼夜兼行,再次从山东返回京郊潞河,接回了心爱的刘妃。

宠臣们的恣意妄为,沿途的鸡飞狗跳,百姓的怨声载道,皇帝睁一只眼闭一只眼。停停走走来来回回的途中,兵马粮草衣食住行所耗的银两,流水一样哗哗地淌,皇帝眼皮子都没动一下。

两支队伍各自快马加鞭快舟加桨奔赴。这天中午,王阳明的船到了江西广信,一艘十来人的轻舟追上他们,递上一封公函,称是江西按察使所发,令他带朱宸濠即刻返回南昌,等待皇上明旨。王阳明细看公文,信是江西按察使发出的,名义是"钦差提督军务御马监太监张"。

如果没有皇帝的默许暗示,张忠之流能如此胆大妄为冒天下之大不韪吗?

王阳明强忍怒火说他们辛苦了,公函收悉,你走你的,我走我的。另外,他要查验一下公文是真还是假。他说话时梗直脖子,言辞之间没有半点犹豫妥协之气。来者看看王阳明身边两名手执大刀的猛汉,虎视眈眈的兵马,也只好掉转船头。

李八斤对丘十八悄声说:"皇帝老儿是不是脑子坏掉了?我听过那么多说书的,没听过一个皇帝这么想一出是一出的,老朱家怎么尽出这种玩意儿。"

"杀人做皇帝。他生下来脑门又没刻'皇帝'二字。皇帝跟土匪有什么两样?"丘十八转着大刀冷冷地说。

"喂,你乱说话当心诛九族。"

"我家就我一个,诛什么诛!我看,这事明着是刁难阳明先生,暗着,是要置先生于死地。"

"哪个敢?"李八斤握紧大刀,恶狠狠地说,"我把他剁成肉酱。"

黄昏时,船到了一处冷僻江湾泊下。朱宸濠在船舱里大喊饥渴。兵士们在船头围合成一圈,持刀警觉守着。丘十八护卫王阳明吃晚饭。

李八斤端着饭碗到朱宸濠面前,用筷子敲着碗边:"王爷有权有势的时候,吃的是燕窝鱼翅龙肝凤胆。可惜如今只能粗茶淡饭,委屈你了。"

朱宸濠怒目瞪视:"大胆刁民,竟敢嘲讽本王,可恶至极。"

李八斤笑了:"王爷这可错怪小民了。古话说,举头三尺有神明,

善恶到头终有报。王爷比小民大,皇上比王爷大,可神明比皇上还要大啊。王爷处心积虑谋略大事的时候,纵然瞒着天下人,可瞒不过神明昭昭啊。你看你看,神明在天上看着呢。"他用筷子指了指天空。

朱宸濠不觉也朝天上看去。天空飞过几只乌鸦,凄厉地呱叫。他顿时毛骨悚然面如土灰,低声恳求说饿了。

李八斤端着饭碗一口一口喂他,唠叨着:"我李八斤是北直隶通州人,王爷世代盘踞江西。我是草芥小民,王爷是一人之下万人之上。按说我们相差十万八千里,八竿子都打不着,可怎么成了我喂你吃饭了?这等离奇有趣的事,以后我可得给子孙后代好好说道说道,哈哈哈。"

朱宸濠的脸色青一阵白一阵,又不敢发怒,只得艰难地咽着粗粝饭食。

李八斤还想调侃几句,忽听王阳明那边的船舱传来喧闹声,喊有刺客。

他不及细思就奔去。兵士在搜索数支冷箭射来的方向,他扫视一圈,忽叫不好,转身奔向朱宸濠的船舱。只见数名黑衣刺客已与兵士们展开搏杀。这些刺客身形高大,出刀凶猛,数名兵士已被斩落水下。

朱宸濠被一名刺客挟住,朝岸上林子奔去。朱宸濠嘴里塞了团麻布,呜呜作声。李八斤手上的饭碗还端着,便一扬手砸出去,喊丘十八护好先生,便跳上岸冲向林子,十几名兵士跟上。

林子里涌出更多的刺客,团团围住李八斤和兵士们,双方激烈厮杀。

那名挟持朱宸濠的刺客,后脑勺被碗砸出血,他拖着朱宸濠拼命往林子深处奔跑,后脑勺的血滴滴答答往下淌。李八斤欲追上,被刺客们缠住脱身不得。他只得一边与之搏杀,一边顾及朱宸濠被劫的方向。

十几轮交战后,双方死伤不少,势均力敌。那些刺客一个个血红着眼珠子,要用最后一口气跟李八斤他们拼个你死我活。李八斤陡然想到,这是一批死士,他们在用命阻止王阳明带走朱宸濠。天底下有谁最想得到朱宸濠,有谁最不想他落在王阳明手上?

答案只有一个。

李八斤浑身一凛,再看朱宸濠快消失在林子,怒吼一声,声音响得近前的刺客惊骇不已,手中的刀略一迟滞。李八斤的雁翎刀左右横扫,一下子劈掉两名刺客的脑袋,鲜血喷溅了周遭刺客一脸。趁着他们惊悚的一瞬,他吼叫着杀出一条血路,奔向朱宸濠消失的方向,只看清一团影影绰绰的影子。他袖中的小飞镖毫不迟疑地朝那团影子飞出去。

小飞镖在林间曛曛飞行,幽暗的树林里寒光闪烁。刺客揪着朱宸濠正要跃上马背,镖尖扎入他的后背,他吃痛朝前一扑,马一惊撒腿就跑。旁边的朱宸濠呆若木鸡,伫立原地。

李八斤奔上前,拔出飞镖,翻转刺客身体一看,汪大用。

"快说,谁派你来的?"李八斤低声而急促地说。

"受人之托,忠人之事。"汪大用吃力地说。

按说李八斤应该把汪大用抓到王阳明面前审个究竟,可他怕汪大用一露面,自己的底细也被抖个水落石出。他踏着汪大用的身体,脚下使劲,汪大用的伤口像漏水囊一样淌血。

汪大用嘴角淌血,仍一言不发。朱宸濠瑟瑟发抖,如果飞镖偏一

点,刺中的就是他。他也不明白自己都沦为阶下囚了,众叛亲离鸟兽散,怎么还会有人来劫持?这帮人是来救他的,还是别有所图?

李八斤把朱宸濠扔给追上来的兵士,让他们好好看护并护好阳明先生。这名刺客重伤,他速速审问一番,若无用就一刀了之,省得带上船麻烦。兵士们已尽数杀死砍伤刺客,这伙人看似凶猛,到底经不得这班勤王之师的骁勇善战。

汪大用知道天命到了。他追杀王阳明多年,那个瘦弱不堪的家伙,有着鹰隼一般的机警身手,总让他错失一步。在他深感势单力薄时,意外遇上了李八斤,他们同为因王阳明而祸起萧墙被杀的锦衣卫之后,同样有着为父报仇的夙愿,他喜出望外,认为这是两位死去的父亲交给他们的使命——联手杀掉王阳明。

可不知什么时候开始,这个原本与他同道的杀手,走上另一条路,转为另一种身份,换上另一副面孔,有了另一种声气——他竟然从刺杀王阳明的刺客,变成了王阳明的护卫。

这太出乎汪大用的意料了,后来他认定李八斤是傻子,傻子是没法指望的。更难料的是,他投靠的威风八面的宁王,居然很快被王阳明杀个落花流水,沦为阶下囚。平定宁王,王阳明声名隆起,这愈发增加了刺杀的难度,他对王阳明也愈加恨之入骨。他并不真正是朱宸濠的人,战事一开他就逃掉了,等到尘埃落定又出来。他发现王阳明被人称道的同时,另一种传闻也甚嚣尘上,因此觉得事情还没有到穷途末路的地步。

王阳明生擒宁王,皇帝不服气,御驾亲征,王阳明的死对头张忠、江彬千方百计要得到乱臣贼子,王阳明不肯交出——整个江西都知道,一场群猫抓一鼠的游戏,即将在南直隶杀气腾腾地摆开。

一个人如果想得到一样渴盼的东西,除了强取,还有豪夺。他觉得张忠、江彬也一定会这样想的。汪大用利用江湖路数很快得知,张忠、江彬果然在暗中招徕死士,劫持朱宸濠献给皇上。他费尽周折成为其中一员。这回他投靠的是皇帝的身边人,他顿觉硬气多了。

可是,人算不如天算。他再也等不到绣春刀,只等到李八斤那把酷似绣春刀的雁翎刀逼到眼前。

"皇帝想抓朱宸濠,张忠、江彬、许泰也想抓朱宸濠,连你这个毛贼也想抓朱宸濠,啧啧啧,这宁王也真是值钱啊。"李八斤仿佛看透他心思,"汪大用,你有没有想过,其实从一开始,我们就弄错了。"

"我从来没有错过。"汪大用低吼,血水不停地从身上淌出,"错的是你,你这个数典忘祖、认贼作父的狗贼。"

李八斤很想把梦见父亲王二郎的事告诉他,想说"刀从来都是用一回短一寸,从来没有一把刀会长个头",想说"偿还当年的追杀之错",想说"好好用刀,重新做人"……他看着汪大用那张垂死挣扎的脸,依然露着凶顽歹毒怨愤的神色,他忽觉只会白费口舌。汪大用就算再活一遍,还是会杀戮他人,荼毒自己。

"快说,指使你的人到底是谁?说出来,留你一命。"

"你凑近一点,我告诉你。"汪大用声音微弱。

李八斤朝前一挪。汪大用突地抓过他的刀,身子朝前一挺,刀尖直直地插进前胸。李八斤没防他这送死的一招,惊愕不已。

"下辈子,我还会杀了王——"汪大用断断续续吐出几个字,扑地死去。

"你到死还是执迷不悟。"

李八斤埋葬了汪大用,那块从他衣裳里掏出的沾满血的白布,上

面"杀王阳明"四个歪歪扭扭的字,已被血洇得认不出。他撕碎了这块布,转身离开。

李八斤跟王阳明禀报刺客是"受人之托,忠人之事"。汪大用的事他隐瞒了,这故事太长太复杂,不如随那人彻底埋葬为好。

就擒的刺客称死也不会说。王阳明意识到这是一批死士,都是赴死而来,遂让兵士将他们赶走。那些人上岸没多久,一个个提刀自裁。李八斤纵然见惯血腥,也是一惊。一个人对自己的命轻贱至此,对别人更会毫不留情。他们背后到底有一双什么样的魔掌,指使他们这么做?

王阳明意识到,真正的平叛战役才刚开始。后面的虎视眈眈伺机攫取,只会多不会少。他说"快走"。

皇帝已南下,这个时候还会有人不知死活地打劫一枚弃子,肯做这桩买卖的,要么是朱宸濠死心塌地的亲信,要么是——王阳明想到之前"钦差提督军务御马监太监张"的那道公文。

平定谋逆,在某些人眼里,更可能是罪愆滔滔。切除大明的毒疮,并不会让所有人都高兴,也许有的人正乐于养痈长疽。

王阳明更忧心的,不只是冲着朱宸濠来的劫持者,还有皇帝的"意外之虞"。皇帝亲征因朱宸濠而起,朱宸濠则因王阳明而起——但凡皇帝有一点点闪失,所有的罪责都会加在他身上。尽管他早就向皇帝谏言"诚恐潜布之徒,乘隙窃发,或有意外之虞,臣死有遗憾矣",平叛非他一人之责,功绩非他一人之功,罪责却会集于他一人之身。

蒙冤受屈代人受过的种种滋味,王阳明早就领受过了,并不新鲜。多年前,他被刘瑾的锦衣卫追杀时写下绝命诗,"自信孤忠悬日月,岂论遗骨葬江鱼。百年臣子悲何极?日夜潮声泣子胥",死都不怕,他还怕什么?

他怕的是以战止不了战,以死止不了死,怕兵革满道烽鼓不息,怕朝堂上那些因权势、地位、名利、声色相争而被挟裹的无辜者死得更多。

李八斤和丘十八看着王阳明越来越阴郁的脸色,以为他怕下一程再遇到劫持者,互相递了个警觉的眼色,同时让兵士们加紧防备,观察水路动静。

船在风声鹤唳中行驶了两刻,一艘快舟迎面驶来,船头有人挥动小旗。李八斤辨出是派出的先遣兵士。先遣兵士说皇帝的一支先遣军已到了杭州,领兵的叫张永。王阳明望着杭州方向沉吟片刻说,去杭州。

船继续行驶在浩渺长江,经玉山,留草萍驿。在这个江西与浙江分界的小驿站,他们准备住一晚再走,又闻皇帝已到了徐州江淮一带,他们没来得及喝一盏茶,又连夜启程。

在匆匆途经的草萍驿,王阳明留诗于壁,"一战功成未足奇,亲征消息尚堪危。边烽西北方传警,民力东南已尽疲。万里秋风嘶甲马,千山斜日度旌旗。小臣何尔驱驰急?欲请回銮罢六师","千里风尘一剑当,万山秋色送归航。堂垂双白虚频疏,门已三过有底忙。羽檄西来秋黯黯,关河北望夜苍苍。自嗟力尽螳螂臂,此日回天在庙堂。"

至衢州,过桐庐严滩钓台,入钱塘江,王阳明的船朝杭州方向疾行。

船经严滩钓台时,王阳明站在船头怅望。严滩是桐庐境内富春江上游的一段急流险滩,自古有"有风七里,无风七十里"之谓,因东

汉高士严子陵而得名。王阳明心慕这位高士同乡很久了,一直未能赴钓台瞻仰。"富春咫尺烟涛外,时倚层霞望钓台。"正德二年他贬谪贵州途中,在杭州圣果寺养病时就写过这样的诗句。此番押俘途经,看来还是探龙颔而遗骊珠了。望着越来越渺远的严滩钓台,他安慰自己有一天还会来朝拜。

八年后的嘉靖六年,王阳明奉命赴广西平定匪乱,果然再次途经钓台。此次他还是因"兵革之役""微雨林径滑,肺病双足胝"而未能如愿,"徒顾瞻怅望而已"。严滩的山高水长间,留下了他与弟子钱德洪等人之间著名的"严滩问答"——有心俱是实,无心俱是幻;无心俱是实,有心俱是幻。此是后话。

船到杭州,王阳明把朱宸濠安置在钱塘江边一处密实的芦苇丛,严加看管。他直奔张永驻地。

张永的驻地朱门紧闭,守卫森严。守卫见王阳明神情严肃,只好进去通报。片刻出来说张公公署事繁忙无暇接待,还不耐烦地挥挥手。

王阳明盯着朱红大门,突然朝紧闭的大门撞去,高呼:"张公公,我是王守仁,快开门,我来和你商议公事,开门!"

守卫怕出事,慌忙打开。门开处,皇帝的宠臣、御用监太监张永站在里面。他本是出来窥测动静,来不及转身走开,只好尴尬地对王阳明点点头:"王都堂,一路辛苦了。"

张永与刘瑾同为宦官集团"八虎"之一。弘治朝时侍奉太子朱厚照,太子继位时,他自然成了皇帝的亲信。他原是刘瑾的党羽,久而久之两人有矛盾,甚至当着皇帝的面互殴,皇帝还为他们摆酒说和,但恨意在彼此心中加剧。正德五年，张永受钦命与右都御史杨一清平叛安化王朱寘鐇，途中两人密谋扳倒刘瑾。张永列举了刘瑾十七条大罪，皇帝还半信半疑。搜家后，皇帝亲见玉玺、龙袍及武器盔甲等物件，还发现刘瑾的扇子里藏有两把匕首，这才龙颜大怒将刘瑾下诏狱，凌迟处死。

此后凡因刘瑾得官者尽皆罢黜，直谏诸臣得以复朝。王阳明遂得以东山再起。张永只为一党之利一己之私，但王阳明毕竟借此昭雪。两人之间算是因缘际会，张永对王阳明亦另眼相看。

王阳明把张永请到镇海楼。张永自帝都而来，是客，王阳明居南直隶，当为主。

镇海楼，位于杭州吴山东麓，始建于南朝，后为吴越子城南门，初名朝天门，为隋废郡置州、杭州定名之初最早的州台所在地，元大德三年改为拱北楼，本朝改名镇海楼。时为滨海敌楼，规石为门，上架危楼，贮鼓钟以司漏刻。正德年间，因日本没落武士和浪人侵略浙江沿海，威胁杭城，故于镇海楼置大钟一座，大小鼓九只，作为报警报时之用。

王阳明请张永登临镇海楼，但见吴山绵亘起伏，气势壮美，西邻西湖，东望钱塘江，尽揽江南市列罗绮、户盈珠玑之繁华，平畴沃野、江河湖泊之胜景。

"谁言青门悲，俯期吴山幽。"张永感叹地吟咏王昌龄的诗句，"江南秀美，怪不得皇上，我亦流连忘返啊。"

"昔日海陵王完颜亮，读罢柳永的《望海潮》，倾慕于东南形胜，三吴都会，钱塘自古繁华，遂挥师南下欲吞南宋。当时他赋诗《题临安山水》，万里车书一混同，江南岂有别疆封？提兵百万西湖上，立马吴

山第一峰。"王阳明提及著名的海陵王完颜亮,"张公公,南直隶百姓不愿看到提兵百万西湖上啊。"

张永心里清楚王阳明必有所指,他微笑地观览风光,没有接话。

李八斤过来说午时了,请他们至镇海楼二楼小酌,边吃边谈。

宋嫂鱼、宋嫂鱼羹、东坡肉、桂花鲜栗羹……王阳明聊起菜肴典故。相传宋时西湖畔有宋姓兄弟渔读为生,后来哥哥得罪官府致死,宋弟避难离家前,宋嫂烧鱼送行。宋弟尝鱼味酸甜奇特,便问何故。宋嫂称,以后日子若甜,不要忘记曾经的苦难辛酸。后来宋弟考取功名报大仇,遍寻宋嫂不着。某日宋弟尝到一道鱼,正是旧时滋味,于是弟嫂相见。此鱼遂出名。再之后宋高宗泛舟西湖,尝到宋嫂鱼羹,赞叹不已。宋嫂鱼和宋嫂鱼羹自此闻名遐迩。

张永品着佳肴连声赞叹,称名不虚传。

酒过三巡,王阳明直言道:"张公公,江西本就因宁王盘踞多年而民穷财尽,再加上还有旱灾,此次战祸更是令百姓苦不堪言。一些百姓逃进深山老林,当初他们受宁王胁逼为匪,现在又因穷困而为匪,如此一来,天下恐怕会有土崩瓦解之危。皇上挥师南下,定会横生祸患,请张公公劝谏皇上尽快返京。"

张永心里说,要是没有好处,谁乐意大老远从京师跑来这里?皇帝要南下,你王阳明要北上,这明摆着会忤逆龙颜。

他和颜悦色地说:"我此次随皇上南下,只是因为宵小在皇上身侧,所以我调兵遣将辅翼圣躬,并不是来与王都堂争什么功劳长短。做奴才的,唯有以肝脑涂地保护皇上安危为己任啊。不过,皇上既然南下了,一定要顺着他的意思,我还是有办法挽回的。要是既忤逆了皇上,又惹怒了宵小,恐怕难以挽救天下。"

王阳明听出了他的弦外之音。也就是说，张永有办法，既能顺从皇帝的一意孤行，又能劝说皇帝返回京师不至于让江西遭殃。这个办法系于一人，那就是朱宸濠。只要把朱宸濠交给他，一切将迎刃而解。

张永见王阳明没有很快回应，觉得这个饱读兵书经史、号称开创了"心即理"之学、弟子众多的阳明先生，似乎没有传说中那样智慧，只好直言不讳："你把那个人交给我。"

王阳明笑了，笑得欢畅痛快。

"王都堂笑什么？有什么可笑的？"张永被他笑得莫名其妙，有点恼怒。

"那人自然要交给张公公，若不然，我从南昌跑到杭州来做什么？"王阳明掸了掸衣裳的风尘，一如"事了拂衣去，深藏功与名"那般风骨潇洒。他请张永与他同去钱塘江边提人。

张永愕然。这个多年前因直言进谏而得罪了权宦刘瑾，被贬谪到贵州鸟不生蛋之地的昔日兵部小主事，经历了这么多不可思议的磨炼，怎么还是这副不谙世事险恶的天真模样？他到底算大智若愚，还是大愚若智？还是，他身上隐匿着何种世人永远无法勘破的天机？

"除了那人，我还要交给张公公一样东西。"王阳明唤李八斤取来。

张永暗想，都说王阳明从不肯受人恩惠，亦未予人半丝半缕，连对知遇恩人王琼都一毛不拔，看来徒有虚名啊。正琢磨着，一个锦盒搁在他手上。

他欣然打开，锦盒里是一沓书简，写着他的名字，落款是朱宸濠。

张永与朱宸濠的交集并不多,后者曾试图拉拢他,屡屡捎信,他嗅出此人非善类,所以保持着既不冷拒亦不接近的姿态。这些书简想必是王阳明从宁王府搜出尚未寄出的,它们的出现,让他长多少张嘴也说不清。

张永腾地起身,左右一扫视,却见王阳明的两名护卫如两尊大神杵在楼梯口。更离奇的是,楼梯不知何时被拆走了。张永欲发作,王阳明把锦盒放在他手上后就慢悠悠地吃菜,仿佛书简的事从未发生过。张永愕然。

吃过镇海楼的鲜美酒菜,他们来到钱塘江边。朱宸濠的槛车从船舱里抬出,他暴怒地撞击槛车,咒天、咒地、咒王阳明,咒张永、张忠、许泰、江彬,咒那个在其位不谋其政的皇帝,唯独没有咒骂自己。

王阳明和张永与朱宸濠对视,后者恨恨瞪过他们后,终于撑不住一个如刀犀利、一个似冰冷酷的眼神,颓然垂首。

张永发现,昔日不可一世的宁王,与他经手过的任何一名阶下囚没有半点两样。他们同样囚首垢面,蓬头跣足,脸上挂着生不如死的绝望。如果没有王阳明的孤勇勤王,如果京师的兵备松懈一些,如果宁王的兵马再强壮一些,如果……那么槛车里的阶下囚很可能已坐上金銮殿。而身为皇上身边最得宠的人,自己必然也在劫难逃,幸亏有王阳明……

"王都堂,事情我会办妥。你安心回去吧。"张永看王阳明的眼神充满无限感恩。他悄悄擦掉额头渗出的冷汗,令手下押解朱宸濠匆匆离去。

18

账册的险情

王阳明没有立刻回南昌,因为他病倒了。交出朱宸濠后,他提悬很久的精气神立刻泄下去,无边的疲累像漫过湖堤的西湖水,将他淹没。

他在西湖边的净慈寺安顿身心。在晨钟暮鼓梵呗悠悠里,在空灵的禅声与鸟雀的清鸣中,他的心境有了稍许清净。

"灵鹫高林暑气清,天竺石壁雨痕晴。客来湖上逢云起,僧住峰头话月明。世路久知难直道,此身那得尚虚名。移家早定孤山计,种果支茅却易成。"他的字里行间透露着对隐逸生活的向往。

杭州的湖光山色,让王阳明想起太多纷纭往事。

正德二年初夏,在圣果寺养病的他险遭锦衣卫劫杀,他假跳钱塘江,遗留鞋袜纱巾为证,才保全性命。他并不恨那两个不知姓名的锦衣卫,食禄行事而已。

当然杭州还有更多有趣的事。弘治十六年,他同样在杭州养

病——杭州似乎是一个适合养病的地方。疾病和湖光山色,内在的苦痛与外在的风光,渗透交融,催生出缤纷文思。他写《西湖醉中漫书二首》,"十年尘海劳魂梦,此日重来眼倍清。好景恨无苏老笔,乞归徒有贺公情。白凫飞处青林晚,翠壁明边返照晴。烂醉湖云宿湖寺,不知山月堕江城"。更有友朋相聚,切磋天地人世学问的疑义奥秘,"湖光潋滟晴偏好,此语相传信不诬。景中况有佳宾主,世上更无真画图。溪风欲雨吟堤树,春水新添没渚蒲。南北双峰引高兴,醉携青竹不须扶"。

那时他三十岁出头,风华正茂意气风发,与日后的山高水险颠沛流离相比,真是怡然自在,字句间陶然忘机。

他常在南屏、虎跑等寺刹游走。有一天,听说有个和尚闭关三年,不说不听不闻不问,犹如泥塑木雕,被信众奉为神明。他就跑去看,看了会儿,突然喝道,和尚你整天吧啦吧啦说些什么,瞪着眼珠子看些什么?那和尚一惊,自己明明不动声色,就睁眼问他说什么。王阳明问他还有没有家,和尚说有,母亲还在。问他想不想母亲,和尚说能不想吗?王阳明就说爱亲是人之本性,想是正常,不想才不正常。一番言语,惹得三年不动声色的和尚涕泪交零,当晚卷起铺盖回家了。

在此之前,王阳明对佛道深以为然。世道的晦明不定,人心的叵测难量,功名利禄的浮沉变幻,躯壳性命的生死明灭,令他深信一切如佛家所说,"一切有为法,如梦幻泡影,如露亦如电,应作如是观"。既然如此,一切何须执守执法执行执念执迷执着呢?

但,倘若一切皆可弃如梦幻泡影露电,那么,世间的骨肉亲情牵肠挂肚,岂不是显得索然无味可笑之极了?同样,疆域国土、诗文笔墨、江河湖海、长河落日、饮食烟火、妻子的温言、稚子的欢笑、白发翁媪的慈眉善目、岩中花、林间鸟、枝头果……一切皆成虚妄——这绝非人性所为，这是断种灭性，这才是压抑人的本性的最大虚妄。这种出世，不可取。

入世，用世，经世，济世，才是一个人活着的真正价值所在。

两年后的弘治十八年，王阳明做了兵部小主事。在京师的形役劳顿之际，他时时西湖梦寻，"予有西湖梦，西湖亦梦予。三年成阔别，近事竟何如"。在为友人画作题诗中他写："我所思兮山之阿，下连浩荡兮湖之波……我心则悦兮，毋使我疴。送君之迈兮，欲往无翼。雁流声而南去兮，渺春江之脉脉。"入世的纷繁烦闷里，他亦不可抑制地流露出世的念想。

但念想归念想，晨钟暮鼓终究没有将他带向出世，反而令他在梵音的清静中更清醒，更明了此后的走向，遂有了今时今日生擒宁王这一出地地道道的入世济世大戏。

此时此日的净慈寺，不再是彼时彼日的圣果寺。守护他的，是忠心耿耿的护卫李八斤和丘十八，是与他有过恩怨、生死交错、连正经名字也没有的两名庶民。

"老屋深松覆古藤，羁栖犹记昔年曾。棋声竹里消闲昼，药裹窗前对病僧"，"常苦人间不尽愁，每拼须是入山休。若为此夜山中宿，犹自中宵煎百忧"，"百战归来一病身，可看时事更愁人。道人莫问行藏计，已买桃花洞里春"……王阳明人在佛门禅院，笔写感世诗章，心仍牵挂着纷沓时事。

李八斤端来梨膏糖水，王阳明喝了口，问有没有消息。在净慈寺并不只是为了养病，他更多是等着皇帝返京的消息。李八斤说没什

么消息,让他喝过水歇会儿。王阳明催促快说,李八斤只好把实情说出来。

奉天征讨威武大将军镇国公朱厚照确实没有去南京,但他继续南下,已到了江苏扬州,也许很快就到江西了。

王阳明把手中的糖水碗重重一顿。他最担心的事终究还是发生了。张永清楚地答应过他会办妥事情——当然这怪不得张永,皇帝执意要做的事,就算一路铺满违抗者的鲜血,亦会踏血而行。

梵音禅音倏远,远得几乎听不见。

王阳明带着未痊愈的病躯,头也不回地跨出净慈寺的山门,再一次从出世跨向入世的门槛。清净的山门外,还有太多未尽的世事等着他平定。

他从杭州出发,沿京杭大运河往镇江、扬州行舟。他急切地要见到皇帝,要用尽生平智慧,告诉那个把南北直隶弄得鸡飞狗跳的威武大将军——住手!

他一路策划了很多方法,陈情恳求,直陈利弊,忠言相劝,严词直谏……甚至还想过用对付朱宸濠的手法对付朱厚照,比如用某些声东击西的策略。

他刚到镇江,就接到了朝廷要他即刻赴任江西巡抚的诏令,之前张永悄悄向皇帝奏明了王阳明的忠诚勇武。自孙燧殉国后,江西最高官员的位置空缺了很久,江西巡抚府快长青草了。

战功赫赫的吉安知府伍文定,此时已被擢升为江西按察使。他以新身份谒见张忠、许泰时,居然被他们绑起来斥问。他们找不着王阳明,便拿他出气。伍文定气得大骂:"我冒着诛九族的危险,为大明平定乱党,何罪之有?你们这些所谓的天子心腹,却侮辱国家的忠臣,依法该斩的是你们!"后来伍文定向皇帝上书说不干了,不做受窝囊气的江西按察使了,朱厚照还是没理他。

王阳明心知这道从天而降的擢升旨意并非好事,但王命如山,江西兵连祸结多年,确也需要偃武修文了。更何况,张忠、许泰、江彬所率的数万兵马已蹿到南昌,本就遍体鳞伤的南昌,又一次被推向水深火热。

南昌街头,一队兵士横冲直撞。有的抱着酒坛子,有的拎着香喷喷的烤鸡,一路撕着吃,叽叽咕咕地调笑。

两个贩子在后面追,"军爷,军爷,这是我铺子一天的生意啊,军爷……"几个兵士一棍子打去,两名贩子倒地抚伤大哭。

领头的兵士喊道:"爷随张公公、许公公南征剿灭乱党,出生入死,吃你几只鸡怎么了?这是慰劳大军的鸡,吃你的是给你面子。滚!""再叽叽歪歪,必与乱党同谋,抓你坐大牢。"

王阳明的车马经过,瞥见兵士们扬长而去的背影,便喊停车。李八斤扶起两名贩子询问。贩子哭着说,自打北方大军进入南昌,城里人满为患,军队强占民房住吃喝拉撒,搜刮民脂民膏,百姓怨声载道。本以为跑了宁王这条恶虎,没想到来了一群更凶的饿狼,这什么时候是个头啊。

李八斤安慰他们:"莫急莫怕,阳明先生回来了,江西有新巡抚了,阳明先生会为你们做主……"

两个贩子脸色煞白惊骇不已,慌忙摇手:"莫提巡抚,莫提王阳明,他是宁王同谋啊。张忠、许泰他们正要抓了王阳明呢。这位小爷别害我们受累。"

李八斤和丘十八大吃一惊,问他为何这样说。一个贩子慌慌张张逃走,另一个贩子也要跟着逃,李八斤摁住令他说个仔细。

贩子苦着脸说,南昌城到处传言还有宁王的余党残孽,故而江彬、张忠、许泰率两万余兵马前来征剿。他们说王阳明原本就是朱宸濠的同谋,是叛乱的幕后谋划者,只不过因为知悉皇上要御驾亲征,才先下手为强抓了朱宸濠向皇上邀功。所以王阳明是大祸临头了。

"小爷刚才为我抱不平,所以我也跟您说了。您知晓就好,可别跟人说是我说的。"贩子说罢急急溜走。

两人忧心忡忡地跟王阳明说了这事。

"你们相信吗?"王阳明淡淡说。

"不信。"两人大声说。

王阳明点点头朝前走。

"先生您坐车吧。"李八斤追上去。

"我看看南昌街头,看看何时才能回归江晏河清。"王阳明头也不回。

江彬派人来见王阳明,直言要摘走那颗很烫手但又有很多人想得到的果子——朱宸濠。王阳明连派来的那人都没见,就说人已交给张永了。江彬再胆大,也不敢跟张永叫板。

江彬把关于王阳明的飞短流长传到皇帝的耳朵,笃定地等着皇帝发出严惩王阳明的旨意,这类事他一向十拿九稳。朱厚照忙着把玩张永弄来的新奇玩意儿,眼皮也不抬地说,这种荒诞不经的流言以后少传过来,让他出去。

江彬简直不敢相信自己的耳朵,也不敢斗胆让皇帝说清楚点,只得一头雾水地离开。

与王阳明杭州会晤后的张永，早算到了江彬等人会有这一出，已提前给皇上吹了耳边风。"王都堂为国尽忠，鞠躬尽瘁，实乃国之忠臣良将，若是连他都要遭到宵小之徒的中伤诬陷，还有天理吗？陛下英明，自然会明察秋毫。"张永给皇上送上新奇玩意儿时，顺便义愤填膺地禀告。

朱厚照对张永的前半句话一只耳朵进一只耳朵出，对后半句话欣然受之，自然把宵小之徒江彬骂将出去。

南昌街头，北方兵士们依然恣意妄为，如入无人之境。到后来竟然在巡抚府门口日夜骂大街，污言秽语让人不忍卒闻。李八斤和丘十八怒目圆睁，腰间的刀格格作响。若不是王阳明严厉制止，他们早就将这群人的脑壳当球踢了。

"先生，他们在外面传得满城风雨，我们当没听见也算了，现在竟然跑到巡抚府门口指着鼻子骂。您忍得下，我李八斤忍不下。"李八斤气鼓鼓地说。

"先生，求您准我们教训他们。"丘十八怒目横眉。

"他们挑衅生事，正等着我发作，好伺机抓住把柄，捏造更大的罪愆，我怎么可能给他们这个好机会呢？"王阳明漫不经心地掸了掸衣冠上的尘埃。

"那我们总不能让他们得寸进尺吧？"李八斤急道。

"莫倚谋攻为上策，还须内治是先声。"王阳明转身进了书房。

李八斤问丘十八，先生念的两句诗是什么意思。丘十八说先生准有妙计，连朱宸濠这条大鱼都捕住了，那些虾兵蟹将算得了什么？李八斤觉得有理。

从赣州来到王阳明身边的诸氏，让他试了试新做的暖袍，发现宽

了些,看来先生又瘦了。她说再缝紧些。王阳明看着夫人微凝的蛾眉,知她心中憋屈,便接过暖袍说不必缝了。诸氏问为何,王阳明笑着说不久将回故里休沐,身心清闲便体壮,何必再缝紧。诸氏嫣然一笑,要他权当外面的聒噪是鸟叫。王阳明说自然如此。

王阳明出门时,北方兵士们围着马车尾随叫嚣。要不是李八斤和丘十八两尊凶神寸步不离护着,他们都会把他从马车里揪出来。

王阳明到一家烧饼铺门口说停车。铺主惶然说军爷昨天刚拿过,今天求放过。王阳明让李八斤掏银子买下一大箩饼。铺主和伙计惶然装饼。

王阳明对北方兵士温和地说:"各位辛苦了,多日来劳各位忠义护卫守仁。今日请各位尝尝江西最出名的烧饼,又香又酥,来来来,勿抢勿争,每人都有。"

兵士们互相瞅着,不敢上前也不敢退后,不敢伸手也不敢缩手。张公公许公公教他们骚扰王阳明,说此人狡诈奸猾,与朱宸濠是同谋,是江西一霸,他们尽可以攻击,可没有说过王阳明会这等相待,也没有教给应对招数。

李八斤一边分烧饼,一边低骂这些北方兵士都是白眼狼。

兵士们吃着烧饼,觉得比抢来的更香甜。他们议论着,世上哪有这种被人侮辱了还笑脸相迎的人?都说王阳明是奇人怪人,果不其然。李八斤听出几个家乡通州口音,上前攀谈,一问,其中有两个是他的邻村乡党,当下亲热得不得了。

李八斤把他们拉到边上诚意相问,为何要对平定叛乱、忠心靖难的王阳明行此不仁不义的之勾当,到底什么人要跟他过不去?这么做他们的良心痛不痛,晚上睡不睡得好觉?

两名乡党悄声告诉李八斤,大军随皇上千里迢迢赶了这么多路,实则都是张忠、许泰、江彬的馊主意。他们在皇上身边争奇斗巧,邀功争宠,粉饰天下太平,结果还是出了犯上作乱的惊天大案。其中还有人跟叛党不清不白。王阳明不用朝廷一兵一卒一枪一炮,四两拨千斤,轻轻松松将叛党擒于马下。这是一个奇耻大辱。王阳明太能了,就显得他们太无能。只有让王阳明无能,他们才显得能。他们不能名正言顺与王阳明一战,所以必须以辱骂为己任,直至将王阳明骂得甘拜下风俯首称臣为止。

李八斤对他们说过异土他乡要保重身体、注意冷暖、早日回乡之类的话,就把探来的情况跟王阳明说了。

王阳明与几个兵士在聊一些刚死去的兵士,也许是征途疲累水土不服,一些兵士刚到南昌就死了,被草席一裹丢在营房角落。领兵的忙着四处搜刮钱财,怕以后找不着这么好的捞财机会。死去的兵士都发臭了,大家都避着走。有几个兵士凄然道,自己会不会也客死他乡连葬身之地也没有?

王阳明吩咐李八斤协助为死去的兵士料理后事。李八斤分烧饼给北方兵士们,因为知道这是先生的谋计,可让他帮着料理那些白眼狼的身后事,他就不乐意了。活该,死得越多越好。

"他们也是身不由己做了他乡魂。"王阳明说。

"那些死掉的兵士,说不定辱骂先生最狠。"李八斤说。

"群丑漫劳同吠犬,九重端合是飞龙。涓埃未遂酬沧海,病懒先须伴赤松。"王阳明淡淡一笑。

李八斤只得说"遵命"。每当先生困扰时,总会吟几句诗,好像诗句能解困。他有点头疼,他不懂诗,但能猜测出诗句背后的意思——

先生很苦恼。如果他承担不了先生的苦恼,那就老实遵命为好。

李八斤奉命给兵士们送去吃的用的还有药品,与乡党们促膝谈心,聊北方故土旧事,唱家乡民谣,往往聊得他们眼眶发红思乡心切。

一段时间下来,南昌百姓惊讶地发现,街上凶神恶煞的北方兵士越来越少了,他们不那么粗鲁霸道了,买东西会付钱,走路不再横行。百姓们不明白这一切因何而变,只是祈祷突如其来的兵燹之灾快快散去。

兵士们中间则流传这样的说法:王都堂为人仁厚大义,如此善待我们,连身后事都会帮着料理,我们怎么能做无情无义之人呢?

江西巡抚府门口的叫嚣,自然也销声匿迹了。

李八斤跟丘十八说:"以前睡觉时叽叽呱呱,像夏日蝉噪,听久了也习惯。现在耳根清净反倒有些不惯了。"

丘十八摸着络腮胡子,看了眼阴沉沉的天空说:"你以为他们会善罢甘休?秋后的蚱蜢快死了,还会蹦跶几下。"

张忠来巡抚府找王阳明,王阳明以清茶款待。

张忠赞美江西的风土人情景色,土地肥美风物宜人,王阳明深表同感,所以守护江西任重道远。张忠话题一转,问起宁王府已被抄家,按说历代宁王盘踞南昌,根深叶茂财大气粗,为何向朝廷上缴的钱财那么少?

宁王府一是因为焚烧了,二是搜获的钱财已上缴巡抚府和安抚民生,上缴朝廷的确实不多。

张忠盯着王阳明,眼里是满得快溢出的窃喜。

王阳明皱起眉头苦苦思虑,似乎被张忠击中了难以启齿的隐情。张忠催促快说。王阳明猛地一拍椅子把手,差点惊掉张忠手中的茶杯盖。

"事务繁杂，险些疏忽了。好在张公公及时提及，此事正欲与您商议。抄家时我发现了一本账册，上面详细记载各等财物去向和人名事宜。我这就让人取来，请张公公过目。"王阳明扭头喊，"李八斤，李八斤——"

正在喝茶的张忠被烫了下，张着嘴连连呼气："等等，王都堂，这账册的事，慢慢来，不急不急。我今日过来，就是，就是与王都堂喝喝茶，叙叙旧。这茶好啊，好茶好茶。"

李八斤出来，问先生何事吩咐。

张忠对他举起茶杯，和蔼可亲地说："好茶，真是好茶。"

"张公公还是看一眼账册为好。"王阳明诚恳地说。

"不必不必，我一来看看王都堂，二来，就讨一杯清茶喝喝。君子之交淡如茶嘛。我信得过王都堂，信得过。"

"真的信得过？"

"真的真的。"

"真的不过目？"

"不过不过，我就随口说说。啊，真是好茶。"

王阳明对李八斤说："张公公说茶水很好喝。忙你的去。"

李八斤茫然地走开，不明白此人为何要特意对自己说一句茶水很好喝。

张忠喝了很多茶水，喝得肚子胀鼓鼓，走的时候王阳明连他再三赞美的茶叶都没有送一包。他脸色煞白踉踉跄跄走出巡抚府，跑到角落撒了一泡结结实实的尿，这才发现腿肚子打战，以至于有尿液洒在裤腿。这都是王阳明害的。

　　宁王府的这一本账册，记载着密密麻麻的京城官宦名字和琳琅满目的豪礼名录，其间必有一行字属于张忠。这是一本凶险的账册，一道可怕的符咒。只要王阳明翻开账册，轻轻念出那一行字，他的魂魄就被符咒镇住了。

　　在此之前，张忠并不知道那个愚蠢到想谋逆做皇帝的朱宸濠还有这么聪明的一手。他满怀喜悦地撞上门，险些亲手揭开了这一道用来镇住自己的符咒——他完全是来找死的啊。

　　张忠几乎是一路哭着离开了江西巡抚府。

19

箭在弦上

正德十四年十一月，冬至将至。南昌北风呼啸，愁云惨雾，天空仿佛罩上巨大的灰色帷幔。帷幔中漏出比北风更凄厉的哭声。

这是王阳明安排的冬至全城祭奠日。

这座因宁王叛乱而兵连祸结的城，又遭遇北方兵士的滥杀无辜，兵民死难者不计其数，长途颠沛的北方兵士，也有众多死于非命。他们比前者更可悲的是，客死异乡，几近死无葬身之地。

天寒地冻，黑云压城，生离凄凄，死别吞声，这一场官方主持的全城公祭，给了人们一泻千里的悲情出口。整个南昌弥漫在白幡飘飘哭声震天中。

就像听到垓下唱响的四面楚歌，被悲伤围困的北方兵士们，思乡念亲之情汹涌澎湃。哭声传遍整个军营，兵士们一个个恨不得立刻回乡跑到亲人坟头痛哭一场。

这场冬至公祭，是王阳明有意而为之。"煽动军心"的意思有，更

多还是痛感而发。十年前的正德四年秋月,贵州龙场小驿丞王阳明,亲手葬殓了千里迢迢至荒蛮之地任职的小吏目和他的一子一仆,异乡飘零客死他乡的感受,他懂。为此他写了一篇悲感交集的《瘗旅文》,"呜呼伤哉!繄何人?繄何人?吾龙场驿丞余姚王守仁也……夫冲冒霜露,扳援崖壁,行万峰之顶,饥渴劳顿,筋骨疲惫,而又瘴疠侵其外,忧郁攻其中,其能以无死乎?……"

这一场不见刀兵、不见血腥却有无比强大杀伤力的倾城之悲,把张忠、许泰震得再也坐不住。他们可以溅出一个人的血,却无法禁止一个人的泪,何况悲伤逆流如赣江——看来他们在南昌待不下去了。

张忠决定来一次绝地反击,一雪王阳明给予他的伤害和耻辱。

他反复查验评判王阳明具备的优势,估量自己与之抗衡到底会输还是赢,是赚还是亏。从诗词歌赋、翰墨丹青,到道学佛学、玄学心学、军政谋略,发现自己能与王阳明比一比的,实在太少太少。

唯一胜过王阳明的,是他比后者更得皇上的宠信。但这一优势,如今已被王阳明捏得死死的——那本符咒一样的账册。

张忠看着校场上训练射箭、搏击、刀剑互击的兵士们,恨不得让他们把讨厌的王阳明杀了。几名兵士的箭呼啸着射向靶子。突地,他的眼睛一亮,笑意缓慢地涌上他僵硬的脸。

李八斤和丘十八护着王阳明走向校场时,他始终认为,张忠邀请阳明先生观看北方兵士训练,真实目的是想趁机杀了先生。

他清楚地记得,张忠离开巡抚府那天苍白死灰的脸色以及怨毒的眼神。那天他莫名其妙地说了句"真是好茶",接着夹着尾巴仓皇离开。有那种脸色和眼神的人,绝不会是个好人。

他求阳明先生多带一些护卫。他并非没有信心,而是觉得不能让人家小觑了,人多势大兵多将广嘛。丘十八也赞成。王阳明不以为然,说就去串个门,带那么多人做什么,或者他们也不必跟着。两人只好跟上。

李八斤跨进校场时又想,就算张忠、许泰真的想对阳明先生下手,也没那么蠢。这里毕竟是南昌地界,先生若在他们眼皮底下有不测,他们逃得了干系?天底下还没这么蠢的杀手吧。他把这个想法跟丘十八透露了。

丘十八紧了紧手里的大刀,冷哼:"我出来时跟伍文定说了,他派人守在校场外,稍有动静会立刻进来。"

李八斤立刻挺直腰杆,昂然跨入校场。

张忠和许泰笑容可掬地迎接王阳明,称"王都堂辛苦了"。王阳明没有客套回应,似乎他来这一趟确实是辛苦之举。两人陪王阳明看了一圈训练的兵士。王阳明来校场之前,张忠特别命令兵士们要表现出强悍凶狠的士气,以震慑王阳明,所以兵士们特别卖力。

走到射击场,王阳明面无表情地看着演练精彩射术的兵士们,看起来他不太懂箭术,也不太感兴趣。

王阳明确实是会领兵打仗,可他更盛的名声是学问——比如他在荒蛮之地贵州龙场过了几年吃了上顿没下顿、茅屋被风雨刮塌的苦难岁月,不知怎么弄出个叫"心学"的玩意儿,一些人学得如痴如醉,说学透"心学",也就明白了做人是怎么回事。有人宣称"心学"比朱子学问还精深,真是可笑之极。

所以一个文人怎么会懂箭弩之术呢?他连拿起一把稍重点的弓

弩都不行,更别说拉弓挽弦射箭了。

"王都堂与我等比一比箭术如何?"一个叫刘翚的左都督笑着说。

"王都堂以区区弱军抵挡宸濠劲敌,必有过人之处,让我等开开眼界吧。"许泰神情恳切。

"我一介书生,读书还可比一比,箭术就不擅长了。"王阳明谦和地说。

这个说法,既无逊王阳明的形象,也不会损伤邀请者的颜面。

李八斤气愤,他们明知阳明先生是读书人,还强求,简直就是要求公鸡下蛋母鸡打鸣。丘十八的眼珠也瞪圆了。两人的手按住刀柄,准备随时出鞘。

张忠和许泰轮流用客气的口吻邀请王阳明一定要露一手,他们言辞之诚恳,神态之谦恭,就像好学上进的弟子渴求先生解读一番深奥的学问。张忠还强调,如果王都堂的箭术超过他们,他们就二话不说离开南昌。

王阳明微微叹了口气,只得同意。

张忠居中,许泰在左,刘翚在右,三人心领神会地互相点点头,一个个弓弯满月,箭发流星,三支箭在无数目光中向前呼啸而出。

许泰的一箭射偏了,张忠的一箭射在角落,刘翚干脆射得无影无踪。他们原本是熟习弓箭的好手,这回居然一箭也没中。兵士们哗然。三人面露羞恼,只好自嘲近来疏于操弓执箭,身手有点僵了。三人心照不宣地望向王阳明,流露共同的期待 —— 期待王阳明失手。

王阳明拿过兵士递来的弓箭,说了句初学箭术请勿见笑。

周围响起北方兵士们的窃窃私语,还有轻视的嬉笑。

李八斤的心跳得很快,好像众目睽睽之下展示箭术的是他而不是阳明先生。他想上前阻止先生这么做,丘十八扯了下他衣袖。

他只能盼着出现奇迹。他想自己能不能附身于王阳明代其射箭,他默祈各路神明,保佑先生能赢得这一场明显处于劣势的赛事。他祈求的神明中包括了他那追杀过王阳明的锦衣卫父亲。

王阳明神闲气定,挽弓,搭箭,满弦,左手如托泰山,右手如抱婴儿。他的眼神骤然犀利,瘦弱的臂膀倏忽强劲,就像一名训练有素的优秀弓箭手突然发现了搜寻已久的射击目标。

开弓已无回头箭。箭在弦上,一触即发。

李八斤的呼吸蓦然缓慢而艰难。

这是一个漫长的过程。他看到箭从弦上疾射向百步外的靶心。恍惚中,他看到不久前春寒料峭的古战场上,一支箭无声地呼啸,穿过湿漉漉的晨雾和浓郁的血腥味,射向王阳明——然后,他手中的猪蹄骨飞出,迅速准确地击落那支箭……他还看到沾血的草浪从脚下开始起伏,先是微澜,继而荡漾,终如潮涌,翻卷起一阵比一阵更猛的波澜……草浪尽头屹立的是自己的身影,经过一连串始料未及的变故后,他从王阳明的杀手变成他的护卫,为阳明先生抵挡无数阴冷诡谲的明刀暗箭。

比一眨眼工夫还快,箭镞赫然射中靶子红心。

所有人的目光也被牢牢钉在那上面。

李八斤早已闭上眼,他想就算射中靶子,也一定歪得不像样子。

"好箭,射得准!"兵士们喝道。

李八斤悄悄睁开眼,他想一定听错了。他的目光移向靶子,与那支箭一起牢牢钉在靶心。丘十八的欢呼声里有掩不住的喜气。歪打正着,李八斤想,想不到阳明先生的运气这么好。

　　第二支箭又牢牢钉在靶心，兵士们发出第二声呼喊。

　　李八斤回头看，王阳明挽起了第三支箭，神情像他往日提起笔批阅公函练习书法那般淡定。张忠和许泰的脸色比冬季的天空更为阴霾密布。

　　第三支箭还是毫无意外地赢得兵士们的如雷掌声。

　　"三箭三中，箭箭命中。"丘十八兴奋地拍打李八斤的肩头。

　　"王都堂，王都堂，王都堂！"李八斤狂喜地举拳欢呼。

　　"王都堂，王都堂，王都堂……"兵士们已顾不上看上司暴风雨将至一般的脸色，围着王阳明喝彩，好像赢的是他们。

　　王阳明似乎上了瘾，准备射第四支箭。

　　许泰一把拉住他的弓，笑容可掬："王都堂刚刚经过征战，果然熟习，我等见识过了，就不必再射了。"

　　张忠坐倒在椅子，他没力气站稳了。刘晖的脸色难看得像死了爹。

　　他们料想王阳明凭借运气，或许能拉一把弓箭，射中靶子是不可能的，至于射中靶心，那除非颠倒乾坤……现在王阳明连发三箭，箭箭命中靶心，果真把他们习惯的乾坤世界扭转过来了。

　　李八斤和丘十八不敢相信，张忠和许泰更不敢相信。前二者基于惊喜，后二者是出于惊吓——文臣王阳明会用兵没错，那只是对着舆图指指点点，可他怎么还会射箭，且毫不逊色于优秀的弓箭手呢？

　　兵士们的喝彩声仍未停息，他们的表情与声音充满了对王阳明的极度崇拜，如果不是张忠、许泰坐镇在此，恐怕这些慕勇的兵士们早追随王阳明而去了。

　　张忠和许泰的目光游移过来，交接在一起，他们赫然发现彼此眼中有同样的惊疑恐惧——这不是一场打击对手而是被对手击溃,不是伤害对手而是被对手蹂躏,不是从失败中挣回面子而是被摧枯拉朽的赛事。对张忠来说,这更是被那一本凶险的账册惊吓之后又一场当众受辱。

王阳明把弓箭还给兵士,温和地说还有些公务要处理,先行一步了。张忠和许泰僵愣地点头,看着两名眼露精光的护卫护王阳明走出校场。他们的身影,比进来的时候更为挺拔强悍,气势如虹。

李八斤一走出校场,就迫不及待地问先生怎么会有如此高超的箭术。如果他与先生比试,也未必能三箭命中。丘十八也用疑问的眼神相询。

丘十八之前在赣南巡抚做过几天门丁,听老门丁说过阳明先生的神勇往事:十五岁出塞边关,骑马射箭,百发而百中,一箭能射中两只狼三只兔四只鹰,比鞑靼小儿还威武神勇……这事他跟李八斤提过,可那是耳闻传说,现在,他们亲眼看见了。事情太过震撼,他们还不敢相信这是真的。

王阳明仰望天空,一群排成人字的大雁,从北方更苍灰的天空飞来。阴郁的天空,看起来有下雪的迹象。

少年即熟读兵书,深谙战术,箭术功底深厚,这区区三箭如何难得倒他?

一支大象无形的箭,很早就搭在他蓄势待发的弓弩上,一触即发。

射箭,有时是为了杀敌,有时,是为了自卫。就像战,有时是为了挑战,有时,是为了止战。止战的前提,是要"占"有一"戈"。

"仲尼有文事,必有武备。"他很早就懂得这个道理。

正德十一年,他巡抚南、赣、汀、漳等处,选用精兵强将,作《选拣

民兵》一文:"教习之方,随材异技;器械之备,因地异宜;日逐操演,听候征调。各官常加考校,以核其进止金鼓之节。"他深谙欲擒故纵之战术,以"撤兵"迷惑盗匪,"一面亦将不甚紧关人马抽放一处两处,以信其事;其实所散人马,亦可不远,而复预遣间谍,探贼虚实",这是写在《剿捕漳寇方略牌》的奏文。

"臣等切惟天下之事,成于责任之专一,而败于职守之分挠……实由朝廷之上,明见万里,洞察往弊,处置得宜。"正德十三年正月平定三浰后,他在《浰头捷音疏》中如是奏报,言辞犀利劲道,点明将帅运筹帷幄之重任。

天空一阵凄厉鹤唳,他抬头仰望,缅邈苍茫的云层之下,一只大雁身上扎着一支箭,哀唳飞向远方。没人知道,箭从何来。"兵惟凶器,不得已而后用",他知道兵革之凶,更清楚,人心之弓弩无处不在,世道之箭镞无处不至。

王阳明没有把这些慨然经略四方的往事说与两名护卫听。他们不懂,哪怕这是两个善良的年轻人。"平难心仍在,扶颠力未衰。江湖兵甲满,吟罢有余思。"他遥望冬日茫茫雪霾中的南昌城轻吟,算是对他们善意问询的回应。

之前他从杭州出发,沿京杭大运河赶往镇江、扬州,欲面见皇帝直陈利弊劝他回京,刚到镇江就接到了朝廷要他即刻赴任江西巡抚的诏令。他在镇江与前吏部尚书、归隐大学士杨一清见了一面。

大学士以他半生搏杀换来的血泪交加也不乏荣耀的深厚仕途学问告诉王阳明——不要见皇帝,不要试图说服皇帝。

王阳明终于听从老者的话,返回南昌。杨一清的园子叫待隐园,心迹了然。他在待隐园写了五首诗,也想着有一天能像大学士一样归隐于乡。

"曾驾双虬渡海东,青鞋失脚堕天风。经过已是千年后,踪迹依然一梦中。屈子漫劳伤世隘,杨朱空自泣途穷。正须坐我匡庐顶,濯足寒涛步晓空。"这是他征战鄱阳湖后回江西途中,经过湖北端一座叫"鞋山"的孤岛时所作。相传此岛是仙人飞过鄱阳湖不慎掉落草鞋而成。宇宙之无穷广大,山水之亘古长久,众生更显渺小短促。

很多年前,他在贵州龙场,在天与地、日与夜、晨与昏、冷与暖、生与死的循环往复中,不断探寻生命的奥妙,格求万物至理时,顿悟心道,天下大道,万物缘起,唯"心"一字。人于生死念头,本从生身命根上带来,故不易去。若于此处见得破,透得过,此心全体方是流行无碍,方是尽性至命之学。

经过入诏狱的严刑拷打,贬谪南疆的生死追杀,贵州瘴雨蛮烟的磨砺,征战讨伐披荆斩棘的历练,建功立勋反遭讥议谗谤的悲怆,坦然交付尽性至命、参透心理之后,如今还有什么凶险诡诈是他不敢面对的?披肝沥胆栉风沐雨半生,年近五旬,是是非非早已不是由他人说了算。

王阳明大步向前,李八斤和丘十八执鞭随镫。

正德十四年十二月的第一场雪,悄无声息地落下。这场雪特别白亮纯净,也特别寒冽刺骨,漫天盖地,如碎琼似飞絮。他们的身后,很快印出一个个履雪脚印,深浅不一,凌乱泥泞,但无一例外坚定地指向前方,前方的前方……

20

山静日长

淡蓝的茶烟,袅袅弥散于正德十四年冬季彻骨寒冷的空气。

手中的热茶,稍稍焐暖了王阳明冰凉的手掌。喝了口茶,他呼出了疲惫的长叹。多时的战局、奔命、生死交替,此时仿佛有了一记清晰的着落。

他看到空气中隐隐晃动一些模糊的眉眼,朱厚照、朱宸濠、李士实、刘养正、张忠、许泰、江彬、张永……一张张表情各异的面孔,像击碎的走马灯的画面,模糊混沌,不停地旋转……他又咳嗽起来,咳得脑袋阵阵作痛。

他想起遥远的余姚故里,那座山水相间的江南邑城,他降生的瑞云楼前,有一座龙泉山,一个龙泉寺,一口龙泉井,那是新鲜明朗的童年嬉戏欢愉所在,终年"苍藓盈阶,落花满径,门无剥啄"。故园之思再一次无可抑制地涌上心头。

诸氏过来为他披上青灰色暖袍,添上热茶,问何时回乡。他说应该快了。

皇帝依然盘桓在南京不走,民间已有朝廷要把南京重作国都的传言,比如当年仁宗朱高炽心心念念要迁回南京。王阳明当然不信这样的传言,可他的担忧也没轻松多少。昔年周穆王巡游南方乐不思返,最终导致世道纷乱;汉武帝大兴土木奢侈骄纵,被匈奴夺走轮台……史上的惨痛教训比比皆是,皇帝怎么就一点也不长记性呢?"周王车驾穷南服,汉将旌旗守北陲。莫讶春盘断生菜,人间菜色正离叱",他唯有赋诗遣怀消愁。

山川遥远,家国破碎,残存的战局比残羹冷炙还要难以收拾,前有恶狼狰狞,后有虎视眈眈,朝廷怎么肯让他拂袖而去回乡省亲?一阵阵郁闷,使王阳明的陈年咳喘再次加剧,脸色比冬日的浮云还要苍黄。

李八斤过来,轻声说砚墨磨好了。王阳明想起,要为弟子华补庵所托的画册题识。诸氏说先生再歇会儿写字吧。王阳明说还是早些办妥为好,华补庵等着呢。

王阳明提起笔,眼前浮现在华补庵的剑光阁见到的那十二册页长卷——

山势雄峻,石质坚峭,笔法劲健,布局清朗。高山流水之间,茅舍溪涧之畔,只听流水飞鸟饶舌,不见刀光剑影,没有风声鹤唳。

画册名《山静日长图》,取自北宋诗人唐子西诗句,"山静似太古,日长如小年。余花犹可醉,好鸟不妨眠。"

平定朱宸濠后,王阳明回军屯兵安庆,应华补庵之邀,访其山庄剑光阁。华补庵喜孜孜地拿出十二册页《山静日长图》,称是邀请江南第一风流才子唐伯虎所作。王阳明一见大为叹赏,华补庵趁机提

请先生题识,王阳明欣然应允,心中亦是慨叹。

二十年前的弘治十二年,他与唐伯虎差一点同朝为官了。后来,王阳明历经两次科考失利,第三次终于榜上有名,赐二甲进士第七名走上仕途。与他同一年进入会试场的唐伯虎,被卷进了一桩考场舞弊案,自此声名狼藉穷途末路,一举成为大明最为落魄的著名士子。

《山静日长图》,是唐伯虎历时三月在华云的剑光阁完成的。那时的唐伯虎已阅尽人世苦难:失考、入狱、妻离、重病、酗酒、狎妓、卖画,一度成为宁王朱宸濠的座上客,后又装疯出逃——如继续待下去,此时的他无疑沦为宁王党羽,被王阳明所擒。

当然,后面还有更多的苦难,面目狰狞地在等待唐伯虎去面对……

与唐伯虎酷似的人生走向是,王阳明自与唐伯虎会试擦肩而过式"交集"后,同样经历了一连串"苦其心志、劳其筋骨、饿其体肤、空乏其身"的遭际:中甲、为官、上封事、下诏狱、赴谪、悟道、复官,以及刚刚平定宁王的颠簸,已没有太多精力重新品咂一番他人同样悲苦的身世——这是一场难以言喻的自虐式回忆。

阅读过这位只闻其名不见其人的当年会试"同窗"的画作后,身心俱惫的王阳明不想重写一篇读画心得,他题识了南宋罗大经的句子。

"唐子西云:山静似太古,日长如小年。余家深山之中,每春夏之交,苍藓盈阶,落花满径,门无剥啄。松影参差,禽声上下。午睡初足,旋汲山泉,拾松枝,煮苦茗啜之。随意读周易、国风、左氏传、离骚、太史公及陶、杜诗,韩、苏文数篇。从容步山径,抚松竹,与麛犊共偃于长林丰草间,坐弄流泉,漱齿濯足。归而倚杖柴门之下,则夕阳在山,紫绿万状,变幻顷刻,恍可人目。则东坡所谓'无事此静坐,一日如两日。若活七十年，便是百四十'。所得不已多乎。正德己卯冬日，阳明山人王守仁书。"

二人未曾见面，别有参商之阔，而这一对熠熠生辉的双子星唯一书画合璧杰作《山静日长图》，悄无声息地诞生于正德十四年的冬天。

李八斤看得懂画，看不懂诗句的意思，不过他知道先生出手便是一绝，于是喊好。诸氏也深为赞叹。

王阳明倏然想到，他与唐伯虎之间唯一的牵连，便是业已瘗玉埋香的娄素珍，他是娄素珍的先生，他是娄素珍的师兄。眼下还有二人合璧的十二册页《山静日长图》。也许，他应该去会一会这位只闻其名未见其人、险些沦为宁王同党的江南第一风流才子，一起煮苦茗啜之。

王阳明在南昌欣赏并题识《山静日长图》，感叹自己与唐伯虎的身世时，远在苏州的唐伯虎，正与好友在佛寺痛饮美酒，吟诗赋词。

"陶公一饭期冥报，杜老三杯欲托身。今日给孤园共醉，古来文学士皆贫。就题律句纪行迹，更乞侯鲭赐美人。公道吾痴吾道乐，要知朋友要情真。"

正德十四年一月，唐伯虎画了《枇杷行图》；二月四日是他五十岁生辰，他作《五十自寿》，"自家只道是童儿，谁料光阴蓦地移。总算一万八千日，辏成四十九年非。从前悲喜皆成梦，向后荣枯未可知。去日已多来日少，急忙欢笑也嫌迟"；三月，他画了《寻梅图》扇面、《唐人诗意》轴和《溪阁贤凭图》；四月他完成《荷净纳凉图》。

之后的五六月间，他听到南昌传来的风声，风声是模糊隐晦的，也是恐怖凶险的，风声飘到七月终于尘埃落定，宁王谋反，王阳明平

定生擒宁王,皇帝南巡……他曾离这场祸患一步之遥,甚至会是这场叛乱的就擒者之一,如果他还没逃离宁王府的话。

如今他在桃花坞蜷缩成一颗不起眼的僵弱小桃子,无论被风吹落,还是被人摘除,都是命运使然,他都心平气和地认命。不会再有可怕的人事,能从遥远的地方破空而来,延祸于当下——除了死。

为无锡收藏家华云作的《山静日长图》,终于在这年秋天完稿。这套十二图册的画作,最早在七年前的正德七年始作。华云跟他提过想请王阳明先生为《山静日长图》题识。当今两位名士的书画合璧必是绝品。他没有感觉荣幸,也没有太多感慨。他知道自己与王阳明在弘治十二年同入考场,知道后者是娄妃的师兄,可他们从未谋面,无恩无怨,亦无交集,纵然《山静日长图》有其题识,他也不在意。毁誉荣辱,这大半生已尝得太多,就算皇帝题字又如何?

温煦的阳光落在唐伯虎身上,他莫名地打寒战。江西之行,他乘兴而去,蒙羞而归。几个月漫长庞大的苦痛屈辱,如梦魇一般提醒他,缠绕他,撕咬他,无休无止,无时或忘。是与王阳明相关的一连串影影绰绰的身影,让他不可抑制地想起努力遗忘的人事。江西、南昌、水观音亭、滕王阁、娄素珍、朱宸濠……

中秋节后,他约多年老友祝允明、文徵明游历山水。他们手提酒坛,兴之所至,边走边喝。

唐伯虎、祝允明、文徵明,再加上徐祯卿,向有"吴中四才子"之誉。徐祯卿已于正德六年去世。唐伯虎与祝允明为生平至交,坊间称二人书画为"唐画祝字"。唐伯虎倜傥落拓,祝允明通透豁达,后者一向如长兄关照前者。

唐伯虎醉意醺然地指着文徵明,对祝允明说:"希哲兄,你为徵明兄的《洛神赋图》题词,我的《杨妃出浴图》,你何时作书啊?"

"我早答应过,你的画却不知落到何处了。"祝允明拍拍他的肩,"再画一幅,王羲之醉写兰亭序,你醉画杨妃,兄长我一定大书特书。"

"你准是嫌弃杨妃不如洛神仙风道骨。难道我不会画洛神吗?"唐伯虎喝了口酒,高声吟道,"其形也,翩若惊鸿,婉若游龙。荣曜秋菊,华茂春松。仿佛兮若轻云之蔽月,飘飖兮若流风之回雪……"

祝允明和文徵明互视一眼,祝允明上前:"伯虎兄,从江西回来后,你愈发意兴寥落,前段日子你的四季小景画似有不足,该好好振作精气神才是……"

唐伯虎没有听见他的唠叨,眼前浮现一个女子的背影,袅袅娜寻,纤弱飘忽,像水流中的一株水草,看起来似乎要被激流折断。她走过花园圆拱门时停下脚步,似乎要转过身。但也只是稍作停顿,便消失在圆拱门后……

"远而望之,皎若太阳升朝霞;迫而察之,灼若芙蕖出渌波……"他倒下去。

祝允明和文徵明急忙扶住他。唐伯虎手中的酒坛落地,瓷片粉碎,酒水漫溢。祝允明心疼得直咂舌。

"暴殄天物,暴殄天物,暴殄天物啊……"唐伯虎醉意朦胧地喃喃道。

"醉成如此,居然还知道心疼酒水。"文徵明直摇头。

没有人知道,唐伯虎心疼的到底是酒,还是难忘的人、事、物……

十一月,唐伯虎在桃花坞梦墨亭写下《花下酌酒歌》:"九十春光一掷梭,花前酌酒唱高歌。枝上花开能几日,世上人生能几何?……

好花难种不长开,少年易老不重来。人生不向花前醉,花笑人生也是呆。"

杯中酒,叶底花,人间友,成了支撑他生命最重要的三根支柱,缺一不可。倘若抽走一根,他相信自己的骨骼一定会像草屋一样哗然坍塌。

南昌岁月他不愿想不敢想,可每当醉生梦死时,记忆偏偏呼啸而至。除了无边的梦魇,他眼前还会出现那个眼神明净、笑容纯澈的女子,她把一幅幅笔法亦秀亦豪的字画给他看,谦虚地请教如何做得更好。

他赏字鉴画无数,也深知很多豪门闺秀以附庸风雅为风尚。她们也声称崇敬唐先生,要跟着学字画。他一眼就看出,她们的笑容是暧昧的,眼神是迷离的,笔下的字画更是浮夸虚空无筋无骨。

宁王妃是真正想学画,也是真正能学好画的料。某些技巧细节上,她的闪光点甚至超过他。如果她不是宁王妃而是娄素珍,她一定会成为像蔡文姬、卫夫人、管道昇那样的奇女子,翰墨丹青留名。

可世上没有如果……

从前悲喜皆成梦,向后荣枯未可知。从前悲喜皆成梦。从前悲喜。从前……

王阳明擒获宁王,娄素珍香消玉殒于鄱阳湖的消息传到苏州,坊间生出诸多离奇版本。唐伯虎知道自己一定也会被编排其间,成为茶坊佐料。可这些对他已不重要了。他只知道,自己的心从此缺失了一角,此生再也拼不全……

中元节时他在平江河放了几盏河灯,看光影在水面飘飘荡荡,忽明忽暗,无数言语化为诗句,一句也吟不出,唯有化作泪水,潸然而下……

唐伯虎与好友饮酒吟诗时,隐隐觉得耳朵发烫,似乎有人在念叨他。这个世界上,有人笑他,有人恨他,有人喜他,有人赏他,有人当他是尘埃是草木,有人视他为天地间至真至善至美,引他为知已良师益友……可喜他、赏他的人愈来愈少了,唯一的一个,也泗没于鄱阳湖的烟波浩渺……

他仰首痛饮,和着泪水一并咽下,高声道:"好酒,再来一杯。九十春光一掷梭,花前酌酒唱高歌。枝上花开能几日,世上人生能几何?……"

正德十四年十二月,奉天征讨威武大将军镇国公朱寿,面对张永押到眼鼻子前的叛党朱宸濠,郁闷无比。

朱厚照是明太祖朱元璋的八世孙,朱宸濠是朱元璋的六世孙,辈分大于朱厚照,所以朱厚照起码应称朱宸濠为王叔祖。

皇帝更多的气愤,其实并不是针对眼前这位以大欺小、以长欺幼的不要脸的王叔祖,而是连招呼也不打一声就平定叛乱的忠臣们。可这种气愤不能公之于众,只能打落门牙肚里咽——谁让王阳明等一干臣子忠心得匪夷所思呢?可他千里迢迢率万众奉天征讨,难道只是为了江南一游,留下游冶山水的名声吗?不,他不希望史书这么写。

皇帝的郁闷憋屈,很快被张忠、许泰洞悉入微,并付诸行动。

威武大将军的队伍开拔到南京城外数十里,驻停于一片草木肥厚的空旷草场。队伍分列两侧,战旗猎猎,铁甲铜盔,嘶喊震天。威武大将军身披战袍,手持利刃,气势威猛,策马纵前,以锐不可当的气势,杀向那一群犯上的乱党——张永已将朱宸濠他们放出囚车,只

等威武大将军擒获。

在铺天盖地的喊杀声中,朱宸濠瘫软倒地束手就擒——他无比后悔,如果早知道日后会遭遇老鹰捉小鸡一般的耻辱擒获,他绝不会生出大逆不道的心思。这种丢尽颜面的捉拿,还不如当初跳进鄱阳湖来得干脆利落。

奉天征讨威武大将军镇国公朱寿的征服欲得到极大满足,在烟屑弥漫的天地间,他纵声大笑。此次南征,俨然具备了令刀笔吏不得不写入青史的深义。

朱厚照自小聪慧,东宫三师教导的学问很快熟稔于心。他是万人之上的天子,治理天下是王者之职,是理所当然,他做得再好也无人夸奖。他荣耀而孤独,骄傲而寂寞,所以他极其渴望获得天下人的赞誉。但他是皇帝,已位极人王,不可能再往上攀登。所以他降贵纡尊,自甘为"威武大将军镇国公",借此获得来自朝廷的鼓励和嘉奖。没有人懂得他的心,就像没有人懂得他的孤寂。

让他意犹未尽的是,王阳明之前上书的《擒获宸濠捷音疏》,似乎忽略了自己在其中的影响力。如果这一点未能落实到笔墨,南征之行必将大大逊色。于是他要求王阳明再次上报奏疏。

王阳明终于明了,皇帝和他身边那帮笑容暧昧的臣子们想要的是什么。

他再次上报奏疏,内容如出一辙,只是强调了这样的语句:"间蒙钦差总督军务威武大将军总兵官彼军都督府太师镇国公朱钧帖,钦奉制敕……又蒙钦差总督军门发遣太监张永前到江西查勘宸濠反叛事情,安边伯朱泰,太监张忠,左都督朱晖,各领兵亦到南京、江西征剿。续蒙钦差总督军务威武大将军总兵官后军都督府太师镇国公朱统率六师,奉天征讨,及统提督等官司礼监太监魏彬,平房伯朱彬等,并督理粮饷兵部左侍郎等官王宪等,亦各继至南京……而旬月之间,遂克坚城,俘擒元恶,是皆钦差总督威德、指示、方略之所致也……"此疏名谓《重上江西捷音疏》。

朱泰就是许泰,朱彬就是江彬,他们都被皇帝赐姓朱氏,以示恩宠。

此疏一出,皇帝终于高抬贵足——回京了。

这依然是一场漫长的回程,浩荡的队伍停停走走,整个南直隶鸡犬不宁。

正德十五年闰八月十二日,朱厚照一行离开南京。九月,至淮安清江浦。江水泱泱,鸥鸟凌空,渔歌四响,鱼虾跃波,皇帝的好玩天性再次不可抑制地迸发,臣子们根本挡不住他的跃跃欲试。

他在豹房玩过天下奇珍异趣,唯独没有捕过鱼,这等有趣之事岂能错过?他坐上小渔船,学着渔民撒网捕鱼。

他把渔网撒向江面,迎着西下的阳光,此时光芒透过渔网,在他眼中闪金烁银,仿佛他将要捕获的不是鱼,而是天地间的阳光。这种奇特的捕获目标令他龙颜大悦,仿佛这一刻他才是真正的天之骄子——只有天子,才能捕获阳光。这种梦幻感,使他眼前的浩渺江水愈发绚美迷眼。

朱厚照把渔网撒向江面时,把自己也撒了出去。

他万万料不到,湖水没有那么温柔,犹如猛兽将他一口吞噬。皇帝的落水姿势与其他落水者并无二致,他咕嘟嘟地沉下水。好在众人迅速将他救起,他喝了两三口水,连顶上头发都没湿透。

朱厚照后来坐在船舱喝滚烫的姜茶,突然感觉恐惧如江水弥漫。落水的须臾间,似乎有一双双手从背后推来……酷热的八月,他止

不住哆嗦寒战……

正德十六年三月,一生放荡不羁爱自由的明武宗朱厚照,在他心爱的"豹房"驾崩,享年三十一岁。

正德十五年八月,酷暑炎夏,赣州通天岩山静日长,林深叶茂,甚是清凉。

通天岩石窟群在赣州西北二十余里处,有忘归岩、观心岩、同心岩、翠微岩、通天岩等天然石窟,通天岩顶有一窍,传说可通天。岩壁遍布唐宋明石龛造像和摩崖题刻,有"江南第一石窟"之誉。

闲暇时,王阳明常与友人弟子来此游学。此时他与弟子陈九川、夏良胜、邹守益等人在忘归岩赋诗论道。忘归岩是一处凌空巨岩,形若狮踞,气势不凡。众弟子围坐在王阳明周围,一时书声琅琅,声惊云雀。

王阳明看着弟子们争相论学的模样,心中一阵愀然。前些日子,他钟爱的弟子冀元亨因受他的牵连而落入张忠、许泰之手,身陷京师诏狱。

正德十二年,朱宸濠邀王阳明讲学,他遣弟子冀元亨过去。冀元亨与朱宸濠讨论张载的《西铭》:"民,吾同胞;物,吾与也。大君者,吾父母宗子;其大臣,宗子之家相也……违曰悖德,害仁曰贼,济恶者不才,其践形,惟肖者也……"唠唠叨叨君臣大义,令其很是难堪。讲学毕,朱宸濠以厚礼相送,结果耿直的冀元亨缴于当地官府。朱宸濠押京后遭张忠、许泰的严刑,逼问他与王阳明的勾结。朱宸濠虽非良善,也只称王阳明派弟子冀元亨讲过学,没有诬告王阳明。张忠、许泰如获至宝,立即抓冀元亨入诏狱,施以炮烙之刑。

王阳明愤然向咨部院申诉昭雪冀元亨冤情,然而迄今不知弟子生死。

众弟子见先生神情凝重,明白他因之伤感,一时不知如何劝慰。

一个弟子上前作揖问道:"先生,我有一事疑惑。"

王阳明说:"请讲。"

"先生平叛宁王,事先未得朝廷王命准允,事中孤将弱兵迎战十万强敌,事后蒙宵小奸佞中伤陷害。功劳全无,忍辱负重却不少,而先生依然执意行事,这是为何?"

其他弟子也纷纷提出疑虑。

陈九川也上前问道:"先生,近来我越是专心做学问工夫,越是难以寻到一个稳当快乐处,请问为何?"

王阳明稍作沉吟,道:"你遇到了理障,那就要去心上寻找一个天理。"

"如何化解理障?又如何寻得天理?"

"致知。"王阳明清晰地说出这两个字。

弟子们都知道,先生早在贵州龙场时便深研良知之学,只是世事匆促,戎马倥偬,一直没有时机与众人细说,今日先生是第一次说出"致知",一个个便凝神聆听。

王阳明的目光落向岩壁的摩崖龛像,那些龛像或坐或卧,或凝目或微笑,似乎也有兴趣听一番良知天理。

"你那一点良知,只是你自家的准则。你的意念其实清楚地知道何谓是,何谓非,一个人可以欺瞒他人,但无法欺瞒内心的良知。你只要不欺瞒良知,老老实实依良知做事,留善意,除恶念,怎么会找不到稳当快乐呢?诸位一直不解良知之教,今日我告知你们,这便是格

物的真诀,致知的实功。"

弟子们细细嚼味领悟,深以为然。

陈九川看着王阳明双眉颦蹙,小心地问:"那先生的忧虑——"

王阳明走向忘归岩前的山崖。山峦耸翠,连云叠嶂,他幽深的眼神投向东北首,那是故里余姚的方向。三月他再次疏请回姚省葬祖母,仍不得允。他乡风物,与故园山水何等相似乃尔,这愈发让他思乡心切。再往北,冀元亨此时正遭受酷刑……

陈九川见他眼神忧戚,紧紧扯着他衣衫连呼几声先生。

王阳明回过神,接着刚才的话头说:"若不是靠着良知的真机,如何去格物?这也是我近年来明白真切地体会出来的。说实话,当初我还是有些犹豫疑虑,只怕对良知的见解有不足,如今历尽跌宕顿挫,反而觉得没有欠缺了。"

邹守益上前:"先生平定宁王,正是依良知做事,生死历练之后,始揭良知之教,我辈着实受益匪浅啊。"

通天岩上,他们席地而坐,寻天理,化理障,揭良知。山静日长间,与天地宇宙草木对话。

这天,王阳明在忘归岩岩壁留下了一首诗:"青山随地佳,岂必故园好?但得此身闲,尘寰亦蓬岛。西林日初暮,明月来何早。醉卧石床凉,洞云秋未扫。"

王阳明终于可以回乡省亲了。从正德十四年六月得到祖母讣闻、父亲病重而上疏恳请省亲,到正德十六年六月,这已是他第五次上疏恳请。

"臣区区报国血诚上通于天,不辞灭宗之祸,不避形迹之嫌,冒非其任,以勤国难,亦望朝廷鉴臣此心……独臣以父病日深,母丧未葬之故,日夜哀苦,忧疾转剧……臣不胜哀恳苦切祈望之至","臣旦暮惶惶,延颈以待,内积悲病之郁,外遭窘局之苦,新患交乘,旧病弥笃,方寸既乱,神气益昏,目眩耳聩,一切世事皆如梦寐……臣之痛苦,刻骨剜心,忧病缠结,与死为邻……臣不胜痛陨苦切,号控哀祈之至……"他一次又一次哀恳上疏。

"奈何桑梓怀,衰白倚门待","越水东头寻旧隐,白云茅屋数峰高","最羡渔翁闲事业,一竿明月一蓑烟",渴望回乡归隐的念想,在他心中无以复加。

最早从弘治十五年八月,他在刑部云南清吏司主事的任上,就因咳疾不愈而上《乞养病疏》,"虚弱咳嗽之疾……内耗外侵,旧患仍作",遂告病归乡,筑阳明洞修身养性,可奏疏未获允许。正德十三年四月平定三浰后,他再次疏乞致仕。在写给余姚兄弟们的信中,他憧憬即将到来的致仕生涯,"求退乞休之疏去已旬余,归与诸弟相乐有日矣。为我扫松阴之石,开竹下之径,俟我于舜江之浒。且告绝顶诸老衲,龙泉山主来矣",他不无得意地自称"龙泉山主",喜悦之情溢于言表。结果仍未获允。

因天生的羸弱体质,他更多了凡胎肉质的苦痛体验,转而向精神和灵魂寻求生命的终极奥义。然则再博大的闳识孤怀,再绝伦的心学事功,再高亮的精神质地,终须以凡胎肉质为根基——人只有好好地活着,才能做更多的事。

所以他不停地做事,不停地辞职,不停地辞职,不停地做事……

此时的王阳明已从江西巡抚府任上擢升为南京兵部尚书,参赞机务。兵部听起来威名显赫,实则在两京制的大明,南京兵部只负责

南直隶的兵械之类,守备南京,没有涉及大明总战略的实权。一般"难堪大用"的官员才会被调任南京。也就是说,南京为官基本是远离实权、虚度光阴、有名无实的闲职。

对曾经贬至贵州瘴雨蛮烟之地的王阳明来说,赣南巡抚、江西巡抚或南京兵部尚书,没有什么区别。南京更大的好处是,离家乡余姚更近了。

"臣自两年以来,四上归省奏,皆以亲老多病,恳乞暂归省视。复权奸谗嫉,恐罹暧昧之祸,故其时虽以暂归为请,而实有终身丘壑之念矣……然不以之明请于朝,而私窃行之,是欺君也;惧稽延之戮,而忍割情于所生,是忘父也。欺君者不忠,忘父者不孝,故臣敢冒罪以请。"这是他第五次上疏乞便道归乡——路这么近,就让我回一次乡吧。

好在这一次,他得以准令归省。

李八斤喜滋滋地帮王阳明整理行装,念叨着带哪些江西特产回先生故里。他还准备好好剃个头,换套新衣裳,不给先生丢脸。先生是文人,他虽然墨水不多只识一斗大字,怎么也得有一个表面斯文。

丘十八冷眼看他忙碌,顾自喝酒,没有伸手帮一把。李八斤觉得他懒,又因满怀喜悦也就不跟他计较,忙自己的,就提醒他也得理个发,不然满脸虬须长发蓬乱,像个土匪。

丘十八不再因李八斤说出这两个字眼而恼火,他喝了一大杯酒,重重顿下酒杯,长叹一声:"天下没有不散的筵席,该走了。"

"那是,天下哪有吃不完的流水席,供你胡吃海吃。喂,十八哥,你看这套衣裳我穿上可好?"李八斤把一套藏青色新衣抖给他看。

丘十八没理他,布满血丝的眼中亮光闪动。

李八斤上前用手晃他的眼,他一动不动。

"你,刚才的话是什么意思?你要走了,你不陪先生回乡?"李八斤问。

"先生不会让我们陪他回乡。"丘十八说。

"不可能。我以前跟先生说过,平定宁王后,我会陪他回乡。"李八斤自信地说,"先生还跟我说过,他家乡余姚有龙泉山,秘图山,还有余姚杨梅。你吃过杨梅吗?酸酸甜甜,天下第一果品啊。"

"你不信就试试。"丘十八冷冷地说,躺倒在床上不再理他。一会儿发出粗浊的鼾声。

"先生一定会带我回乡,他不愿带你而已。对了,你还欠先生一桌鄱阳湖美食呢。"李八斤又骄傲又觉得愧对丘十八,"毕竟你以前当过土匪,先生是文人,带你回乡——嘿嘿嘿。十八哥,那你准备去哪儿?"

"鄱——阳——湖——"睡梦中的丘十八含含糊糊地说。

"也是,你当土匪之前是渔民,这样也好,重操旧业。先生抓了那个江西最大的土匪,你以后能过上好日子啦。我呢,有空也会来看看你,哥俩撒网捕鱼,煮鱼炖鱼烤鱼煎鱼轮着吃。"他咽了咽口水,"不过我现在还得保护好先生。你也知道,先生抓了那么多叛党,肯定有余孽贼心不死,妄图死灰复燃,我不能不护着先生的安危……"

在丘十八粗重的鼾声里,李八斤顾自絮叨,满心喜悦。

清晨他醒来,发现不见丘十八踪影,忙跑去问门丁。门丁说他一大早背起行囊走了,回鄱阳湖老家。他大骂丘十八不讲义气,都不告别一声,真怕他去鄱阳湖吃他的美食吗?

船泊在赣江码头,江西大小官吏与王阳明告别,随从们上了船。

李八斤守在王阳明身后,想着这一程不再战火纷飞,可以游赏大明江山,品尝各地美食,不由嫌官吏们话多事多,恨不得即刻登船而去,也不把丘十八的不告而别当回事了。官员们终于陆续离开,李八斤说先生我们快走吧。

王阳明转过身,定定地打量他,好像第一次认识他。

他有点慌,先生的眼神多了一种特别的亲切,亲切得疏离。

"李八斤,你走吧。回老家,娶妻生子,好好过日子。"王阳明语气平淡。

诸氏从船舱出来,把一个厚实的包袱交给他,笑着让他等他们离开后再打开。他接过称谢,觉得沉甸甸的。

"先生,我是你的护卫,我要护你回乡,我们说好了的。"他的声音发颤,"我,我还想吃余姚杨梅呢。"

"跟着我,屡有性命之忧,何苦呢?"

"我不要发财,也不怕死,我无父无母,有一口饭菜够了。先生,让我留下,让我跟着你,上刀山下火海,我不怕。"他哀求着,就像当初第一次见到先生时。

"我意已决,不必多言。"王阳明冷然道。

李八斤僵愣,两年多追随,他已明了王阳明的心性,决定的事谁也改变不了。"先生,行装里有十二罐梨膏糖,你别忘记喝。不要太熬夜,不要走夜路,身边多带一些人。"他低下头,不想让先生看见眼里的泪。

王阳明静默不语。他悄悄抬头,先生眼光晶亮,面容比他第一次在古战场初见时要苍老得多,仿佛经过一场大劫。

"先生,我有一事不明,临别之际,您能不能跟我说说?"他说。

王阳明微笑颔首。

"您平叛朱宸濠,缺兵少将且不说了,平定乱党后遭受这么多诬蔑羞辱,以至危及性命,您有没有委屈,有没有愤恨,有没有一刻后悔过这场平叛之战?"他终于说出这个盘踞心头很久的疑问。

王阳明有点讶然。他不惊讶这个疑问,而是惊讶于提出疑问的人。这似乎不像是李八斤能说出的话。

"你的家乡在通州是吧?"王阳明望向北方苍茫的远空。

李八斤点点头。

"若是南北分治,立为两个朝廷,两个国家,互相对峙,北不得逾南,南不得越北,骨肉分离妻离子散,生灵涂炭民不聊生,你愿意看到吗?"

"不愿。"李八斤立刻答道。

"为何?"

"除了那些争权夺位的王公贵胄,谁愿意整天打打杀杀?再说,先生在南直隶,我的亲朋好友在北直隶,要是南北对峙互为仇敌,我如何去留为好?"

"不错。"王阳明在辽阔长空与广袤山河之间徐徐转眸,"你可知,大明两京十三省,我最喜哪一处?"

李八斤有点茫然,先生没回答他的疑问,反而说了个他摸不着头脑的提问,他胡乱答道:"南直隶,您家乡浙江吧。"他想一个人喜欢家乡总不会有错。

王阳明微笑点头,李八斤松了口气。

"我给你讲个故事。"

"好好。"李八斤愈发诧异,先生此时还有兴致讲故事给他听。

"昔日吴越王钱镠反对强藩称帝,且教诫子孙,民为社稷之本。民为贵,社稷次之,免动干戈即所以爱民也;要恪守臣节,要善事中国,勿以易姓废事大之礼;要度德量力而识时务,如遇真主,宜速归附。其后赵匡胤陈桥兵变,黄袍加身,时为宋太祖,有意挥师南下一统天下。其时吴越国力鼎盛,几可与宋室抗衡。"

李八斤粗通文墨,坊间说书也听得多,对前朝旧事自然知悉不少,便听得津津有味。

"宋开宝八年,钱俶得高僧延寿'纳土归宋,舍别归总'劝谕,遵钱镠遗训,以天下苍生为念,将吴越十三州、一军、八十六县、五十五万六百八十户、十一万五千一十六卒献于宋,令吴越百姓免受兵燹之灾,免遭燐青骨白之痛。"

"对对对,百家姓排列,第一排就是赵钱孙李,宋太祖赵匡胤当是第一位,那钱氏排第二位,说书先生说过。这钱王了不起,了不起。"李八斤很高兴自己能插上一句懂行的话。

"钱镠有遗言,凡中国之君,虽易异姓,宜善事之。苏轼曾谓,吴越百姓至于老死,不识兵革,四时嬉游,歌鼓之声相闻,至于今不废。其有德于斯民甚厚。这正是我爱吴越浙江故里之由。"

李八斤心里直嘀咕,先生说这些到底是啥意思?

"朱宸濠藩踞一方,倘若其有钱氏心念之万一,江西亦不至于遭这一场兵燹之灾。倘若朱宸濠真成事,南北分治,国土分裂,百姓分离,必将无可避免此灾。是以此,我所受的诬陷,孰轻孰重?"

李八斤张口结舌无言以对。他蓦然感觉,自己的疑问太过肤浅,而自己之于阳明先生的护卫,太微弱了。他除了护着先生的性命,此外无他。

而性命,偏偏是先生最不看重的。他若惜生,又何以会以如此羸弱之躯、近乎以卵击石的微薄之力、少得可怜的几无可胜算的寥寥兵力、匪夷所思的"空手套白狼"的手法、世所罕见的强大心理战术和攻略,用四十三天,击败了宁王朱宸濠谋划十年之久的谋逆?

阳明先生真正需要得到护卫的,并不是性命,而是他面对群狼环伺、人心诡谲时的大智大勇大无畏,而这些,天底下只有一个人给予得了 —— 他自己。

李八斤顿感自己极度渺小无能,太自以为是。他羞愧无比。

"忘记过去的仇恨,忘记一场场杀戮。好好过日子,王小七。"王阳明走上船头,给他留下最后一句话。

他僵立原地,全身如遭雷击。

原来,阳明先生早就知道他是谁。

原来,先生早就洞悉他自以为隐藏得很好的身世。

原来,曾经山重水深的刻骨仇恨,在一次次并肩浴血、共赴生死之后,已然泯灭无形。

原来,先生临别之际讲的这个意味深长的故事,旨在告诉他,比他个人的荣辱生死更重要的是天下苍生、江山社稷……

先生到底何时发现的?发现了为何不动声色?为何不伺机将他斩草而除根?他不知道一名杀手潜伏于身边的岌岌可危吗?

李八斤打开诸氏送的包袱,里面是春冬衣衫各一套。再一摸,还有一包热乎乎的油布包,里面有一包定胜糕,十几个又大又香的肉包子。再一摸,还有一包银锭,足够他数年生活。

他背起包袱追着船沿岸奔跑,泪流满面。船朝江心,他跑岸上,彼此永不相交。他只是觉得,只要奔跑,悲伤就追不上自己,而泪水

也能被江风吹干……忽然他停下脚步,撕下衣袖,咬破手指,在袖片上急急写上一行血字,对着远去的船猛然挥手——小飞镖从袖中飞出,向赣江呼啸而去……

王阳明遥望渐行渐远的南昌,这一座注定会在他生命中入骨三分的城池。

离开贵州龙场之后,他任江西庐陵知县、赣南巡抚,乃至江西巡抚,江西是他从生命低谷往上迈的第一道台阶。庐陵免葛布税、筑防火墙、治理驿道、推行保甲制、建旌善亭等,为他日后治政奠定了扎实的底层社会治理经验。之后又在京师一年,南京三年,正德十一年又至江西巡抚南赣,平漳寇,平横水、桶冈诸寇,征三浰,复又兴办社学教化乡民儿童,推行南赣乡约,"敦礼让之风,成淳厚之俗"。其间,他从未忽略一生最重要的事——学问。

弟子徐爱、陆澄、薛侃先后记录他的行游问答、感思感悟,结集刊行《传习录》于赣州,这使他思维的吉光片羽,有了更为恒久长远的传承。

江西,尤其是南昌,成就他,磨砺他,诋毁他,一度要埋葬他,最终他重新屹立于这一座"豫章故郡,洪都新府",这一片"襟三江而带五湖,控蛮荆而引瓯越"的城池,并由此迈向更苍茫的前路。

随从过来轻声说江面风冷,先生进舱歇息,夫人在舱里等着。

王阳明说等一等。千岁鹤归,故园是终生的缅怀,而这座给过他太多砥砺的山水城池,多看一眼是一眼,不知几时再来。

"知者不惑仁不忧,君胡戚戚眉双愁?信步行来皆坦道,凭天判下非人谋。用之则行舍即休,此身浩荡浮虚舟。"王阳明望着江上千樯轻吟。

这首名为《啾啾吟》的诗写于去年六月。那时皇帝还在南京,从南昌到南京,到处流传着关于王阳明实是宁王同谋,因事败而先下手为强灭了宁王的传说。风声鹤唳之时,任谁都会静默龟缩。他偏从南昌跑到赣州,集训军兵,此举不仅令对手大惑,也让他的弟子们心惊肉跳,纷纷劝阻。

王阳明坦然而笑,说祸在眼前必处之泰然,既然无嫌可避,那就不如亮出刀兵让人看。他把一切摆在明处,反惹得暗处的人无计可施。

"丈夫落落掀天地,岂顾束缚如穷囚!千金之珠弹鸟雀,掘土何烦用镯镂?……人生达命自洒落,忧谗避毁徒啾啾。"王阳明轻吟。

南昌越来越远。落霞与孤鹜齐飞,秋水共长天一色。渔舟唱晚,响穷彭蠡之滨。雁阵惊寒,声断衡阳之浦……

突然,一道细白的刀光破空而来。随从已不及护住他。他一动不动。一支小飞镖扎在船舱棚顶,上面扎着一块布片。随从取下,惊惶地交给王阳明。

"我是李八斤,先生的李八斤。"布片上是几个歪歪扭扭的血字。

王阳明抬眼看去,岸上那个奔跑的身影,微渺如尘如蚁。

他很早就发现了李八斤的真实身世,考虑再三将其留下。他深知"平山中贼易,平心中贼难",却愿以身试险,从一粥一饭、一言一行、车马劳顿、戎马倥偬中,验证从无数磨难中证得的晓喻天下的"心即理""知行合一""致良知"之学,到底是佶屈聱牙、晦涩艰深的文牍句章,还是发自心灵、适乎世道人心的真知实学。

"吾平生讲学,只是'致良知'三字。仁,人心也;良知之诚爱恻怛处,便是仁,无诚爱恻怛之心,亦无良知可致矣。"这是他写给儿子

王正宪信中的话。

"区区所论致知二字，乃是孔门正法眼藏……虽千魔万怪，眩瞀变幻于前，自当触之而碎，迎之而解，如太阳一出，而鬼魅魍魉自无所逃其形矣。"这是他写给弟子《与杨仕鸣》信中所说的。

他以身试险，以一场宏大的现世的活生生的人性之验，从一个企图杀死他的锦衣卫之子而最终成为他忠心耿耿的护卫的身上，验得了大半生的学问真知——心即理，知行合一，致良知。

正德四年，他任江西吉安府庐陵知县，剿匪擒获匪首。此人死猪不怕开水烫，叫嚣要杀要砍随便。他吩咐给其松绑，让他脱衣散热。匪首痛快脱衣。他问还敢不敢继续宽衣解带，匪首满不在乎地脱下裤子。他又问还敢不敢脱底裤。匪首惊呆了，嚣张气焰顿时熄灭。他叹道："连死都不怕，还怕羞耻吗？可见你尚存一丝良知。"

如今看来，果然是"人胸中各有个圣人，只自信不及，都自埋倒了"，"天地虽大，但有一念向善，心存良知，虽凡夫俗子，皆可为圣贤"。李八斤如此，丘十八如此。而朱宸濠、张忠之流，不过是"自埋倒了"。

这大半生的苦难，没有白熬。大半生的学问，没有白做。

"江边秋思丹枫尽，霜外缄书白雁回。幽朔会传戈甲散，已闻南檄授渠魁。"年轻时有一次他登临故里龙泉山，望近水远山江帆竞渡，吟出胸中豪气干云。经历无数险难后，心境迥然，山川依旧。

船上的身影与岸上的身影，彼此两两相望，终如黄鹤杳于烟水茫茫，尘埃泯于天地宇宙，草木没于山静日长。

王阳明微微一笑，极目江湖，万丈蓝天敞亮，千里长河荡荡。

番外一

四明山，瑞云楼，中天阁

正德八年六月中旬，王阳明与友人和弟子游学四明山。

四明山因其大俞山峰顶有四窗岩，日月星光自四个岩洞照射而进，故名四明山。自唐代李白、刘长卿、皮日休、陆龟蒙、施肩吾等以降，留下众多山水佳篇。王阳明自然早怀游学四明之兴。

此时的他任职南京太仆寺少卿。咳疾还未缠绵他的身子骨，数年前贬谪贵州龙场驿的苦难岁月，仿佛缥缈远去了。事实上，这确是他在贵州龙场磨难与六年后平叛朱宸濠的颠沛岁月之间，难得拥有的一段静好时光。

一行六人从余姚丈亭永乐寺出发，开始了一场四明山游学之旅。

他们泛舟乘潮西上，抵达邻县上虞丰惠，其间蔡希颜和许半圭当了"逃兵"，游学小组剩下四人，抵达梁弄汪巷村，敲响了汪克章的门。汪克章，正德三年进士，广东按察司佥事，此时省亲在家。汪佥事请他们吃饱喝足后一起出门。五人游学小组翻山越岭，抵达姐溪。姐

溪为姚江王氏先祖迁徙地。王阳明说"(姐溪)吾远族居也,往焉","午铺于族之新居,宗人咸来会。晚循溪上,止于祖居",众人欣然溯溪而上。

姐溪有个黑龙潭,"泉石冲激,溪山环折,如凤翔龙盘,势睽而情丽"。他们在潭边濯足濯缨,漱石枕流,山水唱和,赋诗识乐。王阳明将"姐溪"更名为"龙溪",夜宿于龙潭村。攀爬峭壁深渊的黑龙潭时,徐爱战战兢兢,而王阳明坦然不惧。徐爱自叹不如,躲在崖下观望,但见王阳明爬上爬下,身手灵活矫健,他看得心惊胆战又无比羡慕。

途中王阳明中暑了,其他人伤的伤,病的病,众人犹豫还要不要往奉化雪窦寺方向走。"犯烈履险非乐,溺志老游非学",朱守中沮丧地说,走如此危险的旅程就没什么乐趣了,心志沉湎在旅途中也学不到什么有用的。

王阳明莞尔而笑:"知乐知学,孰非乐非学也?"只要内心知乐知学,领略到乐的本质,那么无论是山高水长,还是道阻且险,无论是访山水之奇美,还是探人生学问之深邃,都能在天地宇宙之间获得真知灼见实学。

朱守中和王世瑞最终不能坚持,退出旅程。剩下的王阳明和徐爱、汪克章三人渡溪登岭,站在山巅,弥望平畴沃野稼穑,心胸大为开阔。在丹山赤水,他们听樵夫唱山歌,"群鸯之飞飞,不如我栖栖。女行烁火中,我在霞天湄"。他们向樵夫打招呼,这名山野村夫竟然不理睬,径自消隐于山林之间。

此后他们到杖锡寺,抵雪窦山千丈岩,以奉化萧王庙大埠村为终点,买舟回姚。这支游学小组最终只有三人汗流浃背、步履蹒跚地走完全程。他们到奉化时,适逢大旱,山川田地尽显龟裂,禾木枯萎,收成萧条,王阳明心下郁然,不得不打消了再往天台山的计划,结束了行程。

四明山游学之旅翻山越岭、越陌度阡、蹚溪过桥,历时半月余。"邑南富岩壑,白水尤奇观。兴来每思往,十年就兹观","每逢佳处问山名,风景依稀过眼生,归雾忽连千嶂暝,夕阳偏放一溪晴",他为之留下了这些山水诗。

"(先生)而论曰:今日毕,素怀已中。所历佳胜比比,独不彰于古昔,乃今得与二三子观焉。夫永乐诸山,可备游观者也。四明,可居者也。龙溪,可以避地者也。……诸君耳目之所接,心志之所乐,其止于山水已乎?……兹游也,予深思之,而得学之道焉。夫享易者,必犯难,破难者,必由勇。是故暑扼险摧,人沮而朋违,不甚难乎?……是即先生之所谓'孰非乐非学也',乃记之以贻同志。"徐爱的《游雪窦因得龙溪诸山记》,详细记载了此次游学的全过程。

王阳明的意思是,古往今来,名山大川比比皆是,但有多少名垂古今青史?四明山,是个居住的好地方。龙溪,是避难隐逸的好去处。你们现在游历的,不只是眼前的山水草木,更在于山水之外的启迪与深思。天下享受容易的事,必定要历一番难,吃一番苦;而破除苦难的,唯有勇气。这一趟游学之旅,看起来是游山玩水,实际是人生历程的映照。暑热、艰险、行路沮丧、人员变数、行程不定……游历之难,亦是人生之艰,从艰难中学到的,必然更有价值和意义。

四明深山的龙溪村,是王阳明颠沛流离的仕途生涯中,时时念及千岁鹤归的桃花源。平叛朱宸濠最危之时,他曾嘱父亲王华让家人避至龙潭,傍溪买田筑室,潜为栖遁之计。"四明,可居者也。龙溪,可以避地者也。"之后战事波谲云诡,王阳明遇害遭难的消息不时传

四明山,瑞云楼,中天阁

到王华耳边,亲朋劝他们避难龙溪。

王华坦然道:"当日打算在龙溪买田筑室,是因母亲在世。现母亲已入土,若吾儿真的遇害了,我还能逃避到哪里去?"

正德十六年九月,浙江余姚,龙泉山北麓,瑞云楼。王阳明站在庭院,仰望这座前后三进的木质屋宇,眼中泪花浮动。

距此五十年前十月的一个晚上,余姚城龙泉山北麓瑞云楼的王氏一家,因为媳妇怀孕十四个月久久不见动静而寝食不安。老祖母岑氏更是焦虑不已。这天晚上她做了个梦,梦见仙乐飘飘中,一位身着霓裳、脚踏祥云的仙子将一个婴儿送到她手上,"神人衣绯玉云中鼓吹"。岑氏一惊醒来,恰好听到婴儿啼哭声传来——怀孕十四个月的媳妇分娩了。祥梦与现实应合,着实令王氏家族既惊且喜。

王家把婴儿的胞衣精心收藏于瑞云楼。民间相信神秘的胞衣里藏着婴儿的魂魄,主宰其一生生老病死、荣辱甘苦,绝不可随意处置或轻亵。饱读诗书的老祖父竹轩翁遂为新生儿取名"王云",意为"祥云送子",婴儿出生的房子也被邻居们称为"瑞云楼"。

不幸的是,王云到了五岁还不会开口说话,唯有双眸星动,似藏机锋。竹轩翁读书时他陪在身边默然,令老祖父既欣慰又惆怅。某日一名僧人走过王家门口,看着与孩子们玩耍的王云,摸着他头皮称"多好的孩子,可惜被点破了",遂飘然而去。竹轩翁悟其所指,原来"王云"将"祥云送子"的天机点破了,便为孙子改名"守仁"。意出《论语·卫灵公》,"知及之,仁不能守之,虽得之,必失之",即以"仁"守住天赋的聪颖智慧,也守住了点破的"天机"。改名当日,王守仁便开口,且流畅背诵祖父常读的句章。竹轩翁大惊,王守仁则说之前在祖父身边伴读,虽开不了口,实则烂熟于心。弘治十五年,王守仁因病归越休养,筑室阳明洞,自号阳明山人,于是以王阳明之名立世。

五次上疏终得省亲的王阳明,请安过父亲,祭祀过祖茔,与兄弟们叙旧,款步登上瑞云楼。其时瑞云楼已租给钱家。王阳明望着胞衣收藏处,念及半生宦途戎马倥偬,母亲生不及养,祖母死不及殓,顿觉锥心刺骨,潸然泪下。此后很长的时间里,他沉浸于悲痛而无法自拔。

好在,一大批姚江学子给了他诸多慰藉。时年八月,同样出生于瑞云楼、久慕王阳明名望的姚江学子钱德洪,带着一大帮好学上进的后生小子计七十四人,迎王阳明上余姚龙泉山中天阁,虔诚地拜师求学。

看着一张张充满渴求的年轻面孔,王阳明忘却了身心痛楚,传道授业解惑。探寻人生终极之道,才是他心向往之的人生圭臬。

龙泉山山林清幽,古木参天。龙泉寺结诗社,对弈联诗,是他少年游玩的胜地;中天阁景致清幽,取唐朝诗人方干"中天气爽星河近"之意。"我爱龙泉寺,山僧颇疏野。尽日坐井栏,有时卧松下""久别龙山云,时梦龙山雨……百岁如转篷,拂衣从此去"……蹈锋饮血的生涯中,他只要念及这座山寺,无数箭矢一般射来的人心惟危、世道波谲,便渺然远去。

中天阁授学,于王阳明是向往已久的枕山栖谷生涯;中天阁听课,于姚江学子来说,更是暗室见烛炬的斯文盛事。

正德十六年九月底,王阳明的父亲王华七十六岁寿辰,此时,由瑞云楼迁居龙山里第的王家广宴亲朋四邻,置酒燕乐达月余。这位

成化十七年的状元,同样是一位超凡不俗的人物。

王华幼年时,母亲在窗下织布,他在旁读书做功课。窗外有小儿嬉闹春游,王华全神贯注手不释卷。母亲问他为何不与小儿游春,王华答游春哪比得上读书有趣。他六岁在河边捡到银子包,守金待主,失主惶惶寻来,王华问明后归还,失主拿出一锭作谢,王华道,我连银子包都不要,还会要一锭银子?王阳明触怒刘瑾被贬贵州,刘瑾传话给王华,称自己与他有旧,王华若与他见上一面则保跻身高位,其子自可安然。王华断然拒绝。

正德十六年十二月,朝廷对王阳明的嘉奖圣旨终于姗姗而至,称其平定有功,"封新建伯,奉天翊卫推诚宣力守正文臣,特进光禄大夫柱国,还兼南京兵部尚书,照旧参赞机务,岁支禄米一千石,三代并妻一体追封,给与诰券,子孙世世承袭",同时还问候王华,赐以羊羔美酒。

寿辰的喜悦还未散去,朝廷的嘉奖接踵而至,这给本就声名隆盛的王家增添了无上荣耀。亲朋们举觞向王华父子表示祝贺,王阳明从容淡然不宠不惊。比王阳明更淡定的是王华,他颦蹙对王阳明道:"朱宸濠起兵谋逆时,很多人以为你必死无疑,你没有死。很多人以为难以平定,你平定了大局。后来你遭遇奸佞谗构,祸患四伏,而现在你加官晋爵,我们父子备受荣极。不过世上的事往往祸福相连,令人警醒啊。古人说,懂得满足就不会受到屈辱,懂得适可而止就不会有危险。我现在老了,父子俩还能相聚,又岂知什么时候又犯了盈满之戒,盛极而衰呢?"

"父亲的教导,正是孩儿日夜切切在心的。"王阳明当即跪拜回应。

父子俩的推心置腹坦诚交言,令在座一众肃然,慨然赞叹。

在光宗耀祖的煌煌之中,王阳明的内心有无以言喻的隐痛。他早在贵州龙场收归门下的弟子冀元亨,已因自己而命丧于张忠、许泰之手。

嘉靖帝登基后,下诏释放冀元亨,元亨出狱五日后终因伤重而亡。王阳明恸哭不已。"虽尽削臣职,移报元亨,亦无以赎此痛。"我不杀伯仁,伯仁却因我而死,巨大的愧疚让他如何能坦然接受迟来的封赏呢?

正德十六年的回乡,让王阳明短暂地聆听到"萧萧总是故园声",没多久,他收拾行囊,拖着羸弱之躯继续仕途生涯。

真正在中天阁授课是四年后的嘉靖四年九月,王阳明订立学规《书中天阁勉诸生》,亲书于壁:"虽有天下易生之物,一日暴之,十日寒之,未有能生者也。承诸君之不鄙,每予来归,咸集于此,以问学为事,甚盛意也 …… 务在诱掖奖劝,砥砺切磋,使道德仁义之习日亲日近,则世利纷华之染亦日远日疏 ……"他切切叮嘱学子,治学须勤,做人须谦。学问是日日精进的过程,再有旺盛生命力的植物,也经不得暴晒一天,再寒冻十天。而为人的态度,则"或议论未合,要在从容涵育,相感以诚,不得动气求胜,长傲遂非 ……"

先生如春风化雨,弟子似洪炉点雪。中天阁讲学声名远播,绍兴、杭州的学子也纷纷赶来,最多时讲课的主厅都挤不下,学子们站在走廊上伸着脖子聆听。

此后王阳明又至越城绍兴宅第、阳明洞天、稽山书院讲学,碧霞池天泉桥证道留下了著名的"四句教":无善无恶是心之体,有善有恶是意之动,知善知恶是良知,为善去恶是格物。

龙泉山山静日长,姚江江水泱泱,龙泉寺梵响庄严,中天阁大音希声,越山稽水碧霞天泉,皆沾被黄钟大吕之声……

四明山,瑞云楼,中天阁

番外二

鄱阳湖，桃花坞，南镇

正德十六年清秋，鄱阳湖东南首的清风村。渔民们在湖上撒网捕鱼，湖面鸥鸟低飞，清风微漾，波光粼粼。渔歌在远方悠悠唱响。

两年前的鄱阳湖激战，半江血腥，似乎是百年前的烟尘旧事了。

渔民丘十八一大早捕了半舱鱼，卖了好价钱，在集市买了些酒菜，回清风村最靠河的两间瓦房。离乡很久的他回来后，把坍塌的草房修成瓦房。有人说他在外乡做生意发了横财，有人说他做土匪发了不义财，有人说他遇见贵人。他不置可否，购来渔船渔网渔具，重操旧业。

他的身手多了弓箭手的犀利勇猛，捕获的鱼比其他人更多。当然他也很慷慨，除了卖鱼换来油盐酱醋穿着用度，其余的用来救济贫者，这使他赢得村民们的敬重。而渔霸恶吏似乎也忘了这个小渔村，很久没有来骚扰。有媒婆来说亲，可他怪得很，不管媒婆把姑娘夸成什么花，他一概漠然，久而久之人家懒得提了。

丘十八把酒菜搁在院子的小石桌上,进厨房烧菜,他还要烧一道银鱼汤。今天是他三十生日,他得好好犒劳这些年对自己的亏欠。

银鱼汤很快烧好了,清亮的汤面飘着碧绿葱花,鱼香飘逸,丘十八端碗走出厨房,忍不住喝了口,满意地咂舌。他把汤放在小石桌上,发现桌上的卤猪蹄、烧鸡肉似乎少了一些。他环视四周,一只猫贼头贼脑地从墙角跳过。丘十八骂了声死猫,跺了跺脚,猫赶紧逃走。他顺手拿过箩筐罩在菜上,上面压了块石头。他还得烧一碗生日面,没有生日面怎么算生日。

丘十八精心烧了一碗有虾米、蘑菇、鸡蛋和青菜的面。出来一看,手里的碗差点要掉下,箩筐掀开了,菜明显更少了,银鱼汤竟然少了大半碗。他进屋操起雁翅刀奔到院子,喝问:"什么人?快出来!"

院子静寂无声,热菜的青雾袅袅飘散,浪涛拍岸和鸥鸟鸣叫格外响亮。丘十八以久经沙场的敏锐洞察力,很快发现堆柴草的杂物间发出声响,他奔到门口,一脚踹开门,雁翅刀朝前一挥,吼叫滚出来。

片刻有东西从屋里掷出,丘十八迎头一劈,那物劈落在地。再一看,是猪蹄骨头,已成两半。丘十八大感。笑声从屋里传出,跟着笑声出来的是李八斤,手里抓着烧鸡腿大嚼。

"这身手,不输我当年用猪蹄骨头击落你射向先生的箭。不愧是我大哥。"

丘十八瞪着他,如同见到天外来客。

"猪蹄骨头有点硬,烧鸡有点老,还是银鱼汤好喝。"李八斤拿过他手里的面碗走向石桌边,"面条是好看得很,我尝尝。"

两人你一口我一口,一声不吭埋头狂吃,吃完抬起头抹抹嘴,发现彼此脸上沾着面条和菜叶,忍不住放声大笑。笑着笑着,泪水滑落

鄱阳湖,桃花坞,南镇

他们的面颊。

"我还欠先生一桌鄱阳湖湖鲜美食呢。"丘十八憾叹。

晚间睡前,李八斤瞥见床头搁着一卷书,书角翻卷发黑。

他嘿嘿地笑:"传,传习录。十八哥你啥时也读书了?咦,阳明先生的书?"

丘十八抚书:"我在南昌买的。先生做人讲学的道理,都印在书上了。我不在他身边,但书中道理,还能日日学到,时时习得。"

"先生咋没跟我说过?这书讲了啥道理?"李八斤有点委屈,又好奇。

丘十八说,这书最早是先生的大弟子兼妹夫徐爱摘录先生平时的言论书札而成,希望传学于更多人。先生当初不同意,称言论是一时一事,就像医者开药方,要因病施药,倘若不顾实际执迷于他的学问,反而误人子弟。徐爱说记录先生的言论,是为了不在先生身边时,也能将先生之学用于实践,反复体认,从而更好地领悟先生之学。后来更多的学生提出传学要求,先生最终同意了。正德十三年,先生的弟子薛侃在赣州刊印了徐爱记录的手稿和自己陆续记录的部分。《传习录》自此行世。可惜那时,先生最心爱的弟子兼妹夫徐爱已病死,令先生痛彻心扉。

"我每天读几句,觉得一天天懂道理,比喝酒还爽。你也要读。"丘十八说。

"你也不比我多识一斗字,这些道理它们认得我,我不认得它,咋读?"

丘十八说村里有书塾先生,常教学生读《传习录》,他也捧着书旁听请教,现在识很多字了。先识字,再明理,久而久之他也会懂。

"我教你。"丘十八翻开书指着念,"或曰:人皆有是心,心即理。何以有为善,有为不善?先生曰:恶人之心,失其本体。"

"啥意思？"

"先生的弟子问，每个人都有心，心有天理，为什么有好人，有恶人。先生说，恶人是失却心性本体了。"

"喔，就是说，朱宸濠、张忠、许泰那些家伙，就是丢了天地良心。"

丘十八点点头，指另一行字："知者行之始，行者知之成。圣学只一个功夫，知行不可分作两事。"

"啥意思？"

"知是行的主意，行是知的工夫。一个人懂了道理却不做，不能算真知。一个人做了事却不懂其中道理，也不能算真行。知行合一，方是真知真行。"

"先生懂平叛的谋略，又说到做到平定宁王，便是知行合一，对不对？"

"正是。'知是心之本体，心自然会知。见父自然知孝，见兄自然知弟，见孺子入井，自然知恻隐，此便是良知，不假外求。'意思是说，一个人的良知天性是本体，见父母兄弟自然懂得孝亲友爱，看到小儿掉井里，知道救一把，这就是天生的良知，用不着别人教导。良知之在人心，亘万古、塞宇宙而无不同……"丘十八对自己悟得的道理津津乐道。

说着说着，他耳边鼾响如雷，李八斤已歪着脑袋睡着了。

丘十八笑着摇摇头，自语："我也只懂粗浅道理，先生的学问，我一辈子能学到皮毛，已是不易了。"

"心，良知，知行，合一。我懂。刀，用一回短一寸，好好用刀，重新做人。我懂……"李八斤翻了个身抱紧被子，含糊地嘟囔。

丘十八不知他说什么古怪话，又想自己一知半解难怪他听睡了。

好在岁月够长,先生的学问够他们年年岁岁学下去。

清风村人惊诧地发现,丘十八多了个兄弟,两人早出晚归,撒网捕鱼,砍樵狩猎,喝酒高歌,读书认字。有时两人喝多了就操刀比武,村里人围观热闹,连连喝彩。略懂门道的指指点点,说丘十八使的是雁翅刀,他兄弟使的是雁翎刀。

二人二刀如醉如梦,无数往事在刀光剑影、清风明月间纷至沓来,又渺然远去……

嘉靖二年十二月,苏州桃花坞。寒风在桃林里呜呜嘶鸣。桃叶尽落,犹如槁木。唐伯虎想,怕是看不到明年的桃花开了。

桃花坞的岁月,别人看起来是餐云卧石的隐逸人生,只有他自己才知道那是草衣木食的清苦生涯。屋里有暖炉,他觉得身体稍稍有了些气力,便撑起身,想把写了一半的《陈孝子歌》写完。

"元季有孝子,姓陈名立兴。结屋住蠡口,采樵以养生。有母年七十,瘫痪双目盲。居然卧床席,九年六月零。爱啖王家糕,其家住在城。地名临顿里,相去将一程。每日买一贯,持归母点心。如此以为常,不限晦与明……"

将民间故事写成老少咸宜、朗朗上口的歌谣,是唐伯虎的生平一大爱好。这个故事说的是有个叫陈立兴的孝子,每天为瘫痪又失明的母亲买糕,风雨无阻。一天路上遇到一位也想买糕的老人,陈立兴将糕让于老人,复回铺子,糕已卖完。他悻悻回家,发现瘫母已起身且双目明亮。原来老人是神仙,又赠他仙丹,治愈了无数人。皇帝得悉欲抢夺,孝子背起母亲飘然离开。故事结局是暖心的。

饱尝过太多苦难的唐伯虎,对圆满甜美的神仙故事,自是无限追慕。现世实在苦难,而写诗赞美的权利是谁也夺不走的,哪怕他只剩下一口气。

他用颤抖的手续写未完的诗稿,"我为赋其事,兼述旧所闻。五通为神仙,十号称世尊。诸佛证圆觉,群仙保长生。"他的笔力越来越弱,气息越来越微,那一支给他带来无数骄傲荣光,也带来无尽灾难的生花妙笔,悄然从手上滑落,墨水溅地。《陈孝子歌》成了江南第一风流才子的未完绝笔。

唐伯虎合上眼的须臾间,恍恍惚惚地想到,此前的十一月,他已答应将心爱的女儿嫁与好友王宠之子,世间的牵挂便少了一桩;在宋朝刘松年的《层峦晚兴图卷》上题了书法;中秋节,在学圃堂临摹了杜堇的《绝代名姝册》十幅,每幅有好友祝允明的和诗……

寒风吹彻雪雾茫茫中,唐伯虎的眼前蓦然现出一个素裙女子,从桃花丛中过来,赧然一笑,"先生,这一笔用云头皴,还是荷叶皴好?"

他心中温澜潮生,再一晃眼,一个面容清癯消瘦的中年人从山间款款走来。他从没见过这个人,恍然却觉相知多年,如若老友重逢。

"唐子西云:山静似太古,日长如小年。余家深山之中,每春夏之交,苍藓盈阶,落花满径,门无剥啄。松影参差,禽声上下。……则东坡所谓'无事此静坐,一日如两日。若活七十年,便是百四十'。所得不已多乎……"中年人边走边吟。

一丝若有若无的微笑浮上唐伯虎的脸颊,"生在阳间有散场,死归地府也何妨。阳间地府俱相似,只当漂流在异乡……"

嘉靖三年春月,王阳明与友人来到会稽山香炉峰北麓的南镇。

他们漫行于山静日长间,与一场盛大的花事不期而遇。一阵风起,花瓣从岩壁的花树上纷坠如雨,落在他们的衣冠之上。

"先生说天下无心外之物,这棵花树在深山中自开自落,如果我不来看它,它存在吗?如果说存在,岂不是与你说的心外无物相矛盾?它与我的心有什么关系呢?"友人指着岩壁间的花树问。

"汝未看此花时,此花与汝心同归于寂。汝来看此花时,则此花颜色一时明白起来,便知此花不在汝心之外。"王阳明如是回答。

当你未曾看到这花时,这花可能在,可能不在,可能开了,可能没开,这是无数的未知,无尽的寂。而当你看到花时,则花的形状颜色气息瞬间明白起来,是你的心,让你明白的。所以,没有一种花在你的心外——天下无心外之物。

既然慨然经略四方,无论风起于青蘋之末,还是浪成于微澜之间,唯有逆风浪而行了。王阳明大步向前。身后花瓣纷飞,如风一般轻柔,似箭一般杀伐……

跋

《风定鄱阳湖》撷取心学大家王阳明伟大一生中的闪光片段，讲述了王阳明在鄱阳湖一战定乾坤，以短短四十三天力挫宁王朱宸濠策划十年之久叛乱的历史传奇。

王小七之父为锦衣卫，早年追杀被贬贵州的王阳明，因失败被奸宦刘瑾所杀，王小七遂迁怒于王阳明，假冒王阳明好友湛若水的随从李八斤（因病而亡）之名，欲劫王阳明生祭其父。其间发现另一锦衣卫之后汪大用被宁王朱宸濠收买，也在追杀王阳明。李八斤欲擒拿王阳明生祭其父而阻其贸然行动，反成王阳明的"保护神"。

大才子唐伯虎被朱宸濠聘为谋士，教娄妃书画。耳闻目睹朱宸濠将发动政变，在娄妃暗中相助下，以装疯裸奔逃离宁王府。

王阳明力挽狂澜，以少得可怜的兵马，近乎以卵击石的微薄之力、匪夷所思的"空手套白狼"的手法、世所罕见的强大心理战术和"箭在弦上，一触即发"的精确攻略，用四十三天击败宁王朱宸濠谋划

十年之久的政变,鄱阳湖一战定乾坤。李八斤已然由杀手成为王阳明的忠实护卫。

"丈夫落落掀天地,岂顾束缚如穷囚!千金之珠弹鸟雀,掘土何烦用镯镂?……人生达命自洒落,忧谗避毁徒啾啾。"事了拂衣去,深藏身与名。王阳明暂时退隐于明王朝风雨飘摇的江湖,回乡传道授业其念念不忘的心学……

历史上,王阳明与唐伯虎并没有现实交集。

唐伯虎十二册页名画《山静日长图》,王阳明为之题词唐子西诗,成了这两位明代大名士唯一仅有的时空交集之作。这也为我创作这部历史小说提供了二者可出现在同一文本中的理由之一。

问题是,王阳明平定宁王朱宸濠是正德十四年(1519年),唐伯虎受宁王之聘在正德九年(1514年)。让二者在同一时空出现并生发交错纠缠的故事,显然是违反历史真实性的。好在,文学的虚构性留下了宽容的转圜余地,我将唐伯虎的故事延后数年,遂让二者有了同一时空对话的可能性。

李八斤、丘十八、汪大用、曹二……当然是虚构人物。刘瑾派遣两名锦衣卫追杀王阳明,真实存在于王阳明的历史中。这两个无名无姓的小人物,构成了王阳明跌宕生命中不可不提的一环,他们当年若得手,或许今天就没有王阳明的传奇故事了。

这些人并未存在于《明史·王守仁传》,但他们一定会存在于古老的五百多年前,在纷纭乱世浮浮沉沉。或与王阳明同途而行,或擦肩而过,或回眸一望,走向各自的宿命……

这些年写过不少历史散文,这也是促成我创作历史小说的最初动因。王阳明是历史人物，也是一位有血有肉有悲喜的社会人物。他在庙堂，也在江湖乡野。在宏大的历史叙事里，也在坊间豆棚闲话中。

历史小说是"在历史缝隙中寻找其他可能性"（马伯庸语）的一种写作，我深以为然。《风定鄱阳湖》在史实、史识、史见的基础上进行适度艺术加工，拨开历史迷雾，厘析风云诡谲，明悉人心错综，洞见心学与权术的较量，探微圣人与奸佞的争锋，体察正义与邪道的辩驳，将真实历史行进中遗落的踉踉跄跄行走的小人物搀扶起来，掸一掸他们身上的尘埃，使之重新归位，继续行走、说话，演绎一段别样的历史章节。

三四年前断断续续写这部小说，到2021年已然成长文。年末一算，到2022年正好是先生五百五十周年，不由讶然。这一部二十万字长卷，算是为先生五百五十周年献礼吧。

每年冬春，我都会去余姚龙泉山中天阁走走，那是先生讲学处。一小片蜡梅红梅与古宅翘檐互为映照，清香古雅至极。我敬拜过阳明先生的雕像后，总会在门槛坐下，闻幽幽梅香，看古旧的檐瓦，看檐前开了又落的花，卷了又舒的云，耳边隐隐有语：虽有天下易生之物，一日暴之，十日寒之，未有能生者也……

小说出版后，我会在梅开之时携书再登中天阁，去瑞云楼，读几段给先生听，想必先生也不会太苛责于我。《传习录》记载王阳明弟子黄以方相问：近来妄念也觉少，亦觉不曾着想定要如何用功，不知此是工夫否？先生曰：汝且去着实用功，便多这些着想也不妨，久久自会妥帖；若才下得些功，便说效验，何足为恃？

是的,我"且去着实用功"便是了。

本书有幸列入 2021 年度浙江文化艺术发展基金资助项目、2022 年余姚市文化精品工程项目,余姚著名文史专家、阳明文化研究学者诸焕灿老师,对全书的史实史识进行了严谨把关、修正,部分读者提出阅读意见,我深表诚挚的感谢!

本书为历史小说,在史实基础上进行合理的文学想象叙事,但仍有惴惴之感,深恐有所冒犯。瑕疵之处,恳请读者指正。

是为跋。

符利群

2022 年 5 月于浙江余姚阳明故里